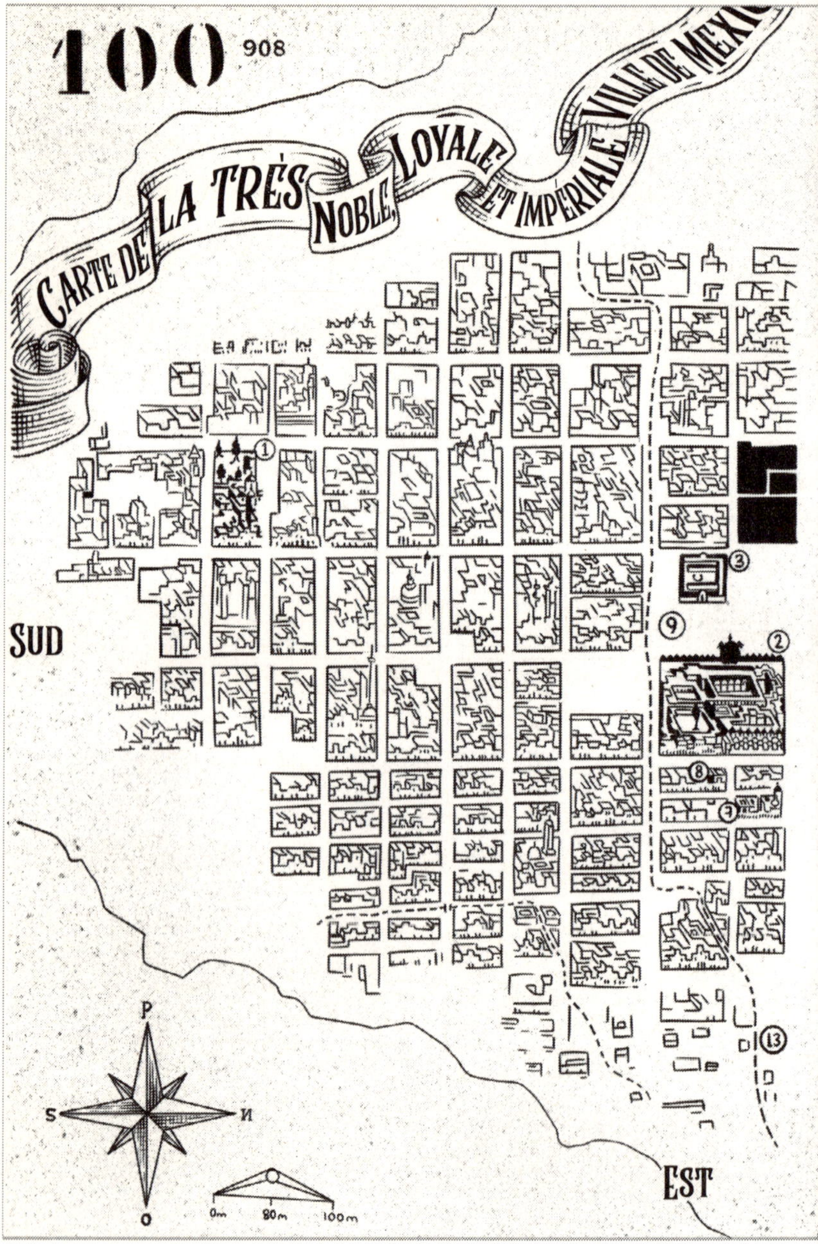
100
908
CARTE DE LA TRÈS NOBLE, LOYALE ET IMPÉRIALE VILLE DE MEXI
SUD
EST
P
S
N
O
0m
80m
100m
1
2
3
7
8
9
13

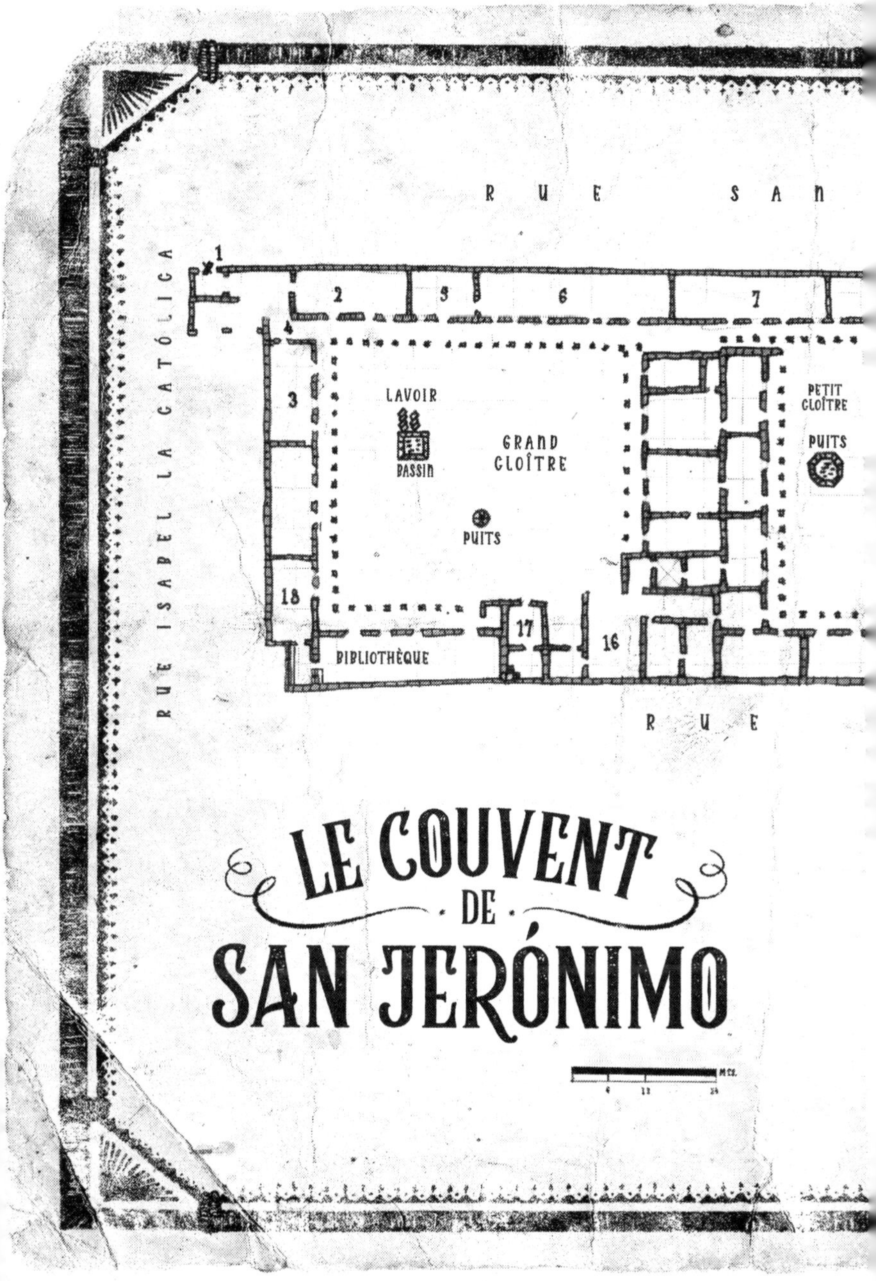
RUE SAN
RUE ISABEL LA CATÓLICA
1
2
3
4
5
6
7
LAVOIR
BASSIN
GRAND CLOÎTRE
PUITS
PETIT CLOÎTRE
PUITS
18
17
16
BIBLIOTHÈQUE
RUE
LE COUVENT DE SAN JERÓNIMO
MTS.

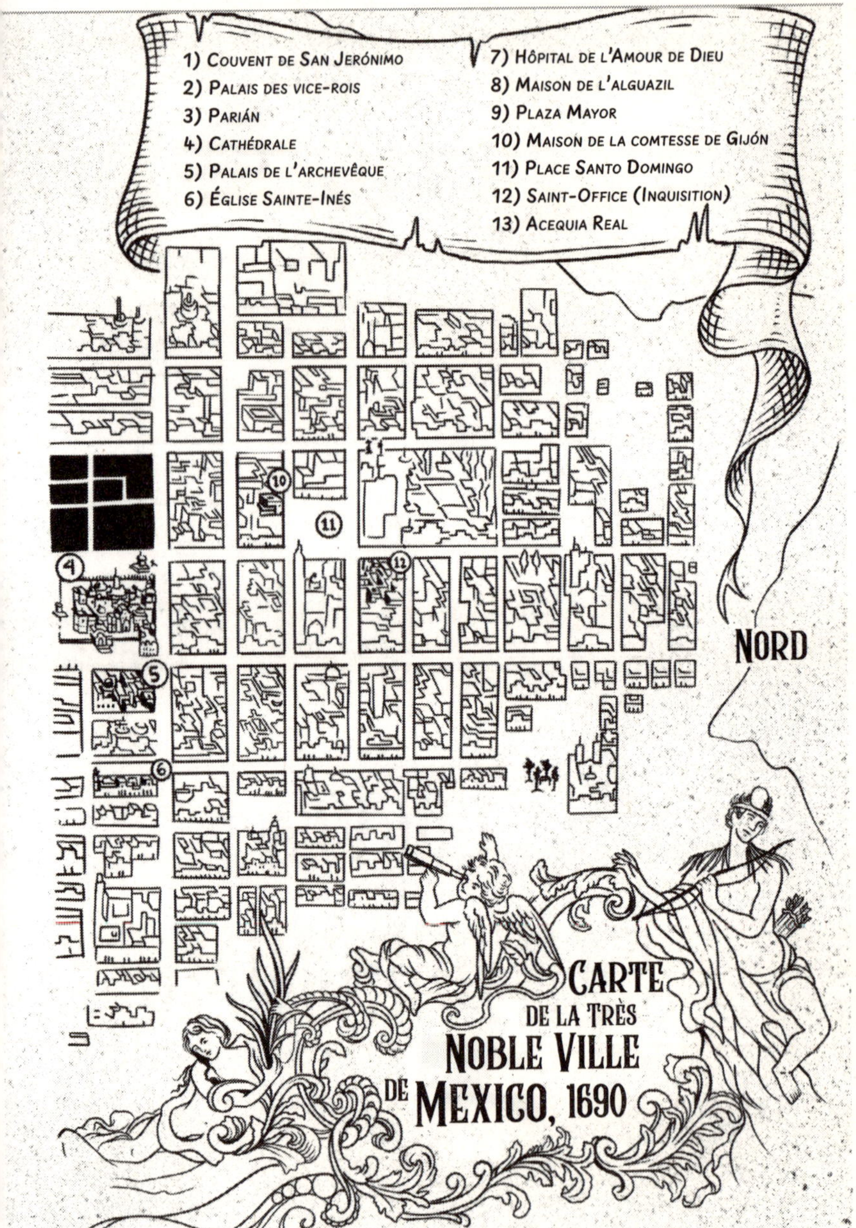
1) Couvent de San Jerónimo
2) Palais des vice-rois
3) Parián
4) Cathédrale
5) Palais de l'archevêque
6) Église Sainte-Inés
7) Hôpital de l'Amour de Dieu
8) Maison de l'alguazil
9) Plaza Mayor
10) Maison de la comtesse de Gijón
11) Place Santo Domingo
12) Saint-Office (Inquisition)
13) Acequia Real
Nord
Carte de la très noble ville de Mexico, 1690

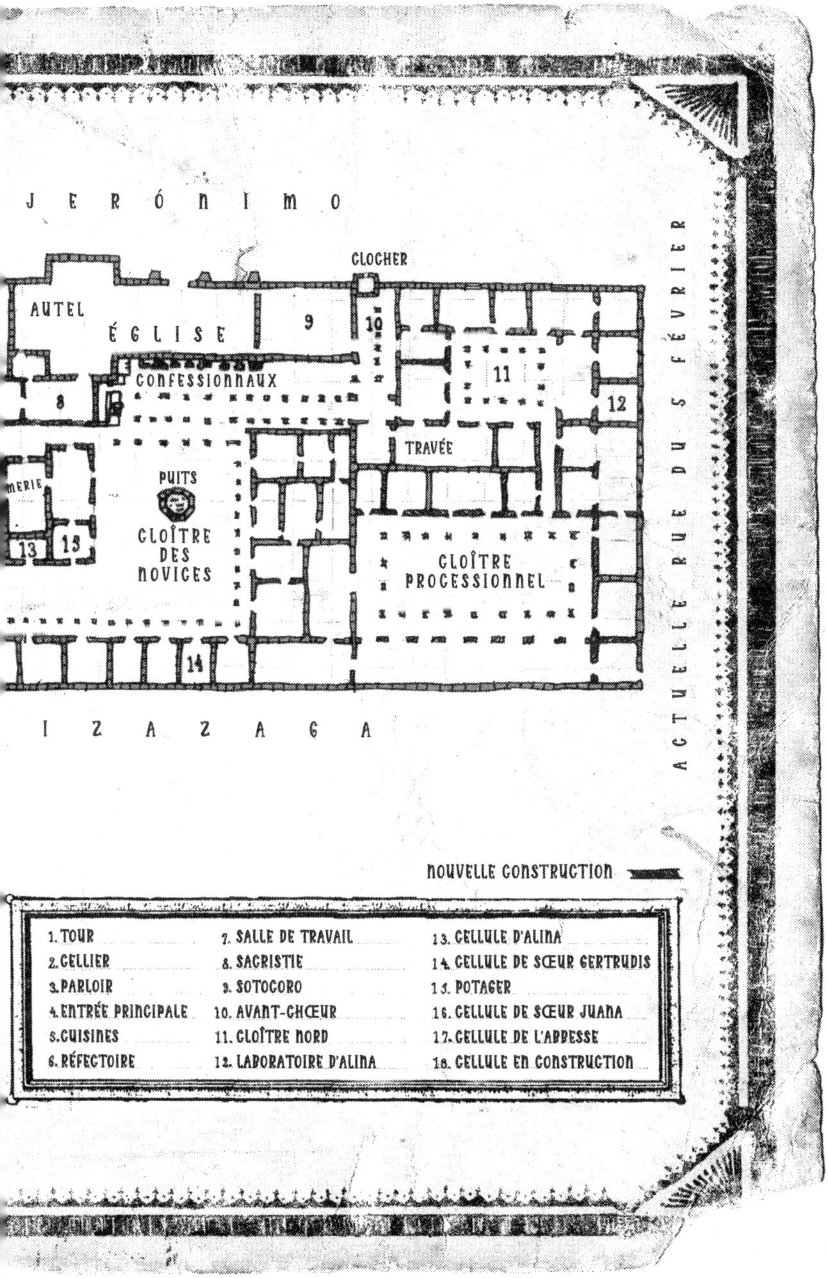
J E R Ó N I M O
CLOCHER
AUTEL
ÉGLISE
9
10
11
12
8
CONFESSIONNAUX
TRAVÉE
MERIE
PUITS
CLOÎTRE DES NOVICES
13
15
CLOÎTRE PROCESSIONNEL
14
I Z A Z A G A
ACTUELLE RUE DU 5 FÉVRIER
NOUVELLE CONSTRUCTION
1. TOUR
2. CELLIER
3. PARLOIR
4. ENTRÉE PRINCIPALE
5. CUISINES
6. RÉFECTOIRE
7. SALLE DE TRAVAIL
8. SACRISTIE
9. SOTOCORO
10. AVANT-CHŒUR
11. CLOÎTRE NORD
12. LABORATOIRE D'ALINA
13. CELLULE D'ALINA
14. CELLULE DE SŒUR GERTRUDIS
15. POTAGER
16. CELLULE DE SŒUR JUANA
17. CELLULE DE L'ABBESSE
18. CELLULE EN CONSTRUCTION

EFFROYABLES REMÈDES

ŒUVRES D'OSCAR DE MURIEL
AUX PRESSES DE LA CITÉ

Mort au couvent, 2023
Sang d'encre, 2023

OSCAR DE MURIEL

LES MYSTÈRES DE SŒUR JUANA

EFFROYABLES REMÈDES

Traduit de l'espagnol (Mexique)
par Vanessa Canavesi

Les Presses de la Cité

Publié au Mexique sous le titre original Los Antiguos Venenos par Montena, une marque de Penguin Random House, en 2022.

Les Presses de la Cité, un département Place des Éditeurs
92, avenue de France – 75013 Paris

ISBN 978-2-258-20589-5
Dépôt légal : janvier 2024

Note de l'éditeur

Pour le personnage de sœur Juana, Oscar de Muriel s'est inspiré de sœur Juana Inés de la Cruz, une grande lettrée mexicaine née en 1651 (1648 selon certaines sources) et morte en 1695. Son œuvre poétique figure parmi les plus emblématiques de la langue espagnole.

Ce roman m'a préservé de la folie,
ainsi donc je te le dédie,
toi qui m'en protèges aussi
puisque aimablement tu me lis

Au milieu de l'antique ivraie
que l'Ennemi de l'homme
a mise dans le jardin du monde
afin de flétrir ses fleurs,
le Jardinier Divin,
pour montrer qu'il est habile,
sur la toile la plus stérile
la Rose la plus noble a peint.

Sœur Juana Inés de la Cruz,
Villancicos à l'Immaculée Conception, 1676

PROLOGUE

ANTEMORTEM

11 août 1690

La chaleur était infernale, et les baleines de son corset semblaient vouloir lui transpercer les côtes, cependant Mme de La Corcuera ne s'arrêta pas. Elle grimpa les marches du palais en renâclant, soulevant des jupons fatigués que lui avait vendus la vice-reine six mois auparavant, et que cette parvenue de courtisane enfilait presque quotidiennement.

C'était d'ailleurs précisément la vice-reine qu'elle cherchait, pour lui porter des nouvelles si brûlantes qu'on eût dit qu'elle avait posé les mains et les pieds sur un *comal*[1] bouillant.

Elle arriva hors d'haleine dans la galerie à arcades de l'aile nord, à l'étage, où doña Elvira, comtesse de Galve et vice-reine de Nouvelle-Espagne, possédait ses appartements.

N'importe quel roturier aurait pu deviner quelles portes y menaient, puisqu'elles étaient surveillées par deux grands et robustes gardes de Tolède.

1. Pour les termes en espagnol ou en nahuatl, se référer au glossaire en fin d'ouvrage.

Mme de La Corcuera s'arrêta devant eux, pliée en deux, pour tenter de reprendre son souffle. Quand elle se redressa, elle s'attendait à trouver les portes ouvertes, mais les gentilshommes n'avaient pas bougé d'un pouce. Elle grogna. Du temps où son visage n'était pas ridé ni ses mains tachées, ces malotrus se seraient dépêchés de lui venir en aide dès qu'ils l'auraient vue apparaître dans le couloir. Si elle avait su, alors, que sa jeunesse ne serait pas éternelle, elle aurait cherché à développer d'autres talents.

Elle porta une main couverte de bagues en cuivre et verre de mer à sa poitrine pantelante, dans une tentative désespérée d'attirer l'attention sur son décolleté, et agita son vieil éventail en plumes de faisan.

— Allez-vous m'ouvrir ? demanda-t-elle après un silence gênant.

Le garde de droite l'étudia du coin de l'œil.

— C'est à quel sujet ?

— À quel sujet ? Pousse-toi, imbécile !

Hormis un léger décalage vers la gauche pour mieux protéger la porte, l'homme ne réagit pas.

— J'ai un message de la plus haute importance pour doña Elvira !

L'autre garde, un peu moins fringant que le premier, intervint.

— Madame la vice-reine ne nous a donné aucune instruction à ce…

— Évidemment ! Puisqu'elle ignore la raison qui m'amène !

Les gardes détournèrent le regard, fermement plantés à leurs postes.

La courtisane souffla, pesta et se retint à grand-peine de se jeter par terre en tapant du pied comme une petite fille. Par miracle, une voix douce et mélodieuse se fit entendre.

C'était Julianita, l'une des dames de compagnie d'Elvira ; 18 ans, originaire de Saragosse, aussi belle que hautaine. Elle portait un plateau d'argent sur lequel étaient disposées de fines tasses de porcelaine et une carafe de chocolat fumant.

— Que se passe-t-il, doña Carmelita ? demanda-t-elle à Mme de La Corcuera, en forçant sur sa voix comme si cette dernière était sourde.

Misérable aguicheuse, songea La Corcuera, mais ce n'était pas le moment de s'attarder sur des offenses sans importance.

— Dites à ce plaisantin de me laisser passer. J'ai un message très urgent pour doña Elvira.

Julianita prit son temps pour badiner avec les gardes, soudain ravivés.

Doña Carmela de La Corcuera fut forcée d'attendre la fin de leurs œillades et sourires indécents. Elle ne pouvait pas se permettre de faire des vagues : sa famille avait perdu toute sa fortune depuis le déclenchement de la guerre de la Ligue d'Augsbourg en Europe, ce qui n'était un secret pour personne, même en Nouvelle-Espagne. Aussi sa réputation au palais commençait-elle à ressembler dangereusement au brocart élimé de sa robe.

Une fois son manège terminé, Julianita adressa un sourire arrogant à la courtisane avant de se tourner vers le gardien.

— Madame est mon invitée, José.

La Corcuera grinça des dents, mais ravala sa colère et fila dès qu'on lui ouvrit.

Les appartements de la vice-reine, silencieux et fleurant bon la fleur d'oranger et le bois de rose, étaient un havre de paix. On percevait des rires de l'autre côté de la porte ouest du salon, et c'est là que se dirigèrent les deux femmes.

— Ouvrez-moi, lança Julianita d'un ton sans appel. Ne voyez-vous pas que j'ai les mains prises, et que je porte à doña Elvira sa boisson préférée ?

La Corcuera ouvrit, certes, mais elle passa la première.

Elle faillit cependant trébucher au premier pas ; le petit salon était plongé dans le noir. Le seul rai de lumière provenait de la loggia vénitienne de doña Elvira, projetant des ombres sur les tapisseries de soie, les fauteuils de velours et les volumineux jupons des dames de compagnie.

Assises au sol, sur des couches et des couches de tapis et de coussins, les femmes formaient un cercle serré autour de la comtesse de Galve, dans cette posture de vénération exagérée qui plaisait tant à la vice-reine.

Dans son fauteuil aux liserés dorés, celle-ci jouait avec un ocelot lové sur ses genoux. L'animal, affublé d'un ruban de soie rouge à grelot, ronronnait, léthargique, tandis que sa maîtresse lui grattait le ventre.

À l'évidence, la vice-reine venait tout juste de conclure un bon mot grivois, car les dames s'éventaient en riant, les joues rouges.

La Corcuera s'approcha à la hâte.

— Doña Elvi…

— Voilà le chocolat ! l'interrompit Julianita, la poussant sans vergogne, avant de déposer son plateau au centre du cercle.

— Doña Elvira, insista La Corcuera, je vous prie de bien voul…

— Ils ont quitté la ville, doña Elvira, la coupa de nouveau Julianita, attirant tous les regards sur elle tandis qu'elle servait la boisson fumante.

Alors que les rues étaient une vraie fournaise, que les canaux empestaient et que la sécheresse menaçait les récoltes, les appartements de la comtesse de Galve étaient si frais qu'elle et ses dames s'autorisaient à boire du chocolat chaud.

— Déjà ? s'exclama la vice-reine. Ils étaient bien pressés !

La Corcuera se racla la gorge.

— Doña Elvira, si vous me permettez…

— Vous auriez vu la tête de la comtesse de Gijón ! poursuivit Julianita. Elle était verte de rage !

Les jeunes femmes, toutes âgées de moins de 20 ans, s'esclaffèrent.

Doña Elvira sirota une gorgée de chocolat.

— Et le petit-fils ?

— Je n'ai pas réussi à le voir, *señora*. Il était recroquevillé sur lui-même à l'intérieur de la calèche. Tout comme son épouse.

L'une des courtisanes fut saisie d'un accès d'hilarité.

La Corcuera dut arracher la carafe des mains de Julianita et élever la voix.

— Doña Elvira, *señora*, veuillez pardonner mon intrusion, mais j'ai entendu quelque chose…

— Voulez-vous bien me servir, Carmelita ? demanda l'une des dames.

— … quelque chose de très important !

La vice-reine sembla enfin remarquer sa présence, mais son attitude n'en fut pas moins dédaigneuse.

— Ah, oui, doña Carmelita, glissa-t-elle entre deux éclats de rire. Nous parlons encore des noces du petit-fils de doña Marina.

— Celui qui est de l'autre bord, précisa quelqu'un, provoquant une vague de ricanements.

— Cette truie de Gijón a dû lui dégoter une femme *particulière.*

Nouvelle explosion de rires. La Corcuera se sentit bouillir.

— Et tandis qu'il joue les invertis, s'exclama la vice-reine, sa sœur est *religieuse* ! Quelle hypocrisie…

— On aurait mieux fait de le marier avec la veuve doña Ofelia, dit Julianita. Celle-là a même de la moustache.

Les rires fusèrent, assourdissants, mêlés à toutes sortes de commentaires cocasses et indécents sur la réputation de la jeune Espagnole tout juste mariée au petit-fils de la comtesse de Gijón.

La Corcuera ouvrit la bouche plusieurs fois, lança des « excusez-moi » et des « pardonnez-moi », mais le raffut des dames étouffait toute tentative de se faire entendre. Le feu grandissait dans son ventre, ses doigts se tendaient de plus en plus…

N'y tenant plus, elle jeta la carafe d'argent au sol, répandant du chocolat sur les tapis persans.

— Par tous les diables ! Allez-vous vous taire ?

Le silence fut instantané. Tous les regards, même celui de l'ocelot, convergèrent vers La Corcuera, furibonde, qui s'éventait pour retrouver son souffle.

La vice-reine était estomaquée.

— Doña Carmelita, je ne vous permets pas de…

— Je… je viens des appartements de l'épouse de don Ezequiel, *mi señora* ! bafouilla la courtisane. Ceux que vous m'avez demandé de surveiller il y a un mois…

Nul besoin de ce rappel ; doña Elvira se souvenait parfaitement qu'elle cherchait à prendre cette coquette de doña Teresita en flagrant délit d'adultère. Cependant, La Corcuera ne pouvait s'empêcher de se rengorger auprès des autres dames ; oui, la vice-reine lui confiait encore des missions importantes.

Cette dernière étouffa un cri.

— Et ? demanda-t-elle, fébrile, sans se rendre compte que son chocolat débordait de sa trembleuse.

La Corcuera savoura ce moment d'attention, se rappelant avec nostalgie l'époque où la cour tout entière se taisait à son entrée, consciente que de ses lèvres ne sortaient que les commérages les plus juteux de Nouvelle-Espagne, qui avaient tôt fait de détruire une vie ou une réputation.

— Elle vient de pénétrer dans les appartements de don Antonio de Horcasitas, annonça-t-elle enfin. Seule !

Le résultat fut immédiat : les dames se mirent à haleter, sous le choc, et la mâchoire de doña Elvira se décrocha. Elle se leva d'un bond, jetant sa tasse et son ocelot, qui roula en grognant sans parvenir à retomber sur ses pattes. Personne ne l'entendit, cependant, car la vice-reine s'époumonait :

— Mais pourquoi ne me l'as-tu pas dit tout de suite, triple buse ? Y est-elle toujours ?

— Oui, *señora* ! Toutefois, si nous ne nous hâtons pas...

— Oui, oui, tais-toi ! cria la vice-reine, éventail à la main, déjà en route vers la porte. Et ôte donc ces jupons, nous n'allons pas au bordel. Ouvrez-moi, andouilles !

L'instant d'après, Julianita trébucha, entravée par le croche-pied que lui fit La Corcuera, et cette dernière alla ouvrir obligeamment à la comtesse de Galve.

Ce fut un peu comme si un barrage avait cédé : une avalanche de soies et de dentelles déferla alors dans les couloirs du palais. Même l'ocelot courait derrière, aussi vite que le lui permettaient ses pattes potelées.

Gardiens et serviteurs s'ôtèrent de leur chemin ; on avait rarement entendu un pareil tohu-bohu de talons et de froufrous.

Même les troupes de Sparte n'inspiraient pas une telle terreur.

Elles descendirent le très large escalier recouvert de velours et traversèrent l'immense cour centrale. Tous les regards se tournèrent vers elles, et du pauvre noble au plébéien, quiconque se trouvait sur leur passage parut soudainement pétrifié. Seule l'eau de la fontaine eut assez de courage pour continuer à faire comme si de rien n'était.

La chaleur de la ville accabla rapidement ces dames, qui se mirent à suffoquer et à éventer leurs poitrines agitées. Certaines traînaient la patte, incapables de suivre le rythme de la comtesse de Galve et de la coriace Mme de La Corcuera ; d'autres ne s'aventurèrent même pas sous le soleil ardent, de peur que ne ressortent leurs taches de rousseur et ne se ternisse leur peau. Pour la vice-reine et La Corcuera, déjà avancées en âge, ces détails étaient sans importance.

Une fois parvenues dans la cour du Tribunal des comptes, elles prirent la direction de l'aile nord, là où les gentilshommes résidaient. Par chance pour Mme de La Corcuera, qui défaillait presque sous la canicule, les appartements de don Antonio se trouvaient au rez-de-chaussée.

— Est-ce ici que vous l'avez aperçue ? questionna doña Elvira, ce à quoi l'autre ne put répondre que par un hochement de tête.

Doña Elvira s'éventa avec véhémence, non pas à cause de la température, mais parce que de cette cour semblaient émaner les mauvaises odeurs de la ville. À l'instant où elles allaient parvenir aux appartements de don Antonio, elles remarquèrent son valet, un métis gringalet quoique pourvu de belles moustaches, qui sortait par la porte principale. Il portait un tas de vêtements sales qu'il laissa choir dès qu'il les vit approcher.

— Pousse-toi, Nicanor ! s'exclama La Corcuera.

Le pauvre homme pâlit et, l'espace d'un instant, ne sut que faire. Il leva un pied hésitant – vaine tentative de s'interposer devant la comtesse de Galve.

— Pousse-toi ! réitéra la vice-reine, sans hausser le ton, avec un mouvement presque imperceptible de son éventail.

Cela suffit à convaincre Nicanor d'obéir. Deux greffiers passaient par là, portant des rouleaux de parchemin et des livres de comptes.

— Hé, vous ! les alpagua doña Elvira. Venez, j'ai besoin de témoins.

L'un d'eux allait lui rétorquer d'aller se trouver des témoins dans les culottes de sa mère, mais l'autre lui donna un coup de coude peu discret et murmura : « C'est la vice-reine, imbécile ! » Ils déposèrent leurs piles de documents par terre tandis que doña Elvira agitait son éventail devant la porte.

— Ouvrez-moi, à la fin ! Combien de fois dois-je...

Elle ne put terminer.

Un hurlement aigu l'interrompit, terriblement angoissant. Il provenait de l'intérieur des appartements de don Antonio.

Tout le monde se figea, même les curieux qui épiaient à travers les colonnes du patio. Carmelita de La Corcuera s'arrêta en plein élan.

Le cri se répéta, plus clair et plus affolé.

Doña Elvira tendit le bras, tourna elle-même la poignée et, miracle, réussit à faire passer ses généreux jupons par la porte.

Les greffiers, enhardis, se précipitèrent à sa suite. Nicanor, hébété, ne réagit même pas quand La Corcuera l'écarta d'un geste brusque.

Personne ne s'attarda sur les meubles chinois et marocains, sur les boiseries précieuses incrustées de marbre et de nacre ni sur les montagnes de coussins et de tapis colorés. Tous les yeux se posèrent sur la porte ornée à outrance qui conduisait à la chambre de M. de Horcasitas.

Voilà d'où provenaient les cris : de la gorge de la très belle Teresita de Aguilar. La jeune femme, à moitié nue, luttait pour maintenir son corset en place tout en s'égosillant.

Ses pieds se prirent dans ses jupes et elle tomba à genoux sur les tapis persans, le visage baigné de larmes.

— À l'aide ! À l'aide ! Il est en train de mourir !

Ses yeux étaient aussi rouges que sa peau. Mais ses doigts étaient étrangement blancs, à force de retenir ses vêtements déboutonnés.

— Qu'est-ce qui se passe, ici ? lança la vice-reine, insensible au désarroi de la jeune fille.

Teresita tenta de s'agripper aux jupons de la comtesse.

— Don Antonio… don…

La vice-reine tira ses jupes avant que cette petite coquette espagnole puisse les toucher. Oubliant le protocole, elle ouvrit elle-même la porte de la chambre à la volée.

Des effluves de parfums et d'huiles lui parvinrent immédiatement aux narines. Doña Elvira examina les rideaux, les coussins et les paravents dignes du harem d'un sultan ou d'un empereur chinois, et finit par poser les yeux sur le lit.

Derrière les baldaquins en soie d'Orient, qui couvraient la totalité de la couche, on entendait des haut-le-cœur désespérés en même temps que l'on devinait quelque chose en train de s'agiter.

Doña Elvira voulut s'approcher, mais les gémissements l'en dissuadèrent.

— Ouvrez ces rideaux ! ordonna-t-elle aux greffiers, qui venaient d'entrer.

Les hommes coururent vers le lit.

Là, au milieu d'un fatras de draps humides, gisait Antonio de Horcasitas, tapant du pied dans le vide, serrant sa gorge avec sa main, agitant l'autre pour appeler au secours.

La vice-reine, comme hypnotisée, s'avança lentement vers le moribond, incapable ne serait-ce que de cligner des paupières. Ses yeux clairs se fixèrent sur les pupilles quasi noires de ce noble de Grenade – désormais injectées de sang.

On se pressait à présent dans la chambre : le valet Nicanor, la vieille Corcuera, des dames qui poussaient des cris d'horreur, les greffiers et quelques gardes alertés par le tapage.

Se sachant observée, la vice-reine feignit d'être offusquée, sans toutefois détourner les yeux du pourpoint déboutonné de don Antonio. Sa poitrine velue, trempée de sueur, se contractait violemment, comme si sa cage thoracique menaçait d'éclater.

Doña Elvira n'avait jamais rien vu de tel. Elle chercha son mouchoir de dentelle, se couvrit la bouche et se décala pour que les gardes secourent le malade.

— Allez chercher le médecin ! cria quelqu'un.

— Le curé suffira, corrigea la vice-reine avec un flegme qui surprit tout le monde. On ne peut plus rien pour cet homme.

Elle recula encore, se sentant soudain flotter au milieu

de cette marée de cris et de gens qui couraient comme des fourmis effrénées, renversant meubles et vases de porcelaine.

À l'autre bout de la pièce, oubliée, se trouvait la table de chevet. Là, parmi les carafes, les flasques, les verres vides et les assiettes de pigeonneaux farcis à moitié dévorés, il y avait un objet que personne n'avait remarqué : un petit flacon de verre ambré, avec son minuscule bouchon, encore humide, gisant à côté.

Dessus figurait un sceau de cire, avec une croix en son centre et estampillé tout autour de lettres microscopiques, mais lisibles :

Très Saint Ordre de San Jerónimo.

VAPEUR D'ACONIT

La vapeur s'échappait en jets sifflants et furieux de la lourde marmite d'acier qui trépidait sur le feu.

— Tu peux la retirer, dit Alina, les yeux mi-clos. On dirait qu'elle va exploser d'une minute à l'autre.

Lupita, la gigantesque esclave africaine, retroussa sa blouse sur ses bras musclés et alla chercher ses tenailles de fer, longues de plus d'1 mètre.

La vapeur emplissait le laboratoire déjà étouffant. Alina sentait la sueur couler dans son dos, sous ses habits rêches de novice, mais qu'y pouvait-elle ? Elle s'épongea le front avec un chiffon ; son capuchon, autour de son visage, était trempé, et la sueur commençait à pénétrer la coiffe blanche.

Elle envia les légers jupons et la fine blouse de coton de l'esclave, qui s'était coupé les cheveux à ras quand la chaleur de l'été était devenue insupportable.

Tandis que la femme soulevait le chaudron avec sa pince, non sans une certaine inquiétude, Alina débarrassa la table de travail des mortiers, bouquets d'herbes sèches, livres et autres feuilles volantes qui s'y trouvaient. Lupita déposa alors délicatement la marmite toujours sifflante.

— Et maintenant ?

— Il faut la laisser refroidir avant de pouvoir l'ouvrir, répondit Alina avec un plaisir non dissimulé.

Elle avait fait façonner cette marmite par le meilleur

forgeron de la ville. Une sphère quasi parfaite, à peine plus grande qu'une pastèque, avec des vis spéciales qui fixaient le couvercle pour maintenir la pression à l'intérieur. Elle en avait vu un croquis dans un ouvrage rapporté de Lyon, qui spécifiait qu'il fallait une épaisseur d'un pouce sur toute la superficie du récipient. Voilà pourquoi cette « vile casserole moderne », comme l'appelait l'abbesse, se révélait très lourde. Lupita, avec ses bras et son dos forgés par des années de pompage sur les soufflets de l'orgue, était la seule à pouvoir la manipuler avec la précision requise.

Le livre indiquait aussi que le bord de la marmite, à la jointure du couvercle, devait être recouvert d'un linge humide.

— Tout ce travail pour simplement cuire plus vite ? s'étonna Lupita.

Alina acquiesça, bien que ce fût un pieux mensonge. Ce type de cuisson était nécessaire à la purification de certaines préparations. Ces herbes et ces racines, une fois bouillies, diluées et administrées avec le plus grand soin, perdaient leur toxicité pour devenir de précieux remèdes. Les faire chauffer comme de simples patates douces ne suffisait pas ; il aurait fallu les cuire des heures durant, à moins de trouver d'autres techniques, à l'instar de cette marmite, pour que le feu purifie les poisons de la terre.

— Je suis sûre que l'enfer doit être chaud comme ça.

Alina reconnut la voix de sa fidèle Matea.

La jeune Indienne attendait sur le pas de la porte, vêtue d'une robe aussi légère que celle de Lupita, ses tresses relevées de chaque côté de sa tête pour avoir moins chaud.

— Je vous apporte votre collation de fruits, *niña*, dit-elle en montrant une jatte pleine de tranches de pastèque.

— C'est déjà l'heure ? demanda Alina, et juste alors se mirent à sonner les cloches annonçant 17 heures.

Comme toujours lorsqu'elle travaillait à ses remèdes, elle n'avait pas vu le temps passer.

— Et la mère Juana Inés dit qu'elle veut vous parler dès que vous aurez fini de manger, ajouta Matea sans bouger d'un pouce.

— Entre, l'invita Alina, mais la jeune femme se contenta de rire.

— Pour que cette chose-là m'éclate à la figure comme une fusée un jour de fête ? Non merci !

— Mais non, tu ne crains rien. Même les rivets des galions espagnols ne sont pas aussi…

— Vous pourrez dire ce que vous voudrez, votre marmite me fait penser à ces appareils qu'ils ont à l'Inquisition, vous savez ? Pour torturer les hérétiques.

Alina acquiesça.

— Je ne peux le nier.

— Allez manger dehors, *madre*, intervint Lupita, le visage ruisselant et le souffle court. Ça vous fera du bien.

— Oui, oui, bon, d'accord, dit Alina. De toute façon, je ne peux rien faire tant que la marmite n'a pas refroidi.

Elle se lava les mains, alla chercher le trousseau de clefs et, avant de fermer la porte, jeta un regard satisfait à son laboratoire : elle possédait désormais un alambic en cuivre, un autre en verre, une petite collection d'herbiers et de pharmacopées, un microscope rudimentaire de seconde main, ainsi que des rayonnages entiers d'herbes sèches, de teintures, d'hydrolats et d'onguents prêts à être vendus. Même la vapeur qui flottait dans l'air la rendait heureuse. Voilà exactement comment elle se figurait les laboratoires des anciens alchimistes.

Les trois femmes prirent la direction du cloître des

novices. Alina proposa de la pastèque à Lupita, qui choisit la plus grosse tranche avant d'y planter les dents.

La novice fit de même, ravie. La pulpe était bien rouge, sucrée et délicieusement rafraîchissante après ces heures passées dans le laboratoire. Cela dit, ce n'était pas étonnant : Matea obtenait toujours les meilleurs fruits de la Plaza Mayor.

Sa maîtresse s'approcha pour lui susurrer à l'oreille :

— Comment va ton Casio ?

C'était le seul prénom qui pouvait faire rougir Matea. Cependant Alina n'insista pas ; sœur Gertrudis, l'infirmière en chef, était assise au bord du puits, peinant à respirer.

Tout le monde savait qu'elle souffrait de bouffées de chaleur liées à l'âge. Même en des jours moins oppressants, il était fréquent de la voir se rafraîchir à cet endroit, éventant chaque recoin de son corps quand elle croyait que personne ne l'apercevait.

— Sœur Elena ! s'exclama-t-elle, car c'était là le nom de religieuse d'Alina.

Son visage, à la mâchoire carrée et plutôt masculine, s'empourpra, ce qui n'était pas dû à la chaleur.

Sœur Andrea, qui comptait parmi les meilleures amies d'Alina au sein des novices, se trouvait également près du puits, tout aussi écarlate. La jeune femme, dont les grands yeux bleus étaient les plus beaux de tout San Jerónimo, avait les mains et les pieds serrés dans des fers. Alina ressentit un élancement de douleur en les voyant. Andrea, dont les mœurs étaient plutôt légères, avait passé la majeure partie de son noviciat à faire pénitence. À cet instant, elle manipulait un balai, bien que, à en juger par la poussière qui recouvrait les dalles du cloître, elle négligeât quelque peu son travail.

Sœur Gertrudis tenait un pot d'abricots en conserve, et la raison de ses rougissements parut claire à Alina :

l'infirmière, compte tenu du fait que la pénitence consistait notamment en un jeûne très strict, était certainement en train de nourrir sa protégée en cachette.

— Je crois que cet endroit est un peu sale, fit remarquer Alina, signalant un recoin ombragé de la cour. Matea, veux-tu bien lui montrer ?

Et, disant cela, elle rendit discrètement à sa domestique les tranches de pastèque.

Matea comprenait vite.

— Bien sûr, *niña* ! J'y vais de ce pas.

Sœur Andrea, qui avait peut-être la bouche pleine d'abricots au sirop, se contenta d'acquiescer et suivit Matea.

Sœur Gertrudis regarda les chaînes de la jeune fille avec une peine profonde, mais préféra s'abstenir de commenter.

— Avez-vous bien fermé ? demanda-t-elle à Alina et Lupita en même temps qu'elle leur proposait de ses fruits en conserve. Vous savez, sœur Quintina…

— J'ai fermé à clef, comme toujours, répondit Alina.

Elle prit deux abricots et alla s'asseoir auprès de l'infirmière.

La collation de fruits, qui pouvait se prendre en privé ou se partager entre sœurs, était son moment préféré de la journée.

Lupita, après une révérence, partit en courant vers l'église. La tatillonne sœur Leocadia, la maîtresse du chœur, lui avait déjà reproché plusieurs fois de manquer à ses devoirs à l'orgue. En vérité, même la mère Encarnación, l'abbesse, ne pouvait lui en vouloir : aider Alina à l'officine était bien plus agréable que de pomper pour alimenter en air les tubes de l'orgue, tout cela pour que sœur Leocadia puisse jouer ses messes et ses fugues tourmentées.

— Comment vous sentez-vous, ma sœur ? demanda Alina à sœur Gertrudis dès qu'elles se retrouvèrent seules.

— Je vivrais mieux sans cette sensation de chaleur, répondit la religieuse en toute franchise. Ces derniers temps, je n'arrive même plus à peindre. À peine commencé-je à mélanger les poudres à l'huile que j'ai envie d'envoyer valser ma palette...

Elle inspira un grand coup, réprimant son accès de colère, et fourra un abricot entier dans sa bouche.

Alina serra l'une de ses mains rugueuses. Elle appréciait beaucoup sœur Gertrudis, qui l'avait tant aidée à aménager son laboratoire. À plus d'une occasion, l'infirmière principale avait même défendu à grands cris le travail et les études d'Alina auprès de l'abbesse. Et elle n'était pas la seule. Plusieurs femmes, à San Jerónimo, étaient dignes de la gratitude d'Alina...

À cet instant, elles entendirent des pas pressés venus du grand cloître. C'était Sabina, l'esclave africaine de sœur Juana. Elle s'adressa à la novice avec une certaine méfiance.

— *Madre*, ma maîtresse dit qu'il faut que vous alliez la voir avant les vêpres.

Alina soupira. Elle aimait beaucoup converser avec sœur Juana mais, pour l'heure, elle aurait préféré passer plus de temps en compagnie de sœur Gertrudis.

Elle lui confia le trousseau de clefs.

— Tenez. Prenez une goutte de teinture de sauge. Je l'ai justement terminée ce matin.

Sœur Gertrudis lui sourit, reconnaissante. La novice était là depuis moins d'un an mais lui prescrivait des remèdes avec une assurance enviable.

Alina suivit Sabina. Cependant, dès qu'elles accédèrent au grand cloître, la svelte Africaine fit la révérence.

— Avec votre permission, s'excusa-t-elle avant de filer sans un regard vers les cuisines.

Alina ne s'en formalisa pas. Religieuses ou servantes, elles étaient nombreuses, Sabina incluse, à la considérer comme une sorcière à cause des breuvages fumants qu'elle concoctait dans l'infirmerie. Elle haussa les épaules et reprit sa route, longeant son jardin.

Elle ne se sentait plus coupable d'estimer qu'il lui appartenait ; à peine quelques mois auparavant, cette petite parcelle de terrain n'était qu'un carré de terre nue et compacte, envahi par les mauvaises herbes.

Désormais, elle ressemblait à un jardin médicinal aux allées de romarin parfumé, de prêle, d'héliotrope et de camomille, bordé de jardinières remplies d'argile sèche pour les cactées avec, en son centre, un arbuste tropical touffu, le *chilamate*.

On avait dû clôturer le jardin depuis que la très âgée sœur Quintina, après avoir ingéré tout un plan de capucines, avait souffert de terribles diarrhées. Le *chilamate*, pour sa part, possédait sa propre barrière car les chats aimaient faire leurs griffes sur son écorce, la partie précisément la plus utile en médecine. Les baumes d'Alina se vendaient si bien au palais que le petit arbre ne suffisait plus ; elle faisait désormais venir de l'écorce des officines de Oaxaca.

Coïncidence, sœur Quintina se trouvait là, accroupie près de la barrière, jouant avec ses chats beaucoup trop près des orties (qui, soit dit en passant, soignaient très bien l'arthrite et, une fois cuites et broyées, les éruptions cutanées).

Heureusement, Alina savait comment l'en éloigner.

— Sœur Quintina, la *señora* Demetria m'a demandé de vous garder quelques foies de poulet. Mais il faut que vous y alliez dès que possible, avant que la mère Encarnación ne s'en rende compte.

La religieuse, de plus en plus voûtée, se redressa avec une agilité surprenante pour son âge incalculable.

Elle afficha cette expression lunatique et presque angoissante qui lui était propre, et fit oui de la tête.

Alina lui rendit son sourire, se rappelant combien cette femme l'avait effrayée durant ses premières semaines au couvent. Sœur Quintina, c'était clair à présent, était plus qu'inoffensive.

La femme siffla avec insistance ses chats et s'en alla à l'autre bout du grand cloître, suivie par deux siamois hautains.

Alina attendit qu'elle disparaisse derrière la porte de la cuisine. Alors, seulement, elle jeta un coup d'œil au fond de son jardin, dans le coin le plus éloigné des mains curieuses.

Là poussaient de petites feuilles d'un vert brillant, ramifiées comme des palmiers charnus, qui passaient facilement inaperçues parmi les autres feuillages exubérants. Du centre de ces feuilles naissaient des tiges allongées, pleines de petits boutons en forme de câpres sur le point d'éclore. L'ombre de ce recoin semblait mieux leur convenir que le soleil brûlant.

Alina sourit.

Cette plante était surnommée « casque de Jupiter » ou, d'après les apothicaires chinois, « aconit tue-loup ». On lui avait rapporté ces graines de Manille, ainsi qu'une poignée de racines sèches prêtes à l'emploi. Rares étaient ceux qui, à San Jerónimo, savaient qu'une seule bouchée de ces faux radis, lorsqu'ils étaient crus, pouvait tuer un homme. Et c'étaient justement ces racines qu'Alina venait de mettre à bouillir dans la marmite scellée.

Elle palpa les plantes avec orgueil et, se rappelant la demande de sœur Juana, se mit en marche vers l'unique cellule de ce cloître qui possédait son propre balcon.

En en franchissant le seuil, elle songea combien elle aimait cette enceinte, qu'elle connaissait maintenant à la perfection, et combien elle aimerait, un jour, louer quelque chose de semblable. On construisait d'autres cellules comme celle-ci, dans le cloître processionnel, qu'Alina regardait en rêvant.

Au rez-de-chaussée – qui, comme le reste de la ville, était souvent inondé –, sœur Juana ne conservait quasiment pas de livres. Elle réservait cet espace aux plus précieux et aux plus raffinés des appareils scientifiques : l'astrolabe et le télescope, la sphère de verre soufflé (qui, remplie d'eau, servait de loupe), l'hélioscope, mais aussi la coiffe de plumes que le petit-fils du noble mexicain don Fernando de Alva Ixtlilxóchitl lui avait donnée… La caverne d'un vieux mage, en somme.

Au centre du séjour trônait un large secrétaire, couvert de piles soignées de documents, de papier fin, d'encriers et d'innombrables porte-plumes, rangés du plus épais au plus fin.

Là travaillait sœur Isabel, la jeune nièce de sœur Juana. Sa calligraphie étant la plus belle de tout le couvent, elle se consacrait non seulement à mettre au propre les lettres et poèmes de sa tante, mais aussi à des missions très bien rémunérées. On lui confiait ainsi la copie de textes tellement anciens qu'ils tombaient en ruine, elle transcrivait et décorait des documents officiels pour la cour, et elle copiait même des ouvrages qu'on n'imprimait plus ou dont on avait un besoin urgent. En ce moment, elle reproduisait des paroles et des partitions pour les musiciens de la cathédrale.

Alina reconnut les *villancicos* que sœur Juana avait rédigés pour l'Assomption :

… tant que Marie est sur la terre,
Dieu n'a pas de demeure dans les hauteurs ;
car seule la poitrine de sa Mère,
lui est Trône, Agenouilloir, Église et Urne.

Ces paroles seraient chantées quelques jours plus tard. Les voir ainsi superbement transcrites relevait du miracle. Sœur Juana les avait rendues au dernier moment, au prix d'un effort considérable. Après les événements sordides de février passé, la pauvre avait dû travailler au lit, dans un état de nervosité avancé.

Sœur Isabel leva les yeux lorsqu'elle perçut la présence d'Alina.

— Ma tante t'attend, dit-elle en désignant le plafond. Cela semble important.

Alina fronça les sourcils.

— Important... comme le jour où est venu l'alguazil ?

Sœur Isabel lâcha un éclat de rire.

— Tout le contraire. Ne la fais pas attendre !

Isabel avait pris le voile noir des hiéronymites peu de temps auparavant, et cette tenue lui conférait une dignité et une maturité qu'Alina lui enviait.

La novice traversa la cuisine, joliment décorée d'azulejos de Talavera bariolés, monta le luxueux escalier de pierre et de mosaïque et pénétra dans les appartements de sœur Juana.

L'endroit, comme à l'ordinaire, embaumait la gomme arabique et le tabac. Le plafond peint à la chaux commençait déjà à noircir. Quiconque serait entré ici pour la première fois aurait pensé que les murs étaient faits de livres ; étagères et rayonnages débordaient des titres les plus divers, modestement reliés en toile ou avec du papyrus.

Sœur Juana aimait la théologie et la mythologie, la symétrie de la musique, les sciences et les faits insolites, et ses livres en témoignaient : Sénèque, Cicéron, Pline l'Ancien, Thérèse d'Ávila, Aristote, Galilée, Athanasius Kircher, Giordano Bruno...

Mais particulièrement grande était sa collection de poésie : Garcilaso de la Vega, Jean de La Croix, Francisco de Quevedo, Cristobalina Fernández de Alarcón, Jacinto Polo de Medina…

Don Carlos de Sigüenza y Góngora (dont les ouvrages figuraient aussi dans cette collection) se plaisait à dire que sœur Juana était religieuse de profession, mais poète de naissance.

— Entre, sœur Elena, lui dit la femme depuis sa table de travail.

Dans un premier temps, Alina ne la vit pas ; contrairement au secrétaire ordonné de sa nièce Isabel, celui de sœur Juana était envahi de montagnes de papiers, d'ouvrages de référence ouverts les uns sur les autres, de carnets, de feuilles froissées, de tasses de chocolat à moitié terminées, d'éclaboussures d'encre et de porte-plumes à la pointe aplatie. La poétesse disparaissait derrière.

Alina contourna le secrétaire et la trouva penchée sur une très longue lettre, en pleine concentration. Juana ne semblait pas avoir remarqué que sa pipe d'onyx, entre ses dents, était éteinte depuis manifestement bien longtemps.

Elle était grande, svelte, les yeux couleur noisette, avec un port de tête élégant qui, sans nul doute, lui avait été d'une grande utilité durant ses années à la cour.

Alina savait qu'il était préférable de ne pas l'interrompre lorsque sa plume grattait aussi vite le papier ; elle reviendrait bientôt à la réalité.

Pour patienter, la novice examina les lettres réparties sur la table, dont les expéditeurs étaient pour la plupart espagnols. Certaines enveloppes portaient le sceau de l'ordre jésuite de l'université d'Alcalá. Les lignes qu'Alina parvint à déchiffrer faisaient l'éloge de l'œuvre de sœur Juana, et le destinataire de la très longue lettre qui l'occupait à cet instant était don Manuel Fernández de Santa Cruz, l'évêque de Puebla.

Ainsi donc, tout ceci faisait partie des préparatifs de sa fameuse vengeance.

Alina regarda du coin de l'œil la seule petite portion de mur, juste au-dessus du lit monacal, qui ne soit occupée par des livres. Là était cloué le crucifix que l'archevêque Aguiar avait « offert » à la religieuse. Alina ne le savait pas alors, mais ce crucifix devait demeurer là durablement.

Enfin, la plume traça son dernier trait et sœur Juana se redressa, soupirant et souriant comme si elle venait de mettre le point final à une grande œuvre.

— Même ce poltron de don Manuel ne s'opposera pas à ce plan…

Alina regarda sœur Juana avec un arrière-goût d'effroi. Cette conspiration contre l'archevêque Aguiar lui semblait hâtive. Elle le lui avait fait savoir à de multiples reprises, mais sœur Juana était déterminée : *Comment revendiquer sa liberté, si personne ne se lève contre l'autorité ?* lui avait-elle répondu lors de leur dernier débat. Alina préférait ne pas remettre la question sur la table.

— Je vois que vous avez reçu un grand nombre de soutiens venus d'Espagne, dit-elle, passant une main distraite sur les missives.

— Grâce à Dieu, oui, répliqua sœur Juana, se levant pour aller chercher sa tabatière qu'elle cachait derrière les comédies grivoises d'Aristophane. J'ai dû fournir des efforts considérables pour que Pérez de Montoro daigne rendre hommage à mes « vulgaires souillures féminines ».

Elle regarda du coin de l'œil le nom de ce poète sur le dos d'un de ses livres.

— La comtesse de Paredes a certainement dû le lui demander en personne, mais…

Elle marqua une pause pour allumer sa dose de tabac, parfumé aux essences de rose et de vanille.

— … cela en a valu la peine. Il a accepté de me rédiger un éloge pour la prochaine anthologie.

Alina sourit.

— Cette anthologie sera davantage applaudie que ses écrits.

Sœur Juana prit une bouffée de sa pipe et exhala en contemplant le ciel bleu saphir par le balcon.

— *Le bouclier est fait d'éloges, l'épée de prestiges. D'ombre les refuges… et le manteau de subterfuges…*

Elle n'avait pas fini de prononcer « subterfuges » qu'elle courait de nouveau à son secrétaire pour noter ces vers.

Alina préférait la voir ainsi, toute à ses machinations et à ses intrigues qui lui inspiraient ses meilleures rimes et proses et commençaient déjà à porter leurs fruits : en premier chef, elle avait gagné un nouveau mécène, don Juan de Orve y Arbieto, chevalier de l'Ordre de Santiago.

Il n'avait fallu que dix courtes minutes au parloir pour se mettre dans la poche cet homme qui, à l'évidence, avait de l'argent à ne savoir qu'en faire et se faisait passer pour un lettré à la cour d'Espagne. Des petits gâteaux aux amandes et à la cannelle typiques de Saint-Jacques-de-Compostelle, et un simple « cher compatriote » inopiné prononcé par sœur Juana dont le défunt père (qu'elle ne mentionnait jamais) était originaire de cette région.

— Góngora m'a dit que ta grand-mère et ton frère avaient quitté la ville, dit sœur Juana tout en continuant à écrire.

— Oui, répondit Alina. Et je me suis assurée qu'ils emportent avec eux ce qu'il fallait, ma sœur.

Demián avait pour consigne de faire passer à n'importe quel intellectuel de renom des copies des meilleurs écrits de sœur Juana, parmi lesquels des poèmes, des *romances*, des pièces de théâtre et un nouveau recueil de presque 1 000 vers.

Au moins, cela le distrairait un peu.

Juste après le scandale avec don Carlos Sigüenza y Góngora – un secret de polichinelle –, la comtesse de Gijón avait entrepris de marier son petit-fils coûte que coûte. Elle avait organisé des fêtes, des bals et des *tertulias* sans lésiner sur les dépenses, et la candidate idéale n'avait pas tardé à se détacher : une jeune Espagnole récemment arrivée à Mexico, amenée de force par son frère aîné qui avait lui aussi pour mission de lui dégoter un époux au plus vite. Ana Rosita avait eu une aventure avec deux hommes mariés de Madrid et un autre de Ségovie. Une fois leurs amours révélées, le déshonneur avait été atroce.

Don Darío, son frère, conclut rapidement cette union par une dot que l'avare comtesse de Gijón ne put rejeter. En avril, Demián et Ana Rosita étaient mariés, et il leur fallait maintenant arpenter les salons de bal de Madrid et de Tolède pour montrer à tous que la jeune fille avait changé. Demián devrait sourire à la ronde, ignorant les médisances, avec sa sanguinaire grand-mère sur le dos à chaque pas et à chaque bévue.

— Ce n'est pas la seule raison de ma remarque, dit sœur Juana, invitant Alina à s'asseoir. Comment va ton frère ? Il a emmené sa ravissante épouse, n'est-ce pas ?

La poétesse, tout autant qu'Alina, avait détesté cette jeune femme arrogante, bien qu'elle ne l'ait croisée que quelques minutes au parloir le jour de leurs noces arrangées.

Alina acquiesça, ennuyée.

— Tout indique qu'elle est enceinte. Et tous souhaitent que le bébé naisse en Espagne, pour qu'il soit légalement péninsulaire et non *criollo*.

Elle baissa les yeux. Cette conception avait sûrement requis plus de carafes de vin que les noces de Cana. Quand elle y pensait, son destin au couvent, qui l'avait tant mortifiée au début, lui paraissait presque une bénédiction. Au moins, elle pouvait étudier, méditer, mener ses expériences et s'entourer d'une compagnie telle que Matea et sœur Juana. À plusieurs égards, elle était davantage maîtresse de son destin que ne le serait jamais Demián.

— Ils ne reviendront donc pas avant la naissance de ton premier neveu, interpréta sœur Juana. Cela peut prendre longtemps… Un an, peut-être plus…

La poétesse fronçait légèrement les sourcils, contemplant distraitement le crucifix tranchant.

— Quelque chose vous préoccupe-t-il, ma sœur ?

Juana grimaça.

— Aguiar, d'après ce que m'a raconté le père Palavicino, s'est montré très intéressé quand on lui a confié que ta grand-mère partait quelque temps en Espagne.

Alina comprit immédiatement. Les montagnes d'or et le caractère irascible de la comtesse de Gijón étaient la seule chose qui avait maintenu l'archevêque à distance ces derniers mois.

— Croyez-vous que… ?

— Je l'ignore, l'interrompit sœur Juana, tirant sur sa pipe d'un air pensif. Mais s'il veut conspirer contre nous, c'est pour lui le moment idéal. Il faudra redoubler de vigilance et…

Elle contempla sa correspondance.

— Plus vite j'obtiendrai d'autres éloges et panégyriques, mieux ce sera.

Elle prit plusieurs bouffées nerveuses, jusqu'à ce que son regard retombe sur Alina. Soudain, son angoisse disparut et elle lui adressa un de ses sourires malicieux.

— J'ai là quelque chose qui va te redonner courage.

Alina secoua la tête.

— En êtes-vous sûre ?

Le sourire de la religieuse s'élargit.

— Un don de presque 1 000 pesos est arrivé.

— 1 000 pesos ? répéta Alina. Qui est si généreux ?

— Don Antonio de Horcasitas.

Alina porta une main à sa bouche.

— Que lui as-tu vendu ? l'interrogea sœur Juana.

— Une teinture d'arnica et…

Alina rougit.

— Plusieurs onguents de *chilamate*.

Sœur Juana leva le nez d'un air entendu.

— Que Dieu ait pitié à nouveau de ce poulailler qu'est la cour…

Constatant qu'Alina devenait aussi rouge qu'un *xoconostle*, elle préféra s'arrêter là.

— C'est le don le plus élevé de l'année. Je m'en suis vantée en toute courtoisie auprès de la mère Encarnación.

Elles rirent, car l'abbesse ne cessait de bougonner chaque fois qu'elle passait devant le jardin d'Alina. S'il n'en avait tenu qu'à elle, ce terrain aurait été aplani pour construire davantage de cellules, recevoir davantage de religieuses et empocher davantage de dots. Cet argent aurait le mérite de la faire taire une bonne fois pour toutes.

Sœur Juana fouilla parmi ses papiers et en sortit un reçu portant le sceau du couvent.

— Voilà la somme qui te revient. J'y ai déjà soustrait le coût des matériaux, des flacons et le reste, ainsi que le « loyer » que la mère Encarnación te fait payer pour la jouissance du jardin et de la vieille officine.

Alina prit le reçu. L'argent, bien que lui appartenant,

était conservé dans les coffres de San Jerónimo, comme de coutume.

Elle déplia le papier, s'attendant à quelques réaux, tout au plus, mais poussa un cri en découvrant le chiffre.

— Autant ? Mais... vous m'avez dit que vous aviez retiré les...

— C'est le cas. Y compris la commission du couvent.

— Comment est-ce possible ?

— J'ai vendu tes préparations le triple de ce que tu avais suggéré. Il n'empêche, les courtisans ont payé de bon cœur.

Alina se cala sur sa chaise, incapable de détourner les yeux de ce montant.

— J'ai dû avoir la même expression quand on m'a rémunérée pour mon *Neptune Allégorique*, dit sœur Juana avec une soudaine nostalgie. À cette époque...

Elle soupira. C'étaient les années fastes, lorsque le vice-roi en place était encore don Tomás et la vice-reine, doña María Luisa, la comtesse de Paredes.

Comme le monde avait changé en si peu de temps !

Sœur Juana s'ébroua, comme pour ôter de la poussière de son visage, puis sourit.

— Je t'offre un xérès pour fêter cela. Je savais bien que ce jardin ferait des merveilles !

Juana Inés, malgré sa grande sagesse, ne s'était jamais autant trompée.

GASPAR

— Nous sommes riches ! s'écria Matea en faisant des bonds dans la cellule quand Alina lui montra le reçu. Comment vous allez dépenser cet argent ?

Alina fut un instant tentée de caracoler avec elle, mais cette question lui ramena aussitôt les pieds sur terre. Pour la première fois de sa vie, elle disposait de son propre argent, mais elle ne pouvait en profiter.

— La sœur Juana m'a suggéré de le mettre de côté pour m'acheter une cellule plus grande dès que j'aurai prononcé mes vœux, dit-elle pour se réconforter. Peut-être une cellule à deux étages, comme la sienne !

Matea serra son chiffon sur sa poitrine.

— Ahhh… Vous imaginez ? Une de celles qu'on construit dans le cloître de derrière… Avec une petite chambre sur la terrasse, pour moi… De là, je pourrai me pencher sur la rue, et…

— Non, non, non, l'interrompit Alina. Ces cellules ne donnent pas sur la rue. Ils sont en train d'installer des grilles pour que l'on ne puisse pas rompre le vœu de clôture. De toute façon…

— La belle petite cuisine que j'aurai ! Et de la place pour votre baignoire… Et pour tous vos livres… Mais… comment vous allez faire pour gagner autant d'argent en si peu de temps ? En janvier, ce sera votre tour de prendre le voile noir.

Alina sourit. Matea avait très bien compris les règles de l'ordre des hiéronymites.

— La sœur Juana dit que le couvent pourra me faire crédit ; cela dépendra de combien il me manque.

Matea en resta comme deux ronds de flan.

— Crédit ? Les religieuses se prennent pour des banquières, maintenant ?

Alina éclata de rire.

— Dans toute la Nouvelle-Espagne, il n'y a pas d'institution plus fiable que les couvents lorsqu'il s'agit d'emprunter de l'argent.

Matea secoua la tête.

— Mon *apá* m'a souvent dit de pas faire confiance à ceux qui veulent vous prêter des sous. Qu'on finit toujours perdant.

— Il n'a pas totalement tort...

Alina s'assit à son secrétaire et attendit que Matea lui apporte sa collation : des fruits, du fromage, du pain blanc et une tasse de lait frais. Parfait pour un jour de grandes chaleurs comme celui-là.

— En parlant de ton père, comment va-t-il ? Comment vont ses rhumatismes ?

— Ah, beaucoup mieux, *niña*. Je le trouve même presque plus gros. On voit presque plus les os sur ses joues.

Alina sourit, satisfaite. Aquilino, le père de Matea, était naguère péon au domaine de San Hipólito, où des années et des années de labeur aux champs lui avaient érodé les os. Désormais, il servait dans la grande demeure que la comtesse de Gijón, doña Marina, possédait à la capitale, entretenant la propriété lorsque la comtesse ne s'y trouvait pas (ce qui était presque toujours le cas). Le pauvre homme, déjà très âgé et à la santé précaire, ne se consacrait qu'à de menues tâches : polir l'argenterie, épousseter la porcelaine, arroser les jardinières. En réalité, Alina et Demián l'avaient fait venir rien que pour Matea.

— M. Demián a insisté pour qu'il l'accompagne en Europe, poursuivit Matea, mais mon père a pas voulu. Il dit qu'il a plus l'âge de grimper sur ces gros engins flottants.

— C'est un très long voyage, confirma Alina, même si elle savait pertinemment que le *señor* Aquilino préférait surtout rester près de sa fille.

Peut-être pressentait-il que sa fin était proche.

Elle poussa un soupir et but une gorgée de lait. Cela ne servait à rien de partager ses craintes avec Matea ; mieux valait qu'elle profite de son père sans se préoccuper du reste.

Elle la vit marcher vers la minuscule cuisine et, subitement, prit conscience des vêtements qu'elle portait. Matea utilisait toujours les jupons et les blouses que le couvent fournissait aux domestiques.

C'est là qu'elle prit sa décision. Elle lui achèterait des vêtements de meilleure qualité, de la laine pour l'hiver et du lin pour l'été. Si elle ne pouvait pas s'offrir de dentelle ni de bijoux, pourquoi ne pas gâter son amie la plus chère ? Elle enverrait aussi un pourpoint et des chaussures neuves au *señor* Aquilino.

Elle en était là de ses pensées lorsqu'on frappa. Il était pourtant bien tard pour les visites.

— Sœur Elena ? appela sœur Augusta, la maîtresse des novices.

Intriguée, Alina alla à la porte et ouvrit le judas. Matea, dans la cuisine, épiait avec des yeux curieux.

La maîtresse des novices était déjà en train de tourner la clef dans la serrure.

— On te demande au parloir, annonça-t-elle d'un air grave.

— Au parloir ? s'exclamèrent Alina et Matea en chœur.

— Chuuut ! Voulez-vous réveiller la moitié du cloître ? Oui. Et en vitesse.

Le visage de sœur Augusta, endurci après des années de priorat, était impassible. Alina sortit de la cellule, et Matea fit mine de la suivre.

— Pas toi, idiote ! lui lança la religieuse et, sans un mot de plus, elle claqua la porte.

Alina se retrouva dans la pénombre, éclairée par la seule bougie de sœur Augusta qui s'éloignait déjà vers le grand cloître. Elle lui emboîta le pas. L'air était toujours aussi lourd ; Alina regretta de n'avoir pas bu plus de lait.

Il y avait de la lumière au balcon de sœur Juana, toutefois ce n'était pas elle qui l'observait de là-haut, sinon son esclave, Sabina, agitant nerveusement un éventail de paille.

Arrivée au parloir, sœur Augusta ouvrit la porte.

— Vas-y ! dit-elle à Alina. On t'attend.

— Qui ? interrogea la novice, ce à quoi l'autre répondit par une grimace offusquée.

Sans doute n'en savait-elle rien elle-même.

Alina hésita, mais alors elle entendit l'écho de la voix de sœur Juana. Elle avait à peine posé un pied à l'intérieur qu'Augusta referma la porte.

Bien avant de l'apercevoir, Alina reconnut l'arôme fruité des lotions de don Gaspar, le vice-roi de Nouvelle-Espagne. À cet arôme s'entremêlait l'odeur âcre de la sueur. Aux ombres projetées sur la cloison grillagée, Alina devina que le vice-roi était entouré de l'agent de police Ogazón et de trois de ses esclaves noirs.

De leur côté de la grille, debout et manifestement tendues, se tenaient les hautes silhouettes de sœur Juana et de mère Encarnación.

— *Mais c'est notre brillant alguazil !* récitait la poétesse, éclairée par une faible lampe à huile. *Si inutile, si grossier et si servile !*

Elle haïssait tant cet homme que, même face au vice-roi, elle ne pouvait se contenir.

— Juana Inés ! la reprit l'abbesse. Vous n'avez plus l'âge pour ces accès de franchise !

Sœur Juana souffla avant de faire signe à Alina de s'approcher. Puis elle se courba devant le vice-roi, imitée par la novice et mère Encarnación.

— Monseigneur, c'est un honneur de vous recevoir.

Silence.

Alina étudia le visage du comte de Galve à travers la jalousie.

L'homme, âgé de presque 40 ans, était célèbre pour la douceur de sa peau, ses boucles grisonnantes soyeuses (qu'il enduisait d'huile d'amande douce tous les soirs, selon les rumeurs) et son goût pour les belles tenues et parures. Ce soir-là, il portait une casaque de velours bleu ciel qui lui arrivait aux genoux, cintrée à la taille et brodée d'argent. L'ourlet de ses manches laissait entrevoir les dentelles d'un pourpoint immaculé quoique trempé de sueur.

Ses yeux, globuleux et gris, semblaient avoir été dessinés pour s'associer à la perfection avec ses boucles. Ils scrutaient à cet instant chaque religieuse l'une après l'autre.

— Mieux vaut nous asseoir, dit-il enfin, les lèvres pincées. Cela pourrait prendre un moment.

Le visage du vice-roi s'était endurci depuis sa dernière visite, il y avait de cela plusieurs mois. Il semblait alors aussi frivole et insouciant que les nobles qu'Alina avait eu l'occasion de rencontrer. À présent, à en juger par la tension de sa mâchoire et de ses sourcils, il était clair que la pression de son poste commençait à l'ébranler.

La mère Encarnación, malgré sa sévérité, avait l'air intimidée : elle ouvrait et fermait la bouche, mais aucun son n'en sortait.

— Don Gaspar, intervint sœur Juana, souhaitez-vous un verre de vin ?

Alina vit la *señora* Demetria émerger de l'ombre, une carafe et deux coupes d'argent à la main.

Le vice-roi ne répondit pas. Il laissa la domestique le servir puis but deux longues gorgées. L'alguazil en fit de même.

— Je ne vais pas y aller par quatre chemins, annonça don Gaspar, contemplant le vin sombre au fond de son verre. Don Antonio de Horcasitas vient de mourir.

La carafe d'argent heurta le plateau ; Demetria, malgré son âge et sa robustesse, n'avait pu s'empêcher de sursauter.

Alina porta une main à sa poitrine. De l'autre, elle chercha la petite croix de son chapelet et regarda sœur Juana avec crainte. Il ne s'était pas passé deux heures depuis qu'elles avaient elles-mêmes mentionné ce nom.

— Cela est-il arrivé aujourd'hui ? questionna sœur Juana.

— C'est exact, ma sœur. Cet après-midi. Peu avant les vêpres, d'après ce que m'a raconté ma femme.

— Doña Elvira, madame la vice-reine ? laissa échapper la mère Encarnación, oubliant sa timidité.

— C'est exact, répéta don Gaspar. Mon épouse l'a

vu s'éteindre, et c'était selon elle un spectacle terrifiant : l'homme est mort secoué de spasmes, se tordant dans son lit comme un chien étranglé.

Mère Encarnación leva la tête aussitôt.

— Dans son lit ? Et que faisait la comtesse de Galve dans les appartements d'un autre hom…

Elle se couvrit la bouche, prenant conscience de sa propre impertinence.

Don Gaspar la cribla du regard. Les amours de la vice-reine, de plusieurs années l'aînée de son mari, n'étaient un secret – gênant – pour personne.

— Il se trouve que mon épouse, répondit le souverain, a fait irruption dans sa chambre avec tout un cortège pour… constater une infidélité.

L'abbesse se signa, scandalisée. Elle ne put toutefois s'empêcher de demander :

— Et celle-ci a-t-elle été constatée ?

Le vice-roi s'éclaircit la voix.

— Pas le… l'acte en soi. Mais, en effet, il y avait bien une femme dans la chambre de don Antonio : Teresita de Aguilar, elle-même mariée.

— Coquette typique de la cour, marmotta l'abbesse.

Alina, n'osant pas regarder le vice-roi, se tourna de nouveau vers sœur Juana, qu'elle vit déglutir. À l'ombre qui noircissait le centre de ses iris, on devinait qu'elle avait déjà tout compris.

D'une voix tout à fait maîtrisée, elle demanda, innocente :

— Voulez-vous que nous organisions des funérailles ?

Don Gaspar eut un ricanement à l'amertume non dissimulée.

— Ma sœur, vous êtes bien trop intelligente pour croire que c'est là la raison de ma venue.

Sœur Juana se contenta d'entrelacer les mains sur ses genoux et de garder le silence.

— La dernière personne à avoir parlé à don Antonio, poursuivit le vice-roi, outre *doña* Teresita, dirons-nous... est son valet, un certain Nicanor Prieto, et c'était pour le charger de remettre deux lettres. Or, toutes deux étaient adressées au couvent.

Il posa sur sœur Juana et Alina un regard sévère.

— Don Antonio nous a envoyé de l'argent, admit sœur Juana.

— De l'argent ? Pouvez-vous m'en donner le montant, ma sœur ?

Ce n'était pas une requête, mais un ordre.

— Près de 1 000 pesos, monsieur.

L'alguazil et ses esclaves sifflèrent d'admiration. Don Gaspar haussa l'un de ses sourcils parfaitement peignés.

— J'imagine que tant de charité n'était pas... disons... spontanée.

Alina sentit un grand froid dans sa poitrine.

— Quel rapport cet homme avait-il avec vous ? insista le vice-roi. Pourquoi vous aurait-il contactées juste avant... ce que je vous ai raconté ?

Sœur Juana lança un coup d'œil à Alina, dont les lèvres tremblaient. Elle parla la première.

— Don Antonio me connaît depuis longtemps, *señor*. Il m'a commandé des poèmes à l'occasion qui... eh bien... n'étaient pas singulièrement spirituels.

— Pouvez-vous être plus précise ?

Sœur Juana soupira avec un regard en coin pour la mère Encarnación.

— Des vers obscènes pour ses traînées du palais ? ronchonna l'abbesse.

— Oui, *madre*. Cependant, j'ai toujours exigé qu'on ne m'attribue pas ces vers.

L'agent de police Ogazón prit alors la parole pour la première fois.

— Et c'est pour quelques vers scabreux qu'il vous a envoyé 1 000 pesos ?

Sœur Juana lui adressa un regard de pure rancœur.

— Le don n'était pas pour elle, intervint la mère Encarnación. C'était pour cette novice.

Alina en eut le souffle coupé. Cette fois, elle ne pouvait plus esquiver les yeux inquisiteurs de don Gaspar.

— Es-tu la fameuse sœur Elena de San Hipólito ?

Alina s'astreignit à hocher la tête. En d'autres circonstances, elle aurait été très flattée que le vice-roi se rappelle son nom.

— L'une de ces lettres t'était adressée. Pourquoi don Antonio t'écrivait-il ?

— Sœur Elena lui préparait des pommades et des remèdes, monseigneur, se dépêcha de dévoiler la mère supérieure.

Alina sentit son ventre s'enflammer de colère. Sœur Juana avait les poings fermés.

Don Gaspar, de l'autre côté, était tout ouïe.

— Des remèdes ? Quel genre de remèdes ?

Alina se racla la gorge.

— De la teinture d'ar… d'arnica… Et une pommade pour…

Elle eut l'impression qu'on lui approchait des charbons ardents des joues.

— Pour ses troubles masculins.

L'abbesse rit avec sarcasme, perdant soudain la déférence qu'elle devait au vice-roi.

— Ah, bien sûr ! Cet Horcasitas était célèbre pour ses

allées et venues, et cette idiote lui fournissait des remèdes pour soigner ses immondices. Le Seigneur nous envoie précisément ces poisons pour nous punir ! Sodome et Gomorrhe n'ont pas brûlé par accident !

Comprenant qu'elle s'était laissé emporter, elle se renfonça dans son siège.

Don Gaspar se pencha vers la grille pour examiner Alina de plus près.

— Que te disait-il, dans cette lettre ?

Alina déglutit.

— Je… je l'ignore, monseigneur. Je n'ai reçu aucune lettre aujourd'hui.

— Dis la vérité ! rugit l'alguazil, mais sœur Juana leva une main.

— Nulle nécessité de faire étalage de votre brutalité, Ogazón.

Elle se tourna vers don Gaspar avec respect.

— Si cette lettre est arrivée cet après-midi, elle doit encore se trouver dans le sac du courrier. Si monseigneur le désire, nous pouvons aller l'inspecter.

Le comte de Galve se contenta d'agiter une main pour leur indiquer de faire vite, puis donna un petit coup sur le bord de sa coupe pour que Demetria la lui remplisse.

— Bien sûr, répondit sœur Juana. Si vous voulez bien nous attendre… Nous rapporterons ces lettres immédiatement.

Là-dessus, prenant sa petite lampe à huile, elle fit signe à Alina de la suivre.

En chemin, elle lui chuchota à l'oreille :

— Est-ce vrai que tu ne lui as vendu que des teintures d'arnica et des pommades ?

— Oui, *madre*, bien entendu. Vous ne pensez tout de même pas que…

— Non, non. Bien sûr que non. C'est juste que…

Elle se tut soudain, si abruptement qu'on eût dit que quelqu'un l'avait frappée au ventre. Alors, seulement, Alina osa prononcer les mots fatidiques.

— Le vice-roi et l'alguazil pensent que c'est moi qui l'ai empoisonné !

Sœur Juana prit une profonde inspiration.

— Oui, ou bien que c'est toi qui as fourni à autrui un poison. Quoi qu'il en soit, la situation n'est pas idéale.

Elle n'en dit pas plus. Elles étaient parvenues à la salle du tour, et ce n'est qu'après avoir refermé la porte derrière elles que sœur Juana posa la question suivante :

— Lui as-tu vendu de tes racines d'aconit ?

Peu de femmes au couvent connaissaient les propriétés de cette plante. Les deux autres étaient Alina et Demetria, laquelle, à cet instant, devait servir davantage de vin au vice-roi.

— Je n'ai encore rien vendu de la sorte. À personne. J'ai utilisé aujourd'hui pour la première fois la marmite scellée que j'ai fait forger.

Sœur Juana regarda sur le côté, pensive.

— Et tu n'as dit à personne que cette plante…

— Non, ma sœur. Pas même à Matea. Même si…

Elle marqua une pause.

— Même si quoi ? demanda sœur Juana.

— J'ai… j'ai planté les graines au jardin il y a longtemps. Elles sont sur le point de fleurir.

Sœur Juana prit une goulée d'air, les yeux fermés. Alina, triturant ses mains, se rappela sœur Quintina et ses chats autour de ses plantations.

— Ne mettons pas la charrue avant les bœufs, dit la poétesse. Tiens-moi cela.

Elle lui passa la lampe et apporta le sac de toile où l'on rangeait les lettres. Elle fouilla à l'intérieur, jusqu'à en extirper une feuille pliée sur elle-même et cachetée à la cire. Elle la mit dans les mains d'Alina, qui reconnut le sceau de don Antonio.

— Ouvre-la, dit sœur Juana en même temps qu'elle reprenait la lampe à huile.

— Mais le vice-roi va penser…

— C'est ta correspondance, insista sœur Juana. Personne n'a le droit de la lire avant toi. Et…

Elle s'approcha pour baisser la voix.

— Et si c'est quelque chose que tu ne veux pas partager…

Nul besoin d'en dire davantage.

— Je te demande juste de te dépêcher.

Alina décacheta le pli et le parcourut à toute vitesse.

— Ce n'est rien d'important, dit-elle dans un soupir. Il me remercie pour le dernier baume que je lui ai vendu et me réclame la fameuse lotion pour… ce qu'il appelle les « blocages de l'intestin ». Voyez.

Sœur Juana lut la lettre, les sourcils froncés.

— Comme c'est étrange…, murmura-t-elle.

De nouveau, Alina crut voir les yeux de la religieuse s'assombrir tandis qu'ils oscillaient d'un côté à l'autre, comme poursuivant une étincelle erratique dans les airs.

— Ma sœur… À quoi pensez…

— Retournons auprès de don Gaspar. Nous avons déjà trop tardé.

Sœur Juana mit la lettre dans la caisse rotative du parloir et lui fit faire un tour.

L'un des esclaves, le plus costaud des trois, que l'on

surnommait Le Nègre, saisit le papier et le donna au vice-roi avec une révérence.

Don Gaspar l'examina sans le déplier. Quand il leva les yeux, il avait un sourcil arqué.

— Ce sceau est brisé...

Le cœur d'Alina se serra.

— Notre abbesse ouvre toute notre correspondance, se dépêcha de répondre sœur Juana. Cela fait partie de nos usages.

Et c'était presque la vérité. L'on réservait plutôt ces traitements aux professes à la morale douteuse, comme sœur Andrea. Quoi qu'il en soit, don Gaspar accepta l'argument.

Il lut la lettre avec attention, deux fois, dans le silence le plus total.

— Je m'en tiendrai à cela pour l'instant, conclut-il sans demander l'opinion des hiéronymites, fourrant la lettre dans sa poche.

Il était affalé sur son siège.

— La mort de don Antonio fut un tantinet délicate. Tous ceux qui en ont témoigné, et Dieu sait qu'ils ont été nombreux – mon épouse, deux ou trois dames de compagnie, deux gardiens, la fameuse Teresita ainsi que le domestique que j'ai mentionné... Tous s'accordent à dire que don Antonio a succombé à une sorte de poison.

— Doux Jésus ! s'exclama la mère supérieure.

Alina s'efforça de ne pas crier. Sœur Juana, se mordant une lèvre pour garder une contenance, lui prit la main.

— Je n'accuse personne, déclara le vice-roi, en posant son regard sur la novice. Du moins, pas pour le moment. Toutefois, comme vous pouvez l'imaginer, l'épouse de don Antonio et ses filles réclament justice. Celle qui est désormais sa veuve, doña Catarina de Horcasitas, est une proche parente du duc de Medinaceli.

Ce nom frappa sœur Juana de stupeur.

— Le frère de don Tomás de la Cerda ? Le prédécesseur de Votre Grâce ?

Et le beau-frère de la comtesse de Paredes, l'ancienne vice-reine, pensa Alina.

Don Gaspar acquiesça.

— Je vois que vous m'avez compris, ma sœur : le duc de Medinaceli est riche et influent, et pas qu'en Espagne. Il a des contacts haut placés à Rome parmi la noblesse et le clergé. Il est déjà en train d'essayer de faire entrer son fils aîné à l'ambassade d'Espagne. Si doña Catarina fait appel à lui et lui raconte que je n'ai pas rendu justice après la mort de son mari…

— Nous comprenons, *señor*, conclut sœur Juana pour calmer le vice-roi, qui semblait sur le point de l'étrangler.

La sempiternelle histoire de la justice : la loi ne s'appliquait qu'à ceux qui avaient les moyens de payer… ou la force de la faire exécuter.

— Pour témoigner de mon soutien à la veuve, poursuivit le vice-roi, le teint soudain verdâtre, je suis moi-même entré inspecter la chambre de don Antonio. Outre une petite boîte de pommade dont nous savons finalement à quoi elle servait, nous n'avons pas trouvé d'autre remède préparé par ce couvent.

Les trois religieuses soupirèrent, tandis que l'alguazil leur souriait, narquois.

— Vous avez cependant mentionné de la teinture d'arnica, ajouta don Gaspar. Comment un flacon de ce type pourrait-il se perdre ? Qui irait le subtiliser ? À moins que…

Un silence épais s'ensuivit, rompu par l'alguazil qui proféra un « ha ! » moqueur avant d'avaler son verre d'un trait.

— Vous comprendrez que je ne peux consacrer tout mon temps à cette bagatelle, conclut don Gaspar. Entre la nouvelle colonie du Texas que l'on doit évangéliser, ces misérables Indiens Pimas qui se soulèvent au Sonora et ces maudits pirates anglais, hollandais, français et je ne sais quoi encore qui assiègent Veracruz ! Ma pauvre tête… !

Il s'arrêta pour reprendre son souffle.

— Je vais laisser cette affaire entre les mains d'Ogazón.

— Comment ? s'écria sœur Juana, se levant d'un bond. *Ce rustre sot, à la cervelle de jeunot et aux airs de nigaud ?*

— Ma sœur…, voulut l'interrompre Alina.

— *Si vil, si benêt, si aviné et si puéril…*

— Ma sœur ! gronda la novice, et ce n'est que grâce à elle que la poétesse réfréna le torrent de rimes qui la débordait.

Don Gaspar laissa échapper un ricanement.

Il se racla la gorge.

— Je comprends votre méfiance, ma sœur. En vertu de quoi je vais solliciter une aide d'une autre nature. Dès que nous serons sortis d'ici, nous irons droit à l'hôpital de l'Amour de Dieu.

— Consulter don Carlos ? demanda sœur Juana, pour la forme.

Elle savait bien que don Carlos Sigüenza y Góngora était dorénavant le cartographe officiel de la cour, et que le vice-roi en faisait son expert sur n'importe quel sujet scientifique.

— Comme il est aumônier, dit don Gaspar, il prétextera de participer aux obsèques de don Antonio pour procéder à l'inspection de la dépouille. Peut-être pourra-t-il ainsi nous dire quel genre de poison l'a tué.

— Très peu de substances laissent des marques flagrantes, précisa Alina. Le cyanure et…

Sœur Juana lui donna un coup de coude discret. Mieux valait ne pas afficher ses connaissances en matière de poisons. Don Gaspar lui adressa un regard méfiant, secoua légèrement la tête mais n'ajouta rien. Après une dernière gorgée de vin, il se leva.

— Juana Inés, je vous recommande d'échanger avec Góngora le plus vite possible. Pour le bien de vos sœurs, faites tout ce qui est en votre pouvoir pour trouver le coupable.

Il observa l'alguazil du coin de l'œil.

— Ogazón, voulez-vous attendre dehors avec vos hommes ?

L'agent fronça les sourcils, mais fut forcé d'obéir. Il sortit bruyamment en compagnie de ses hommes. Aussitôt, l'air du parloir devint beaucoup plus frais.

Don Gaspar s'approcha de la grille.

— Ne faites confiance à personne. Je fais de mon mieux pour que l'affaire ne parvienne pas tout de suite aux oreilles de l'archevêque, mais Aguiar a des espions partout ; je ne serais pas surpris qu'Ogazón lui-même en fasse partie. Si seulement mon épouse n'avait pas fait appel à lui..., lâcha-t-il en secouant la tête.

Il poussa un soupir attristé avant de leur souhaiter une bonne nuit et, quand il sortit, ce fut comme si son malaise s'était emparé de San Jerónimo.

GÓNGORA (I)

La lune, cercle parfait d'un blanc argenté, divisé à parts égales entre lumière et ombre, luisait d'une pâle lueur.

Don Carlos Sigüenza y Góngora la préférait ainsi que pleine ; quand elle brillait à son maximum, la lumière obscurcissait les plus fins détails de la surface.

Il retira l'œil du viseur du télescope et reporta son attention sur ses croquis, disposés sur une petite table de la terrasse de l'hôpital, glissés sous des galets pour ne pas que le vent les emporte. La nuit était encore chaude.

Don Carlos affila la pointe de son fusain avec un couteau. Éclairé par une seule bougie tremblotante, il ajouta des détails à ses cartes lunaires. Un cratère par-ci, une chaîne de montagnes par-là, et derechef, il sentit dans sa poitrine la fascination et le respect que lui inspiraient les astres, en particulier la Lune.

Comment avait-on pu nier à Galilée qu'il s'agissait d'une sphère ? Une gemme roulante et poreuse telle une pierre volcanique, dont on pouvait cartographier les irrégularités aussi facilement que les collines à l'horizon, apparaissant et disparaissant sur le firmament avec une précision divine…

Du reste, si l'on s'en référait aux lois de la perspective, il devait s'agir d'un objet colossal. Ces anneaux de pierre qui projetaient leurs ombres devaient être grands comme les volcans enneigés de l'Orient. Ces *mari*, comme les avait récemment nommées don Giovanni Riccioli, devaient être aussi vastes que la mer Caspienne ou la Méditerranée. Et si la Lune flottait d'un côté à l'autre du firmament, elle se déplaçait à l'évidence à une vitesse impossible à calculer.

Don Carlos soupira.

— Impossible ? murmura-t-il.

Non. Aristarque de Samos avait déjà évalué la distance entre le Soleil, la Lune et la Terre, partant du principe qu'au premier quartier les trois astres formaient un triangle de 90 degrés auquel pouvaient s'appliquer les fonctions pythagoriciennes...

Il entendit alors qu'on carillonnait à la porte principale de l'hôpital, et la peur manqua de lui faire renverser sa petite bougie sur sa précieuse collection d'esquisses et de notes.

Il prit sa lampe, se pencha à la balustrade et aperçut la lanterne du portier somnolent, qui courait vers la porte. Au hennissement de chevaux qui retentit et à la voix qui tonna quand la porte s'ouvrit, don Carlos identifia immédiatement le nouvel arrivant.

— Nous amenons un syphilitique, lança l'alguazil. Pour que l'aumônier lui donne l'extrême-onction.

Le portier revint dans la cour, affolé. Il leva les yeux et découvrit la bougie de Góngora à l'étage.

— Mon père, on vous cherche !

L'imposant alguazil sortit de l'ombre, suivi par trois de ses esclaves. Don Carlos gardait encore en mémoire la volée de coups que ces hommes-là leur avaient administrée, à lui et Demián, à peine quelques mois auparavant. Ce soir-là, ils chargeaient sur leur dos un lourd paquet enveloppé dans un drap. Quoi qu'en dise Ogazón, ceci avait tout l'air d'un cadavre.

— Que voulez-vous ? leur lança don Carlos, à l'abri sur la terrasse.

— C'est pour don Gaspar.

— Don Gaspar… Don Gaspar ?

— Descendez immédiatement, *caramba* ! rugit l'alguazil.

Là, Góngora vit apparaître un autre homme, dissimulé sous une capuche, courbé pour cacher son visage ; cependant, ce velours bordé d'or et ce claquement de talons ne pouvaient qu'appartenir au vice-roi.

L'aumônier fit oui de la tête, la gorge serrée.

Il dévala aussitôt l'escalier, rajustant son pourpoint, ses épaisses lunettes et sa chevelure hirsute.

Le vice-roi, courte silhouette aux côtés des esclaves malgré ses talons à la mode de Louis XIV, ôta ses gants pour le saluer.

— Don Carlos, chuchota-t-il, pardonnez l'heure tardive.

— Ne vous inquiétez pas, *señor*.

— Où pouvons-nous vous montrer ce paquet ? interrogea le comte de Galve, pointant le linceul avec dégoût. En privé.

— Par ici, indiqua don Carlos avant de les conduire dans une salle sombre de l'hôpital.

Il se servit de sa bougie pour allumer une lampe à huile, puis il désigna une vieille table en bois maculée de taches écarlates, là où les docteurs de l'hôpital crevaient les bubons les plus virulents.

Les esclaves n'eurent pas besoin d'instruction : ils déposèrent leur chargement, lequel commençait à dégager une légère âcreté. Le vice-roi ôta son second gant et l'agita devant son nez comme pour chasser les mouches.

— Sortez ! aboya l'alguazil à ses esclaves avant de se tourner vers le portier qui tendait le cou pour mieux voir.

— Vous aussi. Ouste !

Le Nègre ferma la porte derrière lui.

Góngora ravala sa salive quand il vit que l'agent de police tournait le verrou oxydé. Le vice-roi ôta sa capuche. La sueur avait aplati ses belles boucles ; toutefois ce n'était pas là sa préoccupation.

— Veuillez pardonner le désagrément que je vous cause, don Carlos.

— Ce sera un honneur de vous aider dans la mesure de mes moyens, répondit Góngora, qui n'avait pas le choix.

Il plongea dans une révérence avant de s'avancer vers le corps.

— Je suppose que ce pauvre homme, paix à son âme… n'est pas mort de la syphilis, n'est-ce pas ?

— Comment le savez-vous ? lança l'alguazil.

— Vos hommes ne l'auraient pas manipulé avec tant de détachement, répliqua l'aumônier. De quoi est-il mort, alors ?

Le comte de Galve se mordit la lèvre.

— C'est précisément ce que nous venons vous demander.

Don Carlos acquiesça. Il s'approcha de la table, posa son bougeoir dans un coin et retroussa ses manches. Après s'être signé, il entreprit de retirer le drap avec une grande prudence.

— Le *señor* Horcasitas ! s'exclama-t-il.

— Le connaissiez-vous ? interrogea le vice-roi.

Don Carlos souffla, incommodé par le relent de plus en plus intense.

— Seulement de vue. Et… eh bien… de réputation.

— Vous n'étiez pas le seul dévergondé de cette ville ! railla l'agent.

— Ogazón, je vous en prie ! protesta le vice-roi.

Ignorant le commentaire, don Carlos continua son inspection tandis que don Gaspar battait en retraite, ses gants sur le nez.

— Je ne vois pas de traces de blessures ni d'une quelconque maladie, dit Góngora.

Ogazón fit un signe de la tête.

— Regardez sa bouche.

Don Carlos ouvrit et ferma les poings, rassemblant son courage. Il était plutôt habitué à voir les horreurs que la syphilis causait chez les malades, mais il prenait toujours soin de ne pas les toucher.

Il tint la mâchoire d'une main et, avec l'index et le pouce de l'autre, écarta les lèvres froides du mort.

— Seigneur Jésus…

Il sentit une atroce vague de nausée et dut se mordre les jointures des doigts pour la réprimer.

À sa surprise, l'alguazil lui apporta une chaise. Don Carlos s'assit lourdement.

— Empoisonné ? demanda don Gaspar.

Don Carlos ne put que faire oui de la tête, la nausée lui nouant la gorge. Ogazón, qui avait une outre de vin à sa ceinture, la lui proposa.

— En savez-vous la cause ? questionna le vice-roi.

Don Carlos prit plusieurs gorgées, s'éclaboussant de liqueur sur les manches.

— Quel que soit ce que don Antonio a ingurgité, cela lui a brûlé la bouche et la langue. Peut-être de l'*aqua regia*. Elle est célèbre pour dissoudre tout, même l'or.

Don Gaspar réfléchit.

— Et cette *aqua*… quelque chose, tarde-t-elle à faire sentir ses effets ?

— Oh, absolument pas, *mi señor*. C'est instantané. Elle brûle et ronge tout ce qu'elle touche.

— Alors ce n'est pas cela. La… dame qui a lancé l'alerte était avec lui avant sa mort. Elle a dit que don Antonio allait bien, et que le mal est venu d'un coup.

— Étrange…, murmura Góngora, posant le vin d'un côté et revenant se pencher sur le cadavre.

Soudain, don Carlos se ressaisit et fit preuve d'un grand sang-froid : il ouvrit de nouveau la bouche de don Antonio et en approcha la bougie.

— La langue et la gorge sont turgescentes. Et encore rouges, bien qu'il soit mort…

Il retira ses doigts, humides de la salive de don Antonio, et les examina.

— L'*aqua regia* aurait brûlé n'importe quel objet qu'il aurait éclaboussé. Mes propres doigts aussi.

Il se pencha alors sur les yeux et ouvrit l'une des paupières avec délicatesse. L'éclat de la bougie se refléta dans ces globes désormais froids et gélatineux.

— Pupilles dilatées, murmura don Carlos. Oui, c'était bien un poison, pas un acide.

Tandis que l'aumônier examinait les diverses parties du corps, les mains, le torse et l'abdomen, qui avaient parfois d'autres secrets à révéler, le vice-roi se racla la gorge.

— Don Carlos, est-il vrai qu'il… est inenvisageable de distinguer les effets d'un poison de ceux d'un autre ?

— C'est souvent le cas, monseigneur. À moins de trouver la substance toxique près de la victime, ou de pouvoir retracer son origine… À moins encore d'obtenir des aveux du coupable.

— Cela ne va pas être simple, grommela Ogazón.

— Voulez-vous bien attendre dehors ? demanda le vice-roi, à bout de patience.

La poitrine de l'alguazil s'enfla tel un dindon indigné,

toutefois il sortit sans broncher. Don Gaspar secoua une chaise poussiéreuse et vint s'asseoir près de don Carlos.

— Il me faut à tout prix trouver le coupable, m'entendez-vous ? Il en va de ma réputation. Vous connaissez sans doute l'entourage de don Antonio et de sa veuve actuelle ?

— Hum… Je sais qu'elle est apparentée aux Medinaceli, confirma don Carlos. Mais, monseigneur, des décès similaires sont survenus depuis la Rome antique, et dans toutes les cours d'Europe et d'Orient. Il est presque impossible…

— Si vous n'y parvenez pas, l'interrompit le vice-roi, et si mon honneur n'est pas une motivation suffisante pour vous…

— Monseigneur, comment pouvez-vous envisager que je ménagerais mes efforts sur…

— Nous venons de San Jerónimo, l'arrêta à nouveau don Gaspar, sortant une note de sa poche. Don Antonio était un bon client de l'ordre des hiéronymites. Elles-mêmes l'ont admis, et cette lettre le confirme.

Sans s'en rendre compte, Góngora ouvrit la bouche au fur et à mesure qu'il lisait le message.

— La jeune sœur Elena ? s'exclama-t-il. Non… non, non, non. Elle en serait incapable.

Don Gaspar soupira.

— Nous avons trouvé deux petites caisses d'onguents dans les appartements de don Antonio. De ceux que la novice lui prescrivait contre ses troubles de la virilité.

Don Carlos haussa un sourcil.

— Cela n'aurait pas brûlé la bouche de…

— Non, évidemment. Nous l'avons testé sur l'un des chiens du palais, et il ne lui est rien arrivé de tel. Mais ce n'est pas la seule chose que la religieuse lui fournissait.

Si l'on découvrait que don Antonio a ingurgité d'autres de ses préparations...

— Mais vous n'avez rien trouvé, si ? insista don Carlos.

Le vice-roi secoua la tête.

— Ce lieu était un pandémonium. Cela ne m'étonnerait pas que quelqu'un soit entré pour brouiller les pistes.

Quelque chose de répugnant scintilla dans les yeux du vice-roi. Quelque chose qui, malgré la chaleur de la nuit, fit frissonner Góngora.

— Quelqu'un... *mi señor* ?

Don Gaspar se pencha sur lui. L'aumônier perçut la désagréable combinaison de parfums, d'huile et de transpiration. Il parla dans un murmure presque inaudible.

— Nous savons tous les deux que l'archevêque Aguiar ne voit pas les hiéronymites d'un très bon œil. Si ceci parvient à ses oreilles, il fera tout son possible pour qu'elles soient jugées. Pour assassinat, dans le meilleur des cas. Pour sorcellerie, dans le pire.

Góngora reçut le mot comme une gifle.

Il regarda de nouveau le cadavre et eut un coup au cœur : sa mâchoire venait de s'ouvrir toute seule. *Rigor mortis*... ou la rigidité cadavérique. Il n'empêche que don Carlos avait l'impression que le mort lui-même réclamait justice.

— Aidez les sœurs, si vous tenez tant à elles, conclut le vice-roi en se levant et en rajustant ses gants. Et aidez-moi, car, pour ma part, j'ai fait ce que j'avais à faire.

ALCHIMIE DES PLANTES

Une unique bougie brûlait dans la vaste salle du réfectoire où se trouvait Alina, assise seule à une table, penchée sur la flamme tremblotante. Son esprit ne pouvait ordonner ses pensées, tout comme ses yeux ne pouvaient presque pas ciller. Tout à coup, une voix dans son dos la fit sursauter.

— Tenez, *niña*. Prenez ça.

La *señora* Demetria posa le pichet de thé fumant sur la table.

Alina se redressa, la bouche tordue. En cette nuit si chaude, une boisson brûlante était la dernière chose dont elle avait envie.

— Ne soyez pas têtue, buvez !

Alina regarda attentivement la responsable des cuisines, Maya de sang pur, trapue, les épaules larges et le nez proéminent. Ses yeux noirs, tels de profonds puits remplis de sagesse, semblaient intransigeants.

La novice prit le pichet et inspecta les herbes qui flottaient à la surface.

— Est-ce du saule blanc ?

— Oui, avec du miel et des fleurs de tilleul. Rien de mieux pour soulager les nerfs. Allez, buvez !

Au prix d'un effort considérable, Alina avala une gorgée. C'était Demetria qui lui avait appris une grande partie de ce qu'elle savait à propos des plantes médicinales. Des choses que pas même la sœur Gertrudis ne connaissait.

Matea sortit alors de la cuisine avec une tranche de génoise beurrée et sucrée.

— Mangez, ordonna Demetria. C'est bon pour les frayeurs.

— Écoutez-la, *niña*, lui dit Matea. Elle est délicieuse !

Seule contre elles deux, Alina obéit. Tandis qu'elle mâchait, elle contempla le visage de Matea. Demetria lui avait certainement tout raconté, car la jeune fille regardait sa maîtresse avec récrimination. « Combien de fois je vous ai dit de pas jouer avec ces mixtures ! » lui reprocherait-elle quand elles se retrouveraient seules.

La porte s'ouvrit à présent sur sœur Juana.

— La mère Encarnación est dans sa cellule, leur apprit-elle. Elle dit que moins elle en saura sur cette « affaire saugrenue », mieux elle s'en portera. *L'oreille sourde et la vue empêchée, on évite les plaintes et la saleté.*

Elle s'installa en bout de table, l'air grave, ses doigts fins et toujours tachés d'encre entrelacés. Pendant un moment, elle observa Alina, qui mangeait et buvait à la manière d'un oisillon blessé.

— Garde espoir, lui dit-elle. Cela aurait pu être bien pire.

— Pire ? Le vice-roi et la vice-reine croient que j'ai tué quelqu'un ! Et, connaissant ces idiots de la cour et l'alguazil, cela ne me surprendrait guère qu'on m'accuse même de sorcelle...

— Du calme, du calme.

Sœur Juana montra les deux femmes du Yucatán et de Cholula.

— Crois-tu que tu sois seule ? Je te ferai embarquer pour les Philippines avant qu'on touche un de tes cheveux.

Demetria et Matea firent oui de la tête avec grande conviction. Alina en eut les larmes aux yeux.

Sœur Juana, penchée sur la table, s'éclaircit la voix, car il semblait qu'elle aussi avait un nœud dans la gorge.

— Passons au plus important. D'après ce que je sais, nous trois sommes les seules à connaître l'existence de l'aconit tue-loup.

Elles hochèrent de nouveau la tête.

— Monsieur le vice-roi a dit qu'ils n'étaient même pas sûrs que ce rustre soit mort de ça, ajouta Demetria.

— C'est vrai. Nous devons d'abord entendre ce que don Carlos aura à nous dire à ce sujet.

La poétesse regarda Alina.

— Tu as cependant précisé tout à l'heure qu'il était très difficile de distinguer un poison d'un autre...

— Oui, confirma la novice. Hormis le cyanure qui teint la peau en noir, et le ricin qui cause des hémorragies caractéristiques. La plupart, toutefois, tuent très rapidement sans laisser de traces. La poudre d'orpiment, par exemple.

— L'orpiment ? s'enquit sœur Juana. Comme cette belle encre dorée de Chine que nous utilisons pour les enluminures ?

— Et que je vous recommande de ne pas boire ! lui dit Alina.

— Même s'il paraît que cela améliore la saveur du vin, ajouta Demetria, un sourcil levé.

Sœur Juana en resta interdite.

— Comment savez-vous tout cela ? Non, je préfère ne pas l'entendre. Qu'en est-il de l'aconit ? Laisse-t-il des marques ?

— Je dois consulter mes livres, dit Alina. Hormis ses propriétés médicinales, j'ignore à peu près tout de lui. Dûment préparé, il soigne l'hystérie et fait baisser la fièvre.

Elles se tournèrent vers Demetria, mais la femme secoua la tête.

— Je ne connais ce poison chinois que de réputation.

— Bien, se réjouit sœur Juana. Cela peut jouer en notre faveur. Sœur Elena, tu es convaincue que tes plantes n'ont pas pu sortir de San Jerónimo, n'est-ce pas ?

Alina se mordit la lèvre.

— Il reste... il reste sœur Quintina...

— Nous savons toutes que cette vieille est complètement folle, intervint Matea.

— Elle a pu faire sortir quelque chose sans le vouloir, ajouta Alina. Sans savoir ce que c'était. Je n'y crois pas, mais... ce n'est pas impossible.

Sœur Juana médita quelques instants, absorbée dans la contemplation de la flamme. On lisait dans ses yeux qu'elle luttait pour faire le tri dans le torrent de ses pensées.

— Si tu as pu te procurer ces plantes, d'autres l'ont pu aussi. Auprès de ces commerçants chinois, avec leur opium et leurs poudres... Et don Antonio de Horcasitas n'était pas une blanche colombe ; beaucoup de monde à la cour devait souhaiter sa...

Elle secoua la tête.

— Je vais trop vite en besogne. Sœur Elena, avant toute chose, détermine quelles traces peut laisser cette herbe. Il serait bon, également, que tu te débarrasses de tes plants et de tes préparations.

— Comment ?! protesta Alina. J'ai payé une fortune pour ces graines ! Et cela fait des mois que je les culti...

— As-tu déjà oublié cette fois où les inquisiteurs ont manqué trouver une statuette de tezontle dans tes affaires ? coupa la poétesse, exceptionnellement sévère. Ne fais pas cette tête. Je sais comment tu te sens. Crois-moi : il y a des années, l'abbesse m'avait confisqué mes livres et les avait gardés sous clef pendant des mois. Une autre m'a retiré un petit roman d'aventures que j'avais écrit et ne me l'a jamais rendu. Et celle qui lui a succédé m'a obligée à rédiger ma correspondance d'une écriture tordue et pleine de taches sous prétexte que l'on pouvait penser qu'une calligraphie si belle, venant d'une femme, était l'œuvre du démon.

— Ça, je m'en souviens, dit Demetria.

Matea n'eut pas besoin de parler ; son expression était éloquente.

Alina souffla, impuissante, frappant pathétiquement le pichet sur la table.

— Qu'est-ce que c'est ? demanda-t-elle pour changer de sujet, apercevant un pli sur la table.

Sœur Juana s'approcha.

— J'ai transcrit de mémoire la lettre que t'a envoyée don Antonio. Elle intéressait beaucoup don Gaspar ; j'ignore ce qu'il espérait y trouver.

Alina la lut rapidement, sans s'étonner que la religieuse se rappelle le texte avec tant de précision.

— Si vous faites référence à un message codé, répondit la novice, j'en doute fort. Don Antonio n'était pas exactement un esprit brillant.

— Mieux vaut nous préparer à toutes les éventualités, rétorqua sœur Juana avant de se lever. Maintenant, va dormir. Nous réfléchirons demain à tête reposée. Peut-être don Carlos aura-t-il trouvé la solution, et peut-être nous inquiétons-nous pour rien.

Mais Alina pressentait que ce ne serait pas le cas.

TUE-LOUP

Comme il fallait s'y attendre, Alina ne parvint pas à dormir.

Elle passa la nuit les yeux grands ouverts, à contempler les fissures au plafond. Elle loua le ciel quand les coqs se mirent à chanter, et Matea à s'affairer dans la petite cuisine.

Gagnée par l'impatience, la novice se leva et alla fouiller parmi ses livres.

Ses étagères, qui, à l'image de celles de sœur Juana, étaient de simples planches posées sur des équerres, débordaient déjà. Bientôt, les murs de cette cellule ne seraient plus suffisants. Elle prit sa pharmacopée orientale, celle qu'elle avait achetée d'occasion, dont la couverture était si abîmée qu'elle avait dû la recoudre dans la salle de travail tandis que les autres religieuses brodaient les étoles des évêques.

Matea passa la tête dans sa partie de la pièce et demanda à voix basse :

— Un petit chocolat ? Un thé ? Il fait plutôt frais, ce matin. Les petites mères le sauront pas.

Si la prière devait se faire à jeun, de nombreuses sœurs trichaient.

— Non, Matea, merci, répondit Alina, se palpant le ventre. La génoise d'hier m'est restée sur l'estomac.

Elle ouvrit sur son secrétaire l'épais ouvrage, qui craqua comme les genoux des vieilles hiéronymites, et ne tarda pas à trouver les pages dédiées à l'aconit tue-loup. Elle les avait marquées avec une chute de ruban.

Outre « aconit » et « casque de Jupiter », on l'appelait aussi le « capuchon de moine » à cause de ses fleurs en forme de boutons froissés, presque honteuses, comme si les pétales se repliaient vers le centre pour essayer de dissimuler quelque chose. L'aconit tirait son nom le plus populaire, « tue-loup », d'une ancienne légende selon laquelle des paysans, lassés que les loups tuent leurs bêtes, avaient rempli le cadavre d'un agneau de cette plante. Le lendemain matin, la meute entière avait été découverte morte autour du festin.

Alina trouva l'encadré qui décrivait les symptômes de l'intoxication mais ne put le lire en détail, interrompue par le rituel « Je vous salue Marie pleine de grâce ? » de sœur Augusta. La maîtresse des novices ouvrit la porte et, remarquant ses profonds cernes, l'étudia avec des yeux scrutateurs.

— C'est l'heure de la prière, dit-elle avec une note d'inquiétude dans la voix. Ensuite, tâche de manger quelque chose.

Elle se retira, laissant la porte ouverte. Alina sentit l'air frais du matin. Ainsi s'était déroulé l'été : des matinées glaciales suivies d'après-midi où le soleil brûlait la peau, puis de nuits étouffantes durant lesquelles il lui était presque impossible de dormir, serrée dans son habit.

Religieuses et novices marchaient déjà vers l'église. Parmi elles, Alina distingua la svelte silhouette de sœur Andrea, qui balayait le cloître en traînant ses chaînes avec lassitude.

Alina alla voir Matea dans la cuisine de la cellule (qui

était aussi l'endroit où dormait la domestique), et articula un silencieux : « Quelque chose pour Andrea ? »

Matea fouilla dans le garde-manger, mais ne trouva rien. Alina entreprit alors de cacher sous son scapulaire la tranche de génoise, son propre petit déjeuner, et sortit comme si de rien n'était.

Les deux jeunes femmes n'avaient plus besoin de se parler : dès qu'elle la vit s'approcher, Andrea fit semblant de secouer ses habits et, ce faisant, saisit la nourriture tendue par Alina.

— Combien de jours de pénitence te reste-t-il ? l'interrogea cette dernière.

— Moins d'un mois, répondit sœur Andrea, engloutissant la moitié du gâteau d'une bouchée.

Durant la pénitence, on ne pouvait manger qu'une seule fois par jour, et rien que du pain dur, du sel et de l'eau.

Alina s'étonnait qu'on n'ait pas encore expulsé sœur Andrea : c'était la troisième fois qu'on la surprenait avec son amant Germán, et les mauvaises langues racontaient que, à cette dernière occasion, c'était dans des circonstances des plus scandaleuses.

— Je voulais justement te parler, marmonna Andrea, la bouche pleine. Les domestiques prétendent que tu as de nouveau des ennuis.

— Quoi ? Comment est-ce que…

— Tonalta dit qu'hier le vice-roi est venu vous voir, et l'esclave de l'abbesse lui a raconté que la vieille est revenue dans un état pitoyable du parloir. Aussi, euh…

Elle lui jeta un regard désapprobateur.

— Tu n'as pas très bonne mine.

Pour qu'une religieuse affamée avec des fers aux pieds dise cela…

Alina soupira.

— Je ne peux rien te révéler pour le moment.

— Mais...

— Mieux vaut que je m'en aille, se dépêcha de conclure Alina, qui venait à cet instant de voir apparaître l'abbesse entre les colonnes de l'infirmerie.

Elle alla à sa rencontre pour faire diversion.

— Bonjour, *madre*, dit-elle avec une révérence.

— Ce jour n'aura rien de bon, crois-moi, grogna la mère Encarnación. Surtout pour toi. Et je t'ai déjà dit de ne pas fréquenter cette traînée.

Là-dessus, l'abbesse lança un regard mauvais aux confessionnaux annexés à l'église, en particulier celui que l'on remarquait du premier coup d'œil parce qu'il venait d'être refait à neuf. C'était là qu'on avait surpris les deux tourtereaux, qui profitaient qu'une des cloisons soit tombée à cause du salpêtre.

— Au moins, ses ennuis à elle sont remédiables, murmura l'abbesse alors qu'elles entraient dans l'église.

Les prières se déroulèrent sans nouveauté. Certes, la soixantaine de religieuses ne cessaient de chuchoter en montrant Alina et sœur Juana, mais c'était à prévoir. Et tandis que les professes revenaient à leurs cellules pour prendre leur petit déjeuner, Alina et Matea coururent au jardin.

— Va-t'en ! cria Matea à un chat qui avait trouvé le moyen de se glisser derrière l'enclos pour griffer l'écorce du *chilamate*. C'est quelle plante, *niña* ?

Alina, soulevant ses habits, alla au fond du carré potager. Elle écarta un odorant arbuste duquel les chats ne s'approchaient jamais, et inspecta sa chère plante toxique pour la dernière fois.

À l'évidence, l'aconit appréciait les climats plus frais.

Ici, à l'ombre, ses feuilles avaient acquis un beau vert brillant, et ses boutons, gros comme des câpres, prenaient une belle teinte bleutée. Dans quelques jours, ils auraient fleuri, et quelques semaines plus tard ils germeraient. Si seulement Alina avait pu continuer à les cultiver, à perfectionner ses teintures…

Elle inspira un grand coup, essayant de ne pas songer à tous ces mois d'effort. Puis elle tira sur le premier plant. La terre, bien retournée et fertilisée, céda immédiatement ; la plante conserva ses racines intactes. Alina contempla ces sortes de radis brun-rouge de la taille de son pouce, capables aussi bien de soigner que de tuer.

Dangereux, voire mortels. Et quand bien même ? Le feu et l'eau, dans de mauvaises circonstances, l'étaient tout autant. Quel droit avait-on de lui confisquer son travail ? De réduire ses efforts à néant et de jeter au feu le fruit de ses études ? L'injustice était telle qu'elle en avait mal au ventre.

Elle se retourna d'un coup vers Matea. Peut-être était-ce la brutalité de son mouvement, ou l'expression sur son visage, toujours est-il que la jeune Indienne comprit aussitôt.

— Non, réagit-elle. Non. La *madre* Juana vous a dit très clairement de jeter ces choses.

— Elle m'a demandé de m'en « débarrasser », répliqua Alina avec obstination. Elle n'a pas expliqué comment…

Elle réfléchit une seconde, puis baissa la plante, au cas où quelqu'un la verrait.

— Aïe, *niña*, ne faites pas cette tête ! Vous ressemblez à sœur Quintina.

— Chez ma grand-mère…, chuchota la novice, s'écoutant elle-même prononcer ces paroles empreintes de folie,… il y a des jardinières sur la terrasse… J'imagine que c'est ton père qui s'en occupe…

— Ça suffit, je m'en vais. Vous voulez que mon *ápa* fasse pousser vos herbes tue-chréti… ?

— Chuuut ! Parle moins fort ! murmura Alina. Oui. C'est exactement ce que je veux.

Et, faisant fi des protestations de Matea, elle entreprit de déterrer les plantes avec plus de soin cette fois, avant de les réunir en tas.

— Cache-les dans ton tablier. Et si tu les touches, ne mange pas sans t'être bien lavé les mains avant.

Matea leva les deux mains comme pour se protéger de coyotes sauvages.

— *Niña* Alina, je vous ai aidée à cacher des miroirs et des statuettes… à voler de l'eau-de-vie dans le cellier pour vos mixtures, à communiquer avec le *niño* Demián, à passer de la nourriture à la petite Andrea, à broder à votre place à la salle de travail…

— Ce n'est qu'une broutille. Tu ne fais qu'apporter des fleurs chez ma grand-mère.

— Elles ont tué quelqu'un ! Et ils croient que c'est votre faute ! Ça vous fait pas peur ?

— On ne sait même pas ce qui a causé la…

Alina soupira, exaspérée. Elle n'avait plus le temps de débattre ; dans quelques minutes, les sœurs finiraient leur petit déjeuner, elles sortiraient des cloîtres avec leurs domestiques et s'attelleraient à leurs travaux du jour. C'est alors que sa fameuse idée lui revint, intempestive.

Alina sourit.

— Veux-tu une nouvelle robe ?

— Quoi ?

— En lin. Turquoise. Brillante et douce. Ce serait magnifique, en contraste avec la couleur de ta peau…

Matea recula.

— Je crois qu'être enfermée ici avec toutes ces femmes vous est monté au bourrichon.

— Et des chaussures. Des chaussures ! Fini les sandales. Tu ne te mouillerais plus les pieds quand les rues sont inondées.

Matea cessa toute résistance et pencha la tête.

— Des… chaussures ? Comme celles que porte Mme Celia ?

— Oui ! s'empressa de répondre Alina bien qu'elle n'ait jamais vu la mercière. Plus belles encore !

Elle vit tout de suite la tentation grandir sur le visage de Matea. En cela, oui, côtoyer des religieuses était utile.

La novice joua sa dernière carte.

— Pense à combien tu seras belle quand tu iras acheter des fruits !

Alina approcha la barrette de cire rouge de la bougie, attendit qu'elle commence à fondre et fit tomber quelques gouttes sur les flacons alignés sur la table ; teintures de saule, d'arnica, d'héliotrope.

Elle appliqua le sceau du couvent et, à l'aide d'un peu de cire, scella les bouchons miniatures. Conservées dans un contenant hermétique et sombre, les substances médicinales gardaient leurs propriétés de nombreux mois. Il suffisait de les diluer dans de l'eau avec du miel et du citron.

Quelqu'un frappa à la porte ouverte. C'était Lupita, qui apportait un cageot rempli de flacons neufs.

— Où est-ce que je laisse ça, *madre* ?

Alina contempla le laboratoire. Il était plein à craquer.

Elle voulut déplacer la lourde marmite de fer, sans succès. Lupita posa le cageot au sol et le fit à sa place.

— C'est bientôt prêt à être ouvert ? demanda-t-elle.

Un intérêt sincère qui flattait Alina.

— Oui, répondit celle-ci sans grand enthousiasme. Mais je crois que nous allons devoir le jeter.

Le visage de Lupita s'assombrit.

— Quoi ? Pourquoi ? Vous avez raté le…

— Je vous y prends !

Ce cri de crécelle les fit sursauter. À première vue, on aurait dit un vautour dénutri et voûté, mais il ne s'agissait que de sœur Leocadia, la maîtresse du chœur.

Alina avait toujours des palpitations en sa présence. Non à cause de ses cernes, ni de cette cicatrice qui lui barrait le visage du nez jusqu'à l'oreille droite, ni de celles de ses poignets, plus profondes. C'était son regard, abject, et cette manie qu'elle avait de se frotter les mains, comme submergée par le tourment. Sa carnation olivâtre, dont beaucoup disaient qu'elle lui venait d'une mère potentiellement indigène, sauvait les apparences ; si cette femme avait eu la peau pâle, elle aurait vraiment ressemblé à un vautour aux abois.

— Ma sœur ! s'exclama Alina. Lupita était seulement en train de m'apporter…

— Je m'en soucie comme d'une guigne, coupa sœur Leocadia, contemplant les instruments, les livres et les herbes comme s'il s'agissait du postérieur de Satan. Cela ne me plaît pas que tu la distraies tout le temps. Je l'ai engagée pour qu'elle m'aide, moi. Sa place est au chœur, pas devant tes chaudrons de sorcière.

Alina, déjà à bout de nerfs, fut tentée de s'emporter, puis elle se ravisa. Parfois, elle ressentait de la peine pour cette femme, incapable d'interagir avec les autres religieuses. Elle se sentait aussi coupable, sans en être responsable, de lui avoir volé ses élèves. Un jour que sœur Leocadia se trouvait mal, comme à son habitude, Alina avait assuré l'enseignement de la musique auprès des jeunes filles. Après une seule leçon, les petites s'étaient mutinées, exigeant qu'Alina prenne la place de la sinistre organiste. Comme certaines venaient de familles aisées, payant cher l'instruction de leurs filles, l'abbesse avait cédé.

— Va avec sœur Leocadia, Lupita, s'obligea à dire Alina, et la pauvre esclave, tout aussi contrariée, s'exécuta (non sans avoir au préalable remonté les flacons sur la table).

Alina l'accompagna du regard jusque dans le cloître des novices, sous les réprimandes de sœur Leocadia.

Une minute plus tard résonnaient les sonates passionnées et agitées, quoique virtuoses, que sœur Leocadia aimait tant jouer.

Même si Alina avait du mal à l'admettre, cette femme avait un talent certain : elle était la fille du meilleur luthier du palais, célèbre pour ses délicats instruments de musique mais aussi pour son large répertoire de *loas*, de ballades et de danses, desquelles on disait le plus grand bien alors que l'homme était mort près de vingt ans auparavant.

Alina revint à ses affaires, contemplant la marmite d'acier encore pleine d'aconit bouilli, ne sachant qu'en faire.

Elle n'aurait cependant pas à le décider tout de suite ; sœur Juana fit irruption dans l'officine.

— Sœur Elena, viens vite ! Don Carlos est arrivé.

JARDINIÈRES

— Qu'est-ce que tu veux, toi ? lança la *señorita* Margarida quand Matea ouvrit la porte.

La jeune Indienne souffla d'impatience.

— Je vois que vous vous souvenez pas de moi.

Margarida, grande, blonde, aussi belle qu'altière, retroussa le nez comme si on venait de lui mettre une poignée de fumier sous le nez.

— Comment veux-tu ? Avec toutes ces Indiennes qui viennent frapper chaque jour pour me vendre leurs vieilleries et leurs herbes comestibles…

— Aïe, arrêtez de faire l'idiote ! Je suis venue mille fois.

Et de but en blanc, Matea la poussa et entra dans la cour de la comtesse.

— C'est quoi, ça ? fulmina la gouvernante, montrant le paquet de torchons que Matea avait sous le bras.

— Qu'est-ce que ça peut bien vous faire ? Est-ce que je vous demande ce que vous avez sous votre corsage ?

Margarida grogna de frustration.

— Ce finaud d'Indien est sur la terrasse.

— Ah, vous voyez que vous savez qui je suis !

— Et ne va pas mettre tes pattes n'importe où, on vient de passer la serpillière !

Matea ne prit pas la peine de répondre et monta les marches quatre à quatre. Le mauvais caractère de cette aigrie de Margarida, comme disait le jeune Demián, avait empiré depuis avril, lorsqu'elle avait fêté ses 30 ans de célibat. Et personne n'attendait autant qu'elle se dégote un mari que don Aquilino, le père de Matea, lequel supportait son insolence au quotidien.

Matea le trouva en train de balayer les pavés de la terrasse avec apathie, vêtu d'un vêtement de coton immaculé, de magnifiques sandales en cuir et d'un large chapeau de paille offerts par Demián.

— Ma petite, quelle surprise !

L'homme leva un bras décharné et tanné après des années à arracher les mauvaises herbes dans les champs de maïs. Matea se laissa enlacer. La vitalité de son père déclinait de jour en jour, mais elle préféra ne pas y penser.

— Je ne peux pas rester longtemps, annonça-t-elle, voyant qu'il posait son balai et s'asseyait au bord d'une des énormes jardinières de terre cuite. Je t'apporte un...

Elle baissa la voix.

— Une commission de la *niña* Alina.

— Eh bien, assieds-toi un moment pour me raconter tout ça, dit don Aquilino en époussetant le rebord de la jardinière.

Malgré les soins de son père, Matea remarqua que nombre de plantes étaient brûlées par le soleil.

— Je viens souvent m'asseoir ici dans l'après-midi, une fois que les pluies ont rafraîchi l'atmosphère, dit-il. Cette ville est splendide, non ?

Matea ne pourrait jamais oublier ce jour où on l'avait forcée à le quitter sans lui donner ne serait-ce que le temps de lui dire au revoir. Le pauvre homme, malgré son âge, s'était mis à courir derrière la calèche qui emportait sa fille, sans bien sûr parvenir à la rattraper. Après cela, il s'était écoulé des mois avant qu'ils se revoient. Matea ne l'avait encore raconté à personne mais, durant cette période, elle enchaînait les cauchemars où elle le voyait fouetté, mort de froid ou de faim. Rien d'étonnant à cela : dans son dos, Aquilino portait encore la marque du sceau du domaine de San Hipólito, qu'un des contremaîtres lui avait faite au fer rouge.

Mais à présent il était là, bien habillé, logé sous un vrai toit, dans des vêtements propres et sur l'une des plus belles terrasses de la ville. Matea ne cesserait jamais de rendre grâce à la *niña* Alina et au jeune Demián.

Une main en visière, elle observa les alentours. D'ici, on distinguait parfaitement la cour de la Sainte Inquisition. Quand la comtesse de Gijón était chez elle, on faisait installer un tapis, un parasol et une petite table avec des chaises rembourrées. D'après ses petits-enfants, le passe-temps favori de cette femme était de contempler les jugements et les exécutions en sirotant un verre de vin muté.

Matea porta son regard à l'horizon, au-delà des toits de tuiles et des clochers des églises. La vallée déserte s'ouvrait devant ses yeux, entourée de collines, et l'on apercevait même des volcans enneigés en direction de l'orient. Matea tourna sur elle-même pour observer le versant sud, où se hissaient les échafaudages de la cathédrale encore en construction. Des nuages noirs s'amoncelaient dans le ciel.

— Une bonne averse nous attend, Mateíta. Pourvu qu'on ne t'envoie plus en courses cet après-midi.

— En parlant de courses, dit Matea qui aurait préféré continuer d'admirer les volcans, voilà ce que t'envoie la *niña* Alina.

Don Aquilino tendit la main vers le paquet.

— Non, non. D'abord… Aïe, *apá*, jure-moi que tu vas faire attention avec ça !

GÓNGORA (II)

Tandis qu'elle cheminait aux côtés de sœur Juana sous les voûtes qui menaient au grand cloître, Alina se rappela les robes qu'elle avait promises à Matea.

Elle eut un accès de remords. D'une même manœuvre, elle l'avait soudoyée, elle avait menti et elle l'avait envoyée dissimuler l'une des plantes les plus toxiques que le Rédempteur ait créées.

Elle songea qu'il serait préférable de s'ôter ce poids de la conscience au plus vite.

— Ma sœur... Pourrais-je prendre un peu de mon argent des coffres ? demanda-t-elle.

Elle avait hésité, et cela n'échappa pas à l'œil expert de sœur Juana. Celle-ci s'arrêta net, sans toutefois regarder la novice directement. Elle battit des paupières... et reprit sa progression.

— Bien entendu, sœur Elena. Cet argent est à toi et durement gagné. Puis-je te demander ce que tu comptes en faire ?

Alina prit son inspiration, étonnée de cette question. La veille, sœur Juana était disposée à brûler une lettre potentiellement accablante, et maintenant elle voulait savoir ce qu'une novice comptait faire de son argent ?

Par chance, Alina n'avait pas besoin de mentir.

— Je veux acheter de nouvelles robes à Matea. Et des chaussures, aussi.

La poétesse hocha la tête.

— Je vois. Pour une faveur en particulier ?

Le cœur d'Alina se souleva. Cette femme lisait-elle dans ses pensées ?

— Tout le contraire, répondit-elle en détournant la tête, feignant d'être gênée par le soleil. C'est parce qu'elle se démène quotidiennement et qu'elle le mérite.

Cette fois, elle la regarda dans les yeux et ajouta une autre vérité.

— Et si je continue de vendre des remèdes, il faut qu'elle soit bien habillée pour aller les remettre.

— Je vois, répéta sœur Juana. As-tu pensé à une boutique en particulier ?

Alina prit de l'assurance.

— Oui ! Doña Celia, l'Espagnole qui vend des tissus au Parián... Matea est son amie, j'imagine qu'elle lui fera un bon prix. Et... eh bien, je pensais lui écrire directement. Pour faire une surprise à Matea.

Elles étaient parvenues au parloir. Sœur Juana posa une main sur la poignée, mais n'ouvrit pas. Elle planta son regard pénétrant sur Alina.

La jeune fille, décontenancée, fit semblant d'admirer les colonnes du cloître avec un intérêt démesuré pour qui les voit tous les jours. Quand elle reporta son attention sur la poétesse, elle la trouva les yeux mi-clos, méfiante.

— Très bien, dit-elle en ouvrant la porte. Demande-lui de t'envoyer les robes ainsi que la note. Tu me la donneras et je me chargerai de marchander à ta place.

Alina se dépêcha d'entrer. Entre la chaleur et les mensonges, elle commençait à transpirer.

— Marchander ?

— Oui. C'est ainsi que je traite tous les commerçants : il est toujours préférable de marchander quand le produit ne peut plus être retourné. Quand bien même ils ne baisseraient pas le prix, l'argent reste en ta possession, et tu peux le faire fructifier.

Alina fit semblant de rire, quoiqu'elle ne sache pas si sœur Juana était sérieuse. Elle n'eut pas l'occasion de le lui demander ; on leur ouvrit le rideau de la cloison et Góngora apparut debout de l'autre côté, plus pâle que jamais.

— Mes sœurs, je suis venu dès que j'ai pu ! Comment allez-vous ?

— *Épuisées, angoissées, cernées et agitées,* répondit la poétesse, usant de nouveau de ce ton pince-sans-rire.

Elle lissa son habit et prit la tasse de chocolat que lui offrait Demetria.

— Vous saurez sûrement déjà qui est venu nous voir hier soir.

Alina, échauffée rien qu'à la vue de la boisson fumante, la déclina aimablement.

— Il nous a informées qu'il viendrait directement vous voir, don Carlos, expliqua la novice.

— Et c'est ce qu'il a fait, sœur Elena.

L'aumônier jeta un coup d'œil hésitant à Demetria.

— Vous pouvez parler en toute confiance, le rassura sœur Juana. Demetria est de notre côté.

La sœur écoute, aussi fripée qu'un raisin sec, dormait à poings fermés.

Don Carlos berçait nerveusement le verre de xérès qu'il tenait dans sa main.

— Don Gaspar m'a demandé de... d'examiner le corps de don Antonio, paix à son âme.

Sœur Juana soupira.

— Vous a-t-il confié ses soupçons ?

— En effet. Sans y aller par quatre chemins. Il a même mentionné la possibilité d'une accusation pour... sorcellerie.

Alina se couvrit la bouche, et sœur Juana, qui ne pouvait mettre de côté vingt années dans les ordres, se signa deux fois.

Góngora prit une gorgée de son xérès.

— Sœur Elena, avez-vous vendu quelque chose de dangereux à don Antonio ?

— Non, répliqua Alina. Bien sûr que non. Comme je l'ai dit à sœur Juana, il s'agissait seulement de teinture d'arnica et d'une pommade de *chilamate*.

L'aumônier fit oui de la tête.

— Mais je sais qu'ici, à San Jerónimo, vous cultivez d'autres plantes...

Évidemment qu'il le savait, puisque c'est lui qui avait mis Alina en contact avec les herboristes chinois.

— Nous nous sommes débarrassées de cela, se dépêcha de répondre sœur Juana.

— J'ai arraché toutes les pousses de mon jardin, affirma Alina d'un ton très convaincant, après avoir choisi soigneusement ses mots.

— Bien, dit Góngora. Très bien. J'ignore ce qui se passerait si l'archevêque venait à trouver des traces de...

— Croyez-vous qu'Aguiar soit mêlé à cette affaire ? l'interrompit sœur Juana.

— Espérons que non, ma sœur, mais il faut nous prémunir de tout soupçon.

Il se retourna vers Alina.

— Sœur Elena, vous êtes plus docte que nous en la matière : savez-vous quelles marques peut laisser... la plante en question ?

Alina récita ce qu'elle avait lu dans la pharmacopée orientale.

— Ce poison n'agit pas instantanément, même quand la dose ingérée est forte. Le premier symptôme sera un œdème de la gorge et de la bouche, accompagné d'une sensation de chaleur. J'imagine que cela doit faire comme lorsque l'on mange des piments ; ils ne piquent pas tout de suite. L'aconit est également très irritant, surtout pour les muqueuses.

Elle se frotta le bout des doigts.

— De fait, les feuilles m'ont parfois irrité les mains quand je les triturais dans le mortier...

Góngora se pencha davantage sur la grille, au point de basculer de sa chaise.

— Quoi d'autre ?

— Quand la dose... eh bien...

Alina lança un coup d'œil vers la sœur écoute. Celle-ci ronflait.

— Quand la dose est létale... la mort s'apparente à une asphyxie.

Les grosses lunettes de Góngora glissèrent sur son nez en même temps qu'il ouvrait la bouche. Il la regarda sans ciller.

— C'est exactement ce qui est arrivé à don Antonio, murmura don Carlos. La vice-reine elle-même peut en témoigner.

Sœur Juana rejeta son corps en arrière.

— Diable...

— Et il avait la langue et la gorge irritées. Je l'ai vu de mes yeux.

Alina mit un moment à réagir. Brusquement, elle se rendit compte qu'elle plantait ses ongles dans le bois du fauteuil.

— C'est impossible, chuchota-t-elle. Je ne lui ai jamais vendu d'aconit. Jamais !

Juana, elle-même inquiète, lui tapota le dos.

Demetria mit de côté les trembleuses, sortit le xérès et leur en servit un verre. Alina le but d'une traite, grimaçant à la pensée de Matea qui battait le pavé, un poison mortel sous le bras. À cause à son obstination, ces plantes devaient déjà être en train de prendre le soleil dans les jardinières de sa grand-mère.

— Comme l'a dit hier la *madre* Juana Inés, intervint Demetria, vous n'êtes pas la seule à pouvoir vous procurer ces choses-là. Si je vous racontais ce qu'on peut acheter au marché de Mérida...

— C'est exact, coupa sœur Juana, qui connaissait bien les antécédents de la responsable des cuisines. Don Carlos, je doute que beaucoup de marchands vendent ce type d'ivraie.

— Très juste, répondit Góngora en décochant un sourire à Alina. Ne perdez pas espoir, ma sœur. Je vais suivre la piste de quiconque aurait commercialisé des graines ou des racines d'aconit.

Sœur Juana prit quelques gorgées de chocolat, les sourcils froncés.

— Il faudra aussi mener l'enquête au palais.

— Au palais ? s'étonna Alina.

— Oui. Nous devons comprendre dans quoi don Antonio s'était fourré.

Góngora rit tout bas.

— Vous avez raison. L'homme n'était pas précisément un modèle de vertu.

Sœur Juana s'autorisa un sourire discret.

— Cela pourrait devenir notre meilleure arme. S'il n'y a pas de preuve, il nous reste la logique. Pourquoi, toi, une religieuse cloîtrée, qui n'as jamais mis les pieds au palais, voudrais-tu empoisonner un vieux courtisan pervers ?

— Qui, en plus, lui a envoyé un tas de sous, renchérit Demetria.

— J'imagine que nombreux étaient ceux qui souhaitaient faire disparaître Horcasitas, poursuivit sœur Juana. Sa pauvre épouse, pour commencer : trompée et humiliée devant toute la cour…

Elle soupira.

— Il faudra cependant mener nos interrogatoires avec beaucoup de prudence. Don Carlos, vous connaissez bien les intrigues du palais.

— Et comment ! Ce scandale a commencé parce que la vice-reine s'est querellée avec l'une des maîtresses de don Antonio, doña Teresita de Aguilar. Si elle ne l'avait pas fait suivre, Teresita aurait assisté seule à la mort de don Antonio.

— Si elle ne l'avait pas fait suivre, répéta la poétesse, on aurait accusé Teresita d'avoir tué son amant. Quelles macabres ironies…

Elle se cala sur son fauteuil, sirotant son chocolat par petites gorgées – un vers venait.

— *Quel faux ami que le sort… Quand l'on croit qu'il apporte la mort, il nous donne ses plaisirs… Et quand l'on croit qu'il apporte du plaisir, il entraîne la mort…*

CONFESSIONS (I)

L'ombre du père Nuñez, allongée et noirâtre, se découpait sur les dalles menant à la chapelle du palais.

Il portait le *cappello romano* des prêtres, un chapeau à large bord doublé de feutre noir. C'était le seul luxe qu'il s'autorisait, et seulement lorsque le soleil tapait. Le reste de sa tenue – soutane, sandales, haut-de-chausses – consistait en des haillons tachés et troués, dont il se servait pour afficher avec superbe son vœu d'humilité.

Le garde du palais qui l'accompagnait marchait particulièrement vite, faisant tout son possible pour ne pas sentir les pestilentiels – et sacrés – effluves du confesseur, exacerbés par la chaleur.

Deux courtisanes assises au bord de l'imposante fontaine centrale dans leurs volumineux jupons de Damas s'éventaient et mouillaient leur cou avec l'eau du bassin, dans l'espoir d'attirer quelque galant. Elles dardèrent leur regard insolent sur le confesseur et, dès qu'elles comprirent où il se dirigeait, se mirent à faire des messes basses sans retenue.

— Immondes pécheresses, grommela le père, qui mourait d'envie d'enfermer toutes ces brebis égarées dans le cloître des carmélites.

Le garde le conduisit au troisième patio, là où se trouvaient la sacristie et la chapelle royale. Sur son passage, on entendit une vague de chuchotis ; les appartements de ces dames et de ces messieurs donnant sur la cour, les courtisans étaient de plus en plus nombreux aux balcons, désignant le prêtre avec audace.

Le père Nuñez leur rendit un regard assassin.

— Plus personne ne craint-il donc Dieu ? marmonna-t-il en pénétrant dans la sacristie, où une esclave noire lui servit une horchata bien fraîche.

Nuñez se tourna pour remercier son guide, mais celui-ci avait déjà disparu.

Après avoir bu, l'homme ôta son chapeau et commença à s'éventer avec.

— Va-t'en, cria-t-il à l'esclave, qui ne se fit pas prier.

Était-ce parce qu'il inspirait la crainte que tout le monde cherchait à le fuir ? Ou parce que son chapeau, sa soutane et son haut-de-chausses n'avaient jamais été lavés ?

Il n'empêche que, venus de la chapelle, des murmures féminins lui indiquèrent que les dames se pressaient déjà pour aller à confesse. Dieu sait qu'il y aurait beaucoup de péchés à pardonner ce jour-là.

Le père Nuñez passa son étole de soie, déroba quelques gorgées du vin de messe et alla s'asseoir près de la petite ouverture grillagée qui reliait la sacristie au confessionnal.

Une veuve et deux fillettes plus tard (leur seul péché étant d'avoir volé des boutons dans la boîte à couture de doña Elvira), le prêtre reconnut enfin la voix qu'il attendait.

— Le Seigneur est avec vous, répondit doña Teresita de Aguilar, de la voix rauque de qui a pleuré durant des heures.

— Cochonne ! Perverse ! Malpropre ! s'emporta le prêtre. Dans quoi t'es-tu fourrée encore ? Nous te savions vicieuse et libertine, mais là…

— *Padre* !

— Bouh-ouh, *padre* ! la singea le prêtre. Ne t'ai-je pas avertie mille fois de prendre garde à doña Elvira ? Cela t'apprendra à fricoter avec don Gaspar !

De l'autre côté du confessionnal, doña Teresita éclata en sanglots. Le père Nuñez voyait ses boucles noires s'agiter derrière la grille.

— Aïe, juste ciel… ! soupira l'homme d'Église en se massant les tempes, excédé. Là, calme-toi et dis-moi une bonne fois pour toutes : est-ce toi qui l'as empoisonné ?

Les boucles convulsèrent une dernière fois.

— Bien sûr que non !

— Après toutes les horreurs que tu m'as confessées ici… Si ces planches pouvaient parler, ce serait pour se décharger de tant de frayeur !

— Je ne suis pas une criminelle, siffla la jeune femme. Si j'étais capable d'empoisonner quelqu'un, j'aurais commencé par…

Teresita s'arrêta à temps, une main sur la bouche. Nuñez se permit un sourire.

— Puisque tu amènes le sujet sur la table… Qu'a dit ton mari ?

— Il est toujours au domaine de Coyoacán. Je ne sais pas s'il l'a déjà appris. Je ne sais pas…

Elle commençait à paniquer.

— Je ne sais pas ce qui se passera quand il l'apprendra.

Le père Nuñez fut heureux de le lui expliquer. Si elles avaient de la chance, les épouses adultères pouvaient espérer finir dans un couvent, loin de la civilisation. En revanche, celles dont les maris étaient plus sévères se voyaient jetées à la rue et finissaient par travailler… « dans l'ombre », dirons-nous. Enfin, d'autres n'étaient même plus là pour le raconter…

— Mais je doute fort que M. de Aguilar soit si sévère envers toi, ma fille, dit mielleusement le prêtre. Enfin, si cette nouvelle ne le tue pas…

Doña Teresita sanglota de nouveau. Le *señor* de Aguilar était un vieux fossile surtout enclin au typhus, aux diarrhées et à la tuberculose. Doña Teresita l'encourageait à passer le plus de temps possible dans le village reculé de Coyoacán, arguant que cela était bon pour sa santé. En réalité, elle en profitait pour passer du bon temps à la cour, attendant que le vieillard meure une bonne fois pour toutes et lui lègue sa fortune.

— Ma fille, ton problème majeur n'est pas ton mari… Tu devrais davantage t'inquiéter que l'on t'accuse d'assassinat.

— Mais…

— Tu es la dernière personne à l'avoir fréquenté. Des raisins donnés à même la bouche ? Un verre de vin ? Un massage des pieds ? Tu aurais largement eu le temps de verser quelques gouttes ou de la poudre de…

— Non. Non !

Son cri aigu résonna dans la chapelle. Les dames qui patientaient ne se gênèrent pas pour commenter.

Le sourire du père Nuñez s'élargit un peu, profitant de ce que Teresita était la seule à pouvoir distinguer sa silhouette. Il dodelina de la tête.

— Ma fille, ma fille… Laisse-moi t'aider. Dis-moi la vérité.

Teresita renifla.

— Je vous ai déjà tout dit.

— Oui, oui, je te crois. Mais si tu n'as pas versé de funeste poudre dans le vin de don Antonio… car nous savons tous que c'est cela qui l'a tué… cela signifie que quelqu'un d'autre l'a fait.

Doña Teresita leva la tête.

— Et ?

— Aïe ! J'oubliais que vous autres, courtisanes, êtes trop sottes pour comprendre la subtilité. As-tu vu quelque chose ? As-tu entendu quelque chose ? As-tu vu quelqu'un verser des substances étranges dans son verre ? Donne-moi de quoi plaider en ta faveur, ma fille, dans l'hypothèse où l'alguazil se montrerait dans tes appartements, prêt à t'envoyer croupir dans une cellule de San Juan de Ulúa.

La pauvre femme tremblait si fort que le bois du confessionnal craqua.

— Réfléchis, ma fille, réfléchis, même si cela t'est difficile.

Teresita prit plusieurs inspirations profondes. Elle éventa son exubérante poitrine et sécha ses larmes.

Le souvenir lui revenait, très lentement. La chaleur de la pièce, son corset serré, l'odeur musquée des lotions d'Horcasitas… Et c'est cette odeur qui la frappa.

— Don… don Antonio a bu une gorgée d'arnica, bredouilla-t-elle. Il en versait dans de l'eau quand je suis arrivée. Il a posé le flacon sur le côté… Il a failli le renverser… Vous comprenez ; parce qu'il était pressé…

Le père Nuñez se signa.

— Oui, oui, quoi d'autre ? Qu'est-ce que ce flacon avait de spécial ?

— Rien, en soi…

— Mais encore ?

— Eh bien… quand don Antonio l'a jeté, il est resté bien droit parmi ses plateaux de rôtis… Ça m'a fait rire… et il avait un crucifix de cire…

Teresita réfléchit encore.

— Ensuite, quand je suis revenue dans la chambre

et que tout le monde était autour du cadavre de don Antonio…

— Pourquoi es-tu revenue ?

— Pour chercher mon corsage et mes souliers, et…

Elle peinait à mettre de l'ordre dans ses idées.

— J'ai vu… j'ai vu que la petite bouteille n'y était plus.

Nuñez leva la tête. Il était comme un limier qui vient de flairer une trace.

— C'est vrai ? Tu en es sûre ?

— Oui, *padre*. Je pensais bien que les gens allaient voler des choses, mais cela m'a surprise qu'ils préfèrent un flacon médicinal aux coupes en argent. C'est pour ça que je m'en souviens si bien.

Nuñez se caressa le menton.

— Et… tu dis qu'il portait un crucifix en cire ?

— Oui, oui.

Le prêtre médita un instant.

— Serais-tu capable de le reconnaître si tu le voyais à nouveau ?

CONNEXIONS

Sœur Juana déroula une grande feuille de papier sur son secrétaire et, tandis qu'elle tirait distraitement sur sa pipe, plongea sa plume dans l'encrier.

Alina la regardait de près, contemplant avec anxiété ses habiles traits griffer le papier.

— Nous savons que don Antonio était marié à doña Catarina, une péninsulaire de bonne famille à la dot excellente, parente du duc de Medinaceli. À ma connaissance, don Antonio s'est employé dès le début à dilapider l'argent de son épouse. Ils ont eu un fils, Toñito, si ma mémoire est bonne, qui doit avoir une vingtaine d'années désormais, puis deux filles certainement en âge d'être mariées. Je ne me rappelle pas leurs noms ; don Antonio n'en parlait presque jamais.

— J'imagine qu'elles ne vivaient pas au palais, intervint Alina.

— Non. Don Antonio les entretenait dans un petit domaine pas très loin de Tlatelolco. Il ne fallait pas effrayer ses maîtresses de la cour.

— Et si nous le savons…

Sœur Juana souligna le nom de Catarina.

— Il est évident qu'elle le savait aussi, et depuis longtemps. Il serait innocent de croire également que les rumeurs ont épargné Toñito et les filles.

— Pensez-vous qu'ils auraient été capables d'orchestrer un assassinat ? Qu'ils avaient une rancœur telle envers leur père qu'ils l'auraient empoisonné ?

— Je ne les connais pas personnellement, mais nous ne pouvons pas écarter cette hypothèse. Du reste…

Sœur Juana garda son porte-plume au-dessus de « Toñito », comme si elle hésitait à le souligner. En fin de compte, une goutte d'encre s'échappa, qui noya l'inscription ; la poétesse parut se réveiller d'une transe momentanée.

— Du reste, il y a les maîtresses, poursuivit-elle, griffonnant des noms. J'en connais quelques-unes grâce aux vers fripons que m'a commandés don Antonio. Virginia, quelle ironie, à qui il a écrit un acrostiche : *Viens que je visite cette ouverture entre tes lèvres / Incurvant le désir entre tes seins / Rondelets, fiers, superbes…*

Alina se signa.

— Et Pilarcita, continua sœur Juana : *Approche-toi sans trembler / du marbre ferme de mon pilier…*

Alina fut forcée de tourner la tête, les joues en feu.

— Et cette pauvre femme avec qui il n'est même pas resté deux semaines : *Ma splendide Delphine / qui diligente s'incline…*

— Pourriez-vous juste donner les noms ?

Sœur Juana nota d'autres poèmes, se contentant de les articuler.

— Et ce ne sont là que les maîtresses qu'il jugeait dignes de recevoir ses vers…

— Quel honneur, opina Alina avec acrimonie. Croyez-vous qu'une amante éconduite aurait pu…

— Éconduite ou humiliée. C'est parfaitement possible. Du temps où je vivais au palais, j'ai entendu plus de ces affaires que je ne peux m'en souvenir : des demoiselles déshonorées par un quelconque rustre marié, qui, pour exercer son pouvoir de séduction, les ruinait pour toujours… *Hommes stupides qui accusez / la femme sans aucune raison, / sans voir que vous êtes l'occasion / des choses que vous leur reprochez…*

Alina remarqua l'expression de rancœur dans les yeux de sœur Juana, tout comme dans les trémolos de sa voix. Avait-elle été victime, elle aussi, de ce type de goujats ? Et si tel était le cas, avait-elle réussi à les repousser ? Son éloquence et sa sagacité l'avaient-elles protégée ? Ou bien…

Elle préféra ne pas y songer.

— Pourquoi avez-vous accepté d'écrire pour don Antonio ?

Sœur Juana sourit avec amertume.

— Les passions auraient eu lieu avec ou sans mes vers. Et, comme tu le vois, connaître ce genre de rumeurs peut toujours être utile.

— Qu'en est-il des domestiques ? s'enquit Alina. Un éventuel valet qui aurait voulu se venger ?

Sœur Juana acquiesça.

— Oui. Un domestique aurait eu le champ libre pour agir, nota-t-elle, et elle souligna le terme. Góngora pourra enquêter pour nous à ce sujet – s'il n'est pas déjà en train de le faire.

Elle déposa la plume dans l'encrier et se relâcha, admirant sa liste de noms et les flèches qui les reliaient.

— Procédons par élimination. Si nous parvenons à réduire cette liste à quelques noms, il sera facile de la recouper avec celle des clients des apothicaires chinois.

— À mon avis, rares sont les clients qui demandent des racines et des graines d'aconit…

— Exact. De fait…

Sœur Juana tira quelques bouffées de sa pipe.

— Quelque chose me dit que le poison qui a tué Horcasitas faisait très probablement partie de la même commande que tes plantes.

Alina laissa tomber la tête en arrière dans un soupir.

— Mon Dieu… Si c'est le cas, c'est moi qui ai causé ce décès…

Sœur Juana frappa le secrétaire avec sa pipe.

— Bien sûr que non, sœur Elena ! Je ne les laisserai pas te culpabiliser ni t'accuser de la mort d'une brute qui doit brûler en enfer. Tout ce que tu voulais, toi, c'était préparer des remèdes.

Alina s'obligea à inspirer profondément, même si c'était de moins en moins efficace. Elle baissa les yeux sur la longue liste de noms.

— Comment allons-nous procéder ? Pouvons-nous faire confiance à l'agent Ogazón… ? Bon, bon, ne me regardez pas ainsi !

— Nous n'allons absolument rien demander à Ogazón ; c'est trop risqué. N'importe qui pourrait lui délier la langue avec un pot-de-vin… C'est inouï qu'au lieu de confier notre sort à la justice, nous soyons obligées de nous en défendre. Il n'est pas bon non plus que les gens de la cour apprennent que nous sommes en train d'enquêter : cela les alarmerait, ils cesseraient de répondre à nos questions, et si le coupable se trouve parmi eux, nous ne ferions que lui donner l'opportunité d'effacer ses traces. Du reste… moins de gens sauront que tu as un lien avec la mort de don Antonio, mieux ce sera.

Sœur Juana frissonna.

— Puisse Dieu faire en sorte que la rumeur tarde à parvenir aux oreilles de l'archevêque Aguiar.

Les nuages orageux planaient sur les cours du palais archiépiscopal. Les coups de tonnerre grondaient dans le ciel comme les estomacs de monstres gigantesques.

Deux silhouettes se promenaient lentement entre les massives colonnes de granit, regard pointé vers le haut.

— Est-ce le flacon en question ?

— Non, Votre Excellence, dit tout bas Nuñez. Celui dont je vous ai parlé a disparu. Mais je sais de source sûre qu'il était identique à celui-ci. Avec le sceau des hiéronymites.

L'archevêque, qui passait un doigt émacié et desséché sur les reliefs de la cire, le retira aussitôt.

— J'ose espérer que vous l'avez lavé avant de me l'apporter.

— Bien entendu, Votre Excellence, affirma le prêtre avec une profonde révérence.

Il était bien connu que l'archevêque Aguiar ne touchait rien qui eût été manipulé par des mains féminines ni ne mangeait ce qu'elles avaient cuisiné, et qu'il envoyait récurer les patios chaque fois qu'une Indienne entrait demander l'aumône.

— Êtes-vous le confesseur de la perfide qui a préparé ces poisons ?

Le père Nuñez se racla la gorge.

— Nous ne sommes pas encore sûrs que le *señor* de Horcasitas ait…

— L'êtes-vous, oui ou non ?

— Oui. Oui, Votre Excellence. Et il ne s'agit pas de n'importe quelle novice. C'est la petite-fille de la comtesse de Gijón.

L'archevêque s'arrêta aussitôt. Sur son visage s'étendit

un sourire retors, telle une brèche qui s'ouvre dans la terre. Ses dents jaunâtres reluisirent.

— La protégée de…

— Elle-même, Votre Excellence.

On entendit un mugissement rauque, comme un écho du tonnerre qui agitait le ciel, mais le corps d'Aguiar fut secoué de spasmes et Nuñez comprit que c'était l'archevêque qui riait. C'était moins un éclat de rire franc que la manifestation d'une sinistre jouissance.

— Il paraît que Juana Inés continue de chercher des bienfaiteurs en Espagne…

— C'est exact, Votre Excellence. Elle en a déjà obtenu plusieurs grâce à la comtesse de Paredes.

— Elle prépare quelque chose…, marmonna Aguiar. Une chose est pire qu'une femme jacassant : une femme mutique ourdissant des plans…

Tandis que l'archevêque méditait là-dessus, le père Nuñez se permit d'étudier son visage. Pommettes affilées, peau desséchée, mâchoire serrée sur laquelle ressortaient les tendons. Mais même dans ces yeux cruels, noirs comme la nuit et aux paupières tombantes, pointait une lueur d'incertitude : l'authentique crainte qu'une femme gagne la partie.

— Nous devons agir d'un seul et même coup, Nuñez. Trouver la coupable, l'accuser et la renvoyer avant que cette misérable de comtesse de Gijón rentre d'Espagne.

L'archevêque se pourlécha les lèvres, comme s'il savourait déjà une bonne entrecôte saignante.

Nuñez trembla, regrettant soudain d'être intervenu si vite ; il était sorti du palais royal au pas de course, sans même attendre que les autres dames se confessent, et le palais de l'archevêque était littéralement à vingt pas de distance.

— Votre Excellence, je... je ne vous délivre pas ces informations pour nuire à quiconque, ni parce qu'il me plaît d'entretenir la rumeur, tant s'en faut... Je n'ose même pas imaginer la raison qui pousserait cette jeune fille à...

— Alors, trouvez-en une ! rugit l'archevêque, la voix aussi cinglante qu'un coup de fouet. Sans que cela soit définitif. Il nous suffit de trouver comment persuader la religieuse de revenir dans le droit chemin.

Nuñez acquiesça.

— Comme vous voudrez, Votre Excellence.

L'archevêque s'arrêta, lui rendit le flacon d'arnica et enfonça dans la poitrine de son subordonné son index inflexible.

— Agissez le plus discrètement possible. Les hiéronymites ne doivent pas savoir que nous les avons en ligne de mire. Nous ne voulons pas leur donner l'opportunité d'effacer leurs traces.

Le père Nuñez fit une autre révérence et, se redressant, vit qu'Aguiar plissait le nez.

— Et lavez-vous, s'il vous plaît. C'est même un ordre.

RAFISTOLAGE

L'averse s'abattit subitement, drue, couvrant la ville de boue en l'espace de quelques minutes.

Matea courait dans la rue, pataugeant entre les flaques, vainement abritée par son châle. Elle n'eut même pas le temps d'aller sur la Plaza Mayor saluer Casio.

Arrivée au couvent, elle frappa de toutes ses forces pour que Tonalta, la portière, vienne lui ouvrir.

— Regarde-toi ! Tu es trempée jusqu'aux os.

Matea entra dans la porterie, dégoulinante. Une petite flaque se forma à ses pieds. Perturbée par l'orage, dans la pénombre, elle peina à reconnaître la silhouette de Demetria.

— Tiens, sèche-toi vite, lança celle-ci en lui tendant une grande serviette réservée au bain collectif des novices.

— Pourquoi tant d'honneur ? demanda Matea, s'enveloppant dans le tissu.

Demetria se mit à lui frotter les cheveux avec acharnement.

— Les *madres* veulent te voir immédiatement.

— Moi ? Mais je viens juste de rentrer !

— La sœur Elena m'a dit que c'était urgent. Apparemment, elles ont reçu une…

Tonalta tendait l'oreille sans vergogne, aussi Demetria termina-t-elle de sécher Matea, lança la serviette à la portière et entraîna la jeune Indienne vers le grand cloître.

Sous les arcades, collées au mur pour ne pas se faire éclabousser, elles poursuivirent leur conversation.

— Elles ont reçu une lettre de don Carlos, termina Demetria. Elles sont parties à la salle de travail dès qu'elles l'eurent lue.

Elle y conduisit Matea. Dans cette longue salle au plafond haut, presque aussi vaste que le réfectoire, armoires et étagères occupaient tous les murs, remplies de tissus, de perles et de matériel de couture. C'est ici que les hiéronymites, à l'exception de certaines privilégiées comme sœur Juana, devaient passer au moins deux heures par jour à la production artisanale du couvent.

Matea observa les instruments de musique empilés dans un coin : une harpe, un luth, des tambourins et un petit clavecin dont les religieuses les moins habiles en travaux manuels (telle Alina) jouaient pour égayer le travail de leurs sœurs. Au centre de la salle, solitaire et superbe, trônait la statue de la Vierge Marie, qu'on avait rapportée de l'église une semaine auparavant. Elle portait déjà le long manteau bleu roi brodé de perles et de fils d'argent cousu par les religieuses pour la procession de l'Assomption. Tous les ans, les jeunes filles du catéchisme escortaient cette statue jusqu'à la cathédrale, où elle était bénie par l'archevêque – comme toutes les Vierges de la ville. Quand les enfants rentraient au couvent, à la tombée de la nuit, on les recevait avec des feux d'artifice et des confiseries préparées par les sœurs.

La fête aurait lieu trois jours plus tard. Vu le nombre de pièces qu'il restait encore à broder, la salle de travail prenait chaque après-midi des allures de fête du village.

À cette heure-ci, en revanche, elle était déserte. Matea

ne vit qu'Alina et sœur Juana, qui fixaient l'esclave Sabina d'un air tracassé.

La jeune Africaine travaillait avec empressement à raccommoder une vieille robe de laine grise.

Alina aperçut sa domestique.

— Matea, enfin, te voilà ! Crois-tu que cette robe t'ira ?

— Ah, non ! Vous m'aviez promis des robes neuves, et maintenant vous me...

Alina s'approcha pour la pincer discrètement – quoique avec fermeté. Matea se massait encore le bras quand elle releva le regard de sœur Juana. Ses yeux, suspicieux, rebondissaient d'elle à Alina.

— Je croyais que ces robes étaient une surprise, fit-elle simplement remarquer.

Alina, la gorge nouée, eut de nouveau l'impression que sœur Juana lisait en elle comme dans un livre ouvert. Matea et elle ne surent que répondre. Par chance, la religieuse n'insista pas.

— Sabina, peux-tu nous apporter une serviette pour que Matea finisse de se sécher ?

Sabina regarda Matea. À l'exception de ses tresses encore humides, elle ne semblait pas avoir besoin de serviette.

— Comme il vous plaira, *madre*, répondit-elle, comprenant que sa maîtresse avait besoin d'intimité.

Elle mit la robe de côté et, après avoir jeté des regards méfiants à Alina et Matea, sortit de la salle.

Dès qu'elle fut sûre qu'on ne les entendait pas, sœur Juana s'adressa à Matea à voix basse.

— Nous voulons que tu ailles au palais.

N'importe quelle autre domestique aurait fait la révérence et dit « À vos ordres », mais Matea...

— Quoi ? Encore ? L'autre fois, elle a failli m'arracher les yeux, cette culottée de…

— Matea ! la reprit Alina, et Demetria y alla aussi de sa remontrance.

— Don Carlos vient de nous apprendre qu'il était convié à la veillée funèbre, ajouta sœur Juana. Elle aura lieu cette nuit, jusqu'au petit matin.

— Si vite ? s'étonna l'Indienne.

— Avec cette chaleur, confirma sœur Juana, on ne peut retarder davantage l'inhumation. La veillée aura lieu malgré l'absence de sa famille, et il sera enterré demain à la première heure. Don Carlos croit que c'est l'occasion de jeter un coup d'œil aux appartements de don Antonio.

— Nous pensons qu'il y aura peu de monde, dit Alina. Don Carlos en profitera pour réunir des éléments qui pourraient dénoncer le coupable, lettres, messages… Remèdes…

— Et s'il trouve quelque objet inculpant sœur Elena, ajouta sœur Juana tout bas, il se chargera de le faire disparaître.

Matea se signa.

— *Madre*, ma parole, là, vous voulez m'attirer des ennuis.

Sa maîtresse lui prit la main. Ses doigts étaient gelés, son regard suppliant. Matea se rappela les mains rêches de son père, qui, depuis qu'il était arrivé à la capitale, n'étaient plus jamais froides. Alors elle céda.

— Tu te feras passer pour la domestique de Góngora, indiqua sœur Juana, et il est crucial que personne ne te reconnaisse. Si on apprend que la demoiselle de sœur Elena est allée flairer sur les lieux du crime…

Sœur Juana secoua la tête. Les lèvres de Matea tremblaient.

— Crois-moi, nous enverrions quelqu'un d'autre si nous avions le choix. Il fera nuit, et les appartements de don Antonio seront plongés dans la pénombre, mais évite quiconque pourrait se souvenir de toi. On ne sait jamais.

Matea grimaça.

— *Madre*, je suis une domestique et je suis Indienne. Vous croyez que quelqu'un va se retourner sur mon passage ?

Sœur Juana plaqua la robe contre les épaules de Matea pour vérifier qu'elle lui allait et lui sourit avec une tendresse sincère.

— Tu ne passes pas aussi inaperçue que tu le crois, Matea.

— Il n'y a qu'à questionner le *niño* Casio, susurra Demetria.

Sous prétexte d'aider Matea à ajuster sa robe, Alina la conduisit à sa cellule. L'espace d'un étrange instant, les rôles s'inversèrent : Matea, les bras ouverts tel un crucifix, se laissa vêtir par sa maîtresse.

Dehors, l'orage faiblissait lentement.

— *Niña*, chuchota Matea d'un ton qui signifiait : « Dites-moi la vérité, maintenant qu'on est seules. » Vous lui avez vendu juste l'arnica et la pommade, pas vrai ?

— Oui, répondit Alina avec un léger frisson. Mais il serait bon que tu fasses sortir toute chose qui porterait le sceau du couvent.

— Bien sûr, *niña*. Vous tracassez pas.

Elle parla d'une voix ferme, avec un naturel déconcertant, comme si on lui demandait tous les jours de subtiliser des preuves incriminantes.

Alina ajusta sa ceinture et recula pour admirer Matea. Demetria avait ramassé ses tresses en un élégant chignon maintenu avec des rubans blancs qui mettait en valeur le cou de la jeune fille. La robe, bien que de seconde main, lui donnait l'air raffiné et lui seyait parfaitement.

Dans les yeux d'Alina, il y avait autant de tendresse que de culpabilité, à lui en arracher des larmes.

— Je suis si moche que ça ? demanda Matea en se palpant les cheveux.

Alina, après s'être mouchée, lui tourna le dos.

— Pardon, Matea. Je te demande à nouveau de te jeter dans la gueule du loup…

Matea ne répondit pas. Alina s'attendait à subir un torrent de reproches. Mais quand elle se retourna pour la regarder, elle remarqua que les yeux de Matea étaient embués.

— Aïe, *niña*, c'est le moins que je puisse faire ! Si vous pouviez voir comme mon père est content ! Et pas que pour les vêtements, la nourriture et le toit sur la tête. Sans… sans vous et le *niño* Demián, je crois qu'il serait déjà…

Elle renifla et, par habitude, chercha le bord de son tablier pour sécher ses larmes. Ne le trouvant pas, elle eut recours aux manches de la robe.

— Si vous l'aviez pas fait venir en ville, je crois qu'il nous aurait déjà…

En larmes, la jeune domestique courut chercher son châle et sortit de la cellule.

— Je vous raconterai comment ça s'est passé !

PALAIS

Très vite, Matea se réjouit que cette robe ne soit pas de celles qu'on lui avait promises.

La pluie, même si ce n'était plus le déluge de l'après-midi, s'abattait toujours avec force et la ville entière s'était transformée en bourbier. Plus on avançait vers la Plaza Mayor, plus les rues étaient inondées. Arrivée aux portes du palais, Matea était plus sale que les aisselles du père Nuñez.

Don Carlos, comme convenu, l'attendait à l'angle nord, là où le palais royal jouxtait celui de l'infâme archevêque. Ses grosses lunettes reflétaient la faible lumière des fenêtres. Il tenait dans ses mains nerveuses un petit livre de prières usé.

— Prête ? demanda-t-il.

— Prête ou pas, qu'est-ce que ça change, répliqua Matea, faisant mine de retirer son châle.

— Non, l'arrêta Góngora. Mieux vaut qu'on ne voie pas ton visage.

Ils marchèrent vers l'entrée latérale, gardée par deux *gachupines*. Matea reconnut l'un d'entre eux : l'homme surveillait cette même porte en février dernier, la première fois qu'elle était venue. Le garde la regarda droit dans les yeux mais ne s'attarda pas.

— Don Carlos, dit-il en inclinant légèrement la tête. Entrez, ils vous attendent.

— Merci, répondit Góngora, qui n'eut même pas à présenter Matea.

Ils empruntèrent le couloir ténébreux qui menait à la cour royale, où résonnaient déjà des rires, de la musique et des pas de danse.

Matea reconnut la majestueuse fontaine centrale, les arcades et les larges escaliers. Une lumière ambrée provenait des fenêtres de la vice-reine. Malgré la pluie, elles étaient ouvertes, et on y devinait les ombres valsantes de ses nombreux invités.

Don Carlos poussa un soupir.

— C'est la fête de ce côté, tandis que de l'autre on veille un mort...

Il secoua la tête.

— Allons, suis-moi.

Pour plus de sûreté, ils prirent un petit passage à l'autre bout de la cour, qui débouchait sur une autre esplanade plus tranquille.

À première vue, cette cour ne se distinguait pas des cloîtres de San Jerónimo ; seulement, ici, toutes les portes étaient différentes. Matea aperçut des heurtoirs aux formes extravagantes, de gros rivets de fer et de bois taillés de manière complexe. Manifestement, c'était à qui avait la porte la plus somptueuse.

Toutes les fenêtres étaient éclairées, à l'exception de celles de l'appartement le plus proche. Même la lumière des voisins semblait éviter cet endroit, comme s'il était entouré d'un halo d'obscurité. C'est là que Góngora se dirigea.

Le heurtoir, en bronze patiné, avait la forme d'un diable aux yeux exorbités, et c'était avec sa langue que l'on frappait. Matea préféra ne pas regarder.

La porte s'ouvrit dans un grincement. La jeune femme

perçut la lueur de plusieurs bougies en même temps qu'une intense odeur d'encens.

Découpée dans la pénombre se tenait la silhouette d'un métis d'une quarantaine d'années, décharné, aux larges moustaches et aux épaules voûtées. Ses yeux étaient sombres et presque aussi globuleux que ceux du heurtoir, et il portait un pourpoint de laine noire trop épais pour cette chaleur. Son front, zébré de veines gonflées, brillait de sueur.

— Bonsoir, Nicanor, dit don Carlos en scrutant l'intérieur de la pièce. Personne n'est arrivé ?

Le valet se racla la gorge.

— Personne, *señor*, même si nous avons envoyé chercher la petite veuve.

Il parut soudain réagir.

— Mais entrez ! Entrez, je vous en prie.

Matea suivit don Carlos dans le noir. La lueur des bougies venait d'une porte au fond, certainement la chambre du défunt. Matea identifia tout de même des paravents, des meubles et des vases chinois, identiques à ceux qui étaient peints sur la porcelaine fine du couvent.

— Tout a l'air très propre, dit Góngora en guise de compliment tandis que Nicanor les guidait vers la chambre.

Il y régnait littéralement un silence de mort.

— Merci, don Carlos. J'ai commencé à nettoyer très tôt pour chasser mes mauvaises pensées. Vous auriez vu l'état de cet endroit après le charivari de l'autre jour…

— J'imagine, répondit Góngora, et Matea le vit hausser un sourcil entendu. Et… avec toutes ces mains crochues…

Nicanor bomba le torse avec fierté.

— Je n'ai laissé personne entrer depuis qu'on a ramené mon seigneur, don Carlos. Je ne veux pas que la veuve et les filles découvrent qu'on a pris à leur père le peu qu'il n'avait pas eu le temps de mettre en gage.

Don Carlos leva la tête, surpris.

— Mettre en gage, as-tu dit ?

Nicanor ne répondit pas. Il sortit un morceau de flanelle de sa poche et s'en épongea le front.

— Je dis des sottises, murmura-t-il. Pardonnez-moi, *señor*.

Le sourcil de Góngora se haussa davantage, toutefois il n'insista pas.

— Tu as l'air épuisé, dit-il en lui tapotant l'épaule. Pourquoi ne vas-tu pas aux cuisines manger quelque chose ? Ma domestique et moi prendrons bien soin de don Antonio.

Ce n'est qu'alors que Nicanor examina Matea d'un œil méfiant. Ses yeux allèrent d'elle à la porte de la chambre, et de là à l'entrée principale, hésitants.

— Allons, l'encouragea Góngora. Profite de ce que je suis là ! Je ne pourrai pas rester longtemps et nous aurons besoin de toi ici jusqu'à l'arrivée de la famille.

Nicanor acquiesça.

— Vous avez raison. Vous avez raison, don Carlos.

Il se pencha pour lui baiser la main et se hâta vers la porte.

— Faites-moi appeler dès que vous aurez besoin de moi, je reviendrai en courant.

Il sortit de la pièce en s'épongeant le front encore une fois. Par la fenêtre, Góngora et Matea le virent traverser la cour au galop.

— Bien joué, don Carlos, dit Matea dès que la porte fut fermée.

L'aumônier sourit.

— Après des années en compagnie des fous syphilitiques, on sait comment s'y prendre.

Il observa la chambre.

— Si tu préfères ne pas regarder le corps, ne t'en fais pas, tu n'es pas obligée.

Matea partit d'un franc éclat de rire.

— Oh, *señor*, c'est rien, ça ! Vous croyez que c'est qui qui est allée nettoyer quand on a trucidé la...

— Certes, certes, coupa Góngora, qui n'avait pas envie d'en entendre plus concernant cette sombre affaire.

Dans la pièce, une douzaine de cierges brûlaient autour du lit à baldaquin. Un petit encensoir répandait des vapeurs parfumées. L'air était chaud, humide et oppressant.

— *La lumière immaculée*[1]..., murmura Góngora, contemplant les flammes tremblantes, *qui même à Délos est préservée...*

Ils s'approchèrent du lit. Là, sur d'épais édredons aux broderies de Damas, gisait don Antonio de Horcasitas, très droit, les mains sur la poitrine et accoutré de son plus beau pourpoint.

La dentelle blanche de ses manchettes resplendissait à la lueur des bougies, tout comme ses bottes noires lustrées. Il portait au cou un médaillon doré à l'effigie d'un saint que Matea ne reconnut pas. Ceci expliquait, du moins en partie, que Nicanor ait eu tant de réticence à s'éloigner de son maître.

Góngora, aumônier avant tout, se signa avec solennité et commença à prier à voix basse. Matea aurait bien suivi son exemple, mais elle était impatiente de débuter

1. Vers tiré d'un poème de Góngora, « Soneto del triunfo parténico », Mexico, 1645.

les recherches. Elle attendit en silence, par respect pour l'aumônier et le défunt, en jetant des regards de tous côtés : sur les tiroirs, les tables de chevet, les coffres, le grand secrétaire couvert de papiers... De temps en temps, l'odeur déjà légèrement putride du cadavre se mêlait à la fumée de l'encens.

— Don Antonio, dit Góngora après de nombreux *Ave Maria*, pardonnez ce que nous nous apprêtons à faire, mais une pauvre innocente court le danger d'être accusée d'une infamie qu'elle n'a pas commise. Je suis sûr que vous, qui aviez des filles, comprendrez notre dilemme.

Après une brève révérence et un instant de recueillement, il se tourna vers Matea, rajustant ses lunettes.

— C'est une chance que Nicanor n'ait laissé entrer personne. Va dans le séjour et surveille les fenêtres. Préviens-moi si tu vois quelqu'un approcher.

Là-dessus, il entreprit de fouiller parmi les papiers du secrétaire.

— N'oubliez pas de chercher le petit flacon, lui rappela Matea, et Góngora acquiesça distraitement.

La jeune Indienne dénoua son châle et l'utilisa pour s'éventer tandis qu'elle examinait la cour. Il n'y avait que la pluie, devenue crachin, qui semblait animer ce lieu. Matea aperçut aussi un « gentilhomme » qui guidait une dame ivre vers l'un des appartements voisins, et quelques domestiques aller et venir, et ce fut tout.

— Matea ? l'appela Góngora. L'hacienda de la comtesse de Gijón se nomme bien San Hipólito, n'est-ce pas ?

— Oui, répondit Matea sans quitter des yeux la fenêtre. C'est pour ça qu'ils ont appelé Alina sœur Elena de San Hipólito. Pourquoi ?

— Parce qu'il y a là des lettres de...

Matea vit une petite troupe de femmes approcher. Elle n'eut pas besoin de distinguer leurs visages pour les reconnaître.

— Aïe, don Carlos ! cria-t-elle. La vice-reine !

— Comment ?! s'exclama l'aumônier, sur le pas de la porte, une enveloppe à la main. Doña Elvira ?

— Je vous le jure, elle arrive !

Góngora froissa le papier en retournant au secrétaire et courut à la fenêtre.

En effet, ses jupons ridiculement larges, sa coiffure en forme de fromage et son pauvre ocelot dégoulinant de pluie qu'elle promenait en laisse étaient là. Elle était entourée de plusieurs dames et de domestiques, y compris une esclave africaine qui tenait un grand parapluie au-dessus de la chevelure rousse royale.

— Diantre ! s'exclama Góngora. Et tu dis que doña Elvira t'a déjà vue de près ?

— Plus près que vous me voyez ! Et cette vieille, là, de La Corcuera, c'est celle qui m'a reçue ce jour-là.

— Juste ciel ! Et l'on raconte que doña Elvira a une mémoire d'éléphant…

Matea bondit en arrière.

— Je me cache ? Derrière une de ces grosses armoires de… Aïe !

Góngora la tira par le bras et, à la surprise de Matea, ouvrit la porte en grand. Il la poussa et lui parla avec une brutalité inhabituelle.

— Va aux cuisines et demande du pain et du vin. Si on te dispute, dis que c'est don Carlos Sigüenza y Góngora qui t'envoie. Vite !

Matea resta au milieu de la cour, paralysée par la peur.

— Vite ! grogna de nouveau Góngora, et ce n'est que là qu'elle comprit.

Mais il était déjà bien tard. Le groupe de harpies *gachupinas* était à cinq pas de distance.

Elle n'eut pas le temps de se couvrir. Elle ne put que courber le dos et les genoux dans une révérence très maladroite.

Les jupons la frôlèrent, si près que Matea distingua les points des broderies et les plis de la soie. Leurs parfums étaient saisissants. L'un, très fruité, lui rappela immédiatement son entrevue avec l'insolente vice-reine, en février : son nez anormalement gros, ses yeux rougis et ses dents jaunâtres grinçant de colère, tandis que la femme brandissait son éventail tel un poignard, menaçant de la faire fouetter jusqu'à la rendre méconnaissable.

Matea prit conscience qu'elle était en train de planter les ongles dans ses propres jambes, le cœur battant la chamade. Elle retint son souffle et baissa davantage le visage, s'efforçant de contenir ses tremblements.

Les dames la dépassèrent sans interrompre leurs rires, sans même la regarder.

Dès qu'elles lui tournèrent le dos, Matea fit volte-face et s'éloigna à toute vitesse, percutant l'un des domestiques qui venaient derrière la suite de doña Elvira.

Ceux-là apportaient des chaises, des bouteilles de liqueur, des plateaux de verres et d'amuse-bouches. À l'évidence, la petite troupe ne s'en irait pas de sitôt et comptait transformer la veillée funèbre en une *tertulia*.

Matea trotta vers le passage par où elle était arrivée et déboucha dans l'immense cour principale, où les rires et la musique retentissaient toujours. Là, elle se rendit compte qu'elle ne savait pas où se trouvaient les cuisines… ni si c'était une bonne idée de s'y rendre.

Elle s'immobilisa à nouveau, contemplant les jets d'eau de la superbe fontaine. Elle se sentit perdue, presque nue parmi ces colonnes et ces murs de pierre qui hébergeaient la plus haute noblesse de Nouvelle-Espagne. Elle qui ne portait qu'un châle qui aurait bien mérité d'être rapiécé…

Elle s'en couvrit la tête, au moins pour se protéger de la bruine, et repéra alors un jeune domestique d'à peine 14 ans qui venait à fond de train avec un plateau de sucres d'orge.

— Hé, vous ! le harangua-t-elle en le vouvoyant malgré son âge. Est-ce que les cuisines sont par là ?

Le garçon, pâle de nervosité, se contenta d'acquiescer et de montrer le coin sud-est du patio avant de reprendre sa course en direction des appartements de don Antonio. Ce devaient être les sucreries préférées de la vice-reine.

Matea hésitait encore lorsque deux *gachupines* ivres commencèrent à lui crier des obscénités depuis les balcons. Il ne lui en fallut pas plus pour se décider.

Dans cette autre cour, aussi grande que celle du vice-roi et de la vice-reine, l'atmosphère était on ne peut plus distincte : le sol pavé était couvert de boue et un relent de fumier s'échappait des étables et des entrepôts, là où deux Indiens, trempés par la pluie, réparaient une roue à coups de marteau. L'étage semblait divisé en appartements ressemblant à celui de don Antonio, sauf que, sur ces balcons, ce n'étaient pas des courtisans éméchés qui faisaient la fête mais des fillettes et des femmes âgées assises sur des sièges en osier, s'éventant, lisant ou jouant de la musique.

Matea entendit un hennissement. Un somptueux carrosse tiré par trois chevaux faisait son entrée par le sud, très pressé.

À gauche du portail, éclairée par des lanternes, se trouvait la longue cuisine. On voyait les domestiques aller et venir, recevant de petites assiettes par les fenêtres et en rendant d'autres qui étaient sales. Des effluves de ragoût, de rôtis, de bière, de vin et de pain tout juste sorti du four s'en échappaient. Matea s'étonna que les employés soient un mélange d'Africains, de mulâtres, de *criollos* et d'Européens – mais pas d'Indiens.

Était-ce judicieux de se diriger là où se pressaient tant de gens ? La demande de don Carlos n'en était pas vraiment une, et si elle entrait pour réclamer à boire et à manger pour l'aumônier, les autres domestiques trouveraient louche qu'elle ne parte pas immédiatement les lui apporter.

Elle s'approcha lentement, de façon à gagner du temps. Le carrosse se garait sous les voûtes de la grande porte cochère. Deux laquais coururent ouvrir les portières et Matea vit descendre un jeune homme tout de noir vêtu.

Elle en eut un coup au cœur : ce visage, entouré de cheveux châtains, était le même que celui qu'elle venait d'entrevoir au milieu des cierges et de la fumée d'encens, en plus jeune, plus rose et avec des joues plus rebondies. Son expression, bien qu'enfantine, était furieuse. L'individu n'était pas très grand et, même si on ne pouvait pas dire qu'il était gros, son ventre décrivait définitivement une ligne courbe. Matea estima qu'il devait avoir dans les 18 ou 19 ans ; à peine plus que la *niña* Alina.

Elle alla se cacher derrière l'une des colonnes de la cuisine pour espionner. Le fils des Horcasitas vociférait des ordres en montrant des coffres empilés sur le toit, tandis que le cocher aidait une femme à descendre. C'était de cette petite dame que le fils avait hérité ses joues rebondies. Malgré la chaleur humide de la nuit, la veuve était enveloppée dans un gros manteau de deuil. Même de loin, Matea remarqua que la femme regardait son propre fils avec crainte. Deux jeunes filles descendirent ensuite, à peine plus grandes que leur mère. Matea plissa les yeux pour mieux voir...

— Tu les connais ? lui murmura quelqu'un à l'oreille.

Elle constata qu'elle n'était pas la seule à épier les nouveaux arrivants : plusieurs domestiques et cuisiniers se massaient derrière les vitres de la cuisine, tendant le cou comme des girafons curieux.

— Ce sont les Horcasitas, pas vrai ? insista le domestique au visage mi indien, mi-mulâtre qui l'avait fait sursauter.

Matea allait lui dire d'aller voir ailleurs si elle y était, mais elle se rendit compte qu'il s'agissait là de l'occasion parfaite de soutirer des informations.

— Il me semble, répondit-elle mielleusement. Mais... ils étaient pas déjà avec le mort ?

— Non, non. Ils vivaient au domaine de don Antonio.

— Une fois, il n'y a pas si longtemps, intervint une cuisinière africaine qui sortait de la cuisine sans cesser de battre des blancs en neige, Toñito, l'aîné, est venu à l'improviste et don Antonio l'a renvoyé à coups de pied.

— C'est vrai ? s'exclama Matea.

Le dénommé Toñito venait de gifler un des serviteurs, qui l'avait maculé de gadoue en descendant les coffres. Puis il poussa l'une de ses sœurs et la famille se dirigea vers les appartements du défunt.

— Pourvu qu'ils ne croisent pas les maîtresses, commenta la cuisinière.

Une voix rauque se fit entendre dans son dos :

— Mêlez-vous de ce qui vous regarde, Mariquita.

Tout le monde se retourna et Matea reconnut le serviteur Nicanor, une cruche d'*atole* fumant à la main. Maintenant qu'il n'était plus devant Góngora ou quelque autre maître, son expression avait changé ; de serviable et respectueux, il était devenu hautain, voire menaçant.

— Vous savez ce qui arrive aux bavards.

La cuisinière lui tourna le dos et retourna dans la cuisine, passant sa colère sur ses blancs d'œufs.

Matea trouva les yeux de Nicanor plus profonds et plus noirs qu'auparavant tandis qu'il accompagnait les Horcasitas du regard dans les couloirs du palais.

— On vous a envoyée patienter, ma fille ? lui demanda-t-il brusquement.

— Euh... oui, mentit Matea.

— Un petit *atole* ?

Matea n'acceptait les « petits *atoles* » de la part de personne (sauf de Casio, peut-être), et ce type lui donnait des frissons mais, compte tenu du fait que don Carlos ne pouvait plus mener ses recherches dans les quartiers de don Antonio, c'était peut-être leur seule chance de trouver quelque chose.

— Un demi-pichet, pas plus, concéda-t-elle, et elle se dirigea vers l'immense cuisine.

Cet endroit était une étuve : les innombrables fourneaux étaient tous allumés, ainsi que les *comales*, destinés à la préparation de la nourriture des domestiques. Les tables regorgeaient de toutes sortes de magnifiques fruits et légumes. Il y avait aussi une infinité de volailles et d'oiseaux déplumés suspendus au plafond, ainsi que des jambons secs.

Nicanor montra l'énorme marmite d'argile où cuisait l'*atole*. Matea, qui n'avait aucune intention d'en boire par cette chaleur, s'en servit une louchée pour faire semblant.

Ils allèrent s'asseoir à une petite table branlante dans le coin le plus reculé de la cuisine, à moitié cachés derrière une montagne de sacs de farine.

Peut-être parce que Góngora venait de mentionner la propriété de San Hipólito, le sceau apposé sur la toile de jute des sacs lui sauta aux yeux. Elle se rappela avec effroi qu'on en avait marqué le dos de son père.

— Le cadavre vous a-t-il effrayée ? questionna Nicanor.

— Ou... oui, mentit de nouveau Matea, de plus en plus habile dans cette histoire d'enquête.

— C'est notre cas à tous, murmura Nicanor.

Drôle de façon de la réconforter.

Par où commencer ? Matea ne pouvait pas lui demander à brûle-pourpoint s'il connaissait quelqu'un qui aurait voulu empoisonner don Antonio. Si seulement sœur Juana ou don Carlos étaient là...

— Vous aimiez beaucoup votre maître, pas vrai ? demanda-t-elle enfin pour briser le silence.

— Et comment ! Il m'a sorti de mon faubourg et m'a amené vivre ici. Il ne m'a jamais maltraité. Au grand jamais.

— Mais... il n'était quand même pas tout rose, si ?

— Pff ! Qui l'est vraiment ? Tu m'en diras tant. Même la vice-reine trompait son mari !

— Donc don Antonio avait bien des favorites ?

Nicanor rit amèrement.

— Ils en ont tous, ma fille. Même le plus pauvre et le plus laid des valets. Ne fais pas cette tête : tu ferais mieux de te faire à l'idée.

Matea sentit une étincelle de feu dans son ventre. Quel endroit sordide ! Tout le monde couchait avec tout le monde, les uns dénigraient les autres et n'hésitaient pas à se poignarder dans le dos. Pas étonnant que sœur Juana ait préféré la relative quiétude du couvent à ce palais.

Elle regarda autour d'elle et remarqua que Mariquita, la cuisinière africaine, les observait du coin de l'œil. Elle songea alors que si l'on avait empoisonné la nourriture ou le vin de M. Horcasitas, cela s'était très probablement produit dans cette cuisine.

— Vous occupiez-vous de tout ce qui concernait don Antonio ? interrogea-t-elle du ton le plus désinvolte possible. Le ménage, la cuisine ?

— La cuisine ? lança Nicanor en riant. Vous m'avez pris pour qui ? Non, non. Ce sont ces vieilles bonnes femmes, là, qui lui préparaient à manger.

La dénommée Mariquita l'entendit mais fit semblant de ne pas comprendre.

Elle leur tourna le dos et alla fariner des poissons à l'autre bout de la pièce.

Deux belles servantes mulâtres à la peau lisse et sombre comme de l'ébène polie entrèrent, portant des seaux d'eau.

— Don Antonio a-t-il déjà séduit des filles d'ici ? Une qui aurait…

Elle regretta aussitôt d'avoir posé une question aussi directe.

Nicanor écrasa sa cruche sur la table.

— Une qui aurait quoi ?

Matea ne sut quoi répondre. Instinctivement, elle se redressa et tourna la tête.

— Est-ce qu'on t'a envoyée fourrer ton nez dans les affaires des autres, ma fille ? grogna le type, et Matea remarqua que les autres employés, bien qu'ils fissent semblant de continuer leur travail, les regardaient du coin de l'œil.

Mariquita jeta un poisson dans l'huile bouillante. Le sifflement de la friture fit sursauter Matea.

— Je vais voir si don Carlos a besoin de moi, murmura-t-elle.

Nicanor repoussa sa chaise, dont le grincement résonna partout dans la cuisine.

Matea s'apprêtait à courir lorsqu'une main froide se posa sur son épaule. La pauvre poussa un cri. Par chance, ce n'était que don Carlos.

— Que se passe-t-il ? l'interrogea-t-il.

Il n'avait pas l'air très en forme non plus.

Matea s'enveloppa dans son châle.

— Rien, don Carlos.

Góngora observa Nicanor. Le visage du valet avait totalement changé. Il cacha sa colère et parla d'un ton enjôleur :

— J'ai offert un *atole* à votre femme de chambre, don Carlos, mais ça ne lui a pas plu.

Góngora acquiesça, nerveux.

— Mieux vaut que tu ailles rejoindre les Horcasitas, Nicanor. Il va y avoir du grabuge.

— Je veux bien le croire, murmura Mariquita au loin.

Nicanor fit la révérence. Avant de sortir, il darda son regard sur Matea et Mariquita.

— Et vous deux, rappelez-vous bien que les commérages n'ont rien de chrétien.

Mariquita, en guise de réponse, lança un autre poisson dans l'huile brûlante.

COMMÉRAGES

Alina ne dormit pas de la nuit.

Pour la première fois depuis son arrivée à San Jerónimo, elle se retrouvait seule dans sa cellule. Soudain, tous les bruits nocturnes semblaient amplifiés : le crépitement de la pluie, le vent, le miaulement occasionnel d'un chat, un craquement de bois…

Elle se leva aux aurores, alluma une bougie et contempla le diagramme compliqué des noms reliés à don Antonio. Très vite, elle regretta : une famille humiliée, des maîtresses, des domestiques, des rivaux à la cour… C'était un écheveau inextricable. Matea et Góngora ne pouvaient pas, en une seule visite, trouver quoi que ce soit. La tâche aurait été ardue quand bien même Matea ou elle-même auraient vécu au palais. Et tout ce dont l'archevêque avait besoin pour l'inculper était un quelconque de ses flacons, rempli de n'importe quelle infâme substance, qu'il affirmerait avoir récupéré dans les appartements d'Horcasitas.

Pour couronner le tout, le vent qui s'infiltrait par la porte faisait trembler la flamme de la bougie, projetant des ombres sinistres dans toute la cellule. Alina sursauta plusieurs fois, finit par l'éteindre et se recoucha, se répétant en boucle : *On ne t'a pas encore accusée personnellement. Pas encore…*

La novice accueillit avec soulagement le « Je vous salue Marie pleine de grâce ? » de sœur Augusta et le son de la clef dans la serrure. Elle sortit aussitôt dans l'air frais de l'aube. La pluie s'était prolongée tout le matin, inondant une partie du très vieux cloître nord. Au moins, la chaleur insupportable des jours précédents s'était dissipée.

Alina alla à matines et, sans Matea pour lui préparer son petit déjeuner, dut manger au réfectoire. La plupart des hiéronymites préférant rester dans leurs cellules, l'endroit était quasi désert.

Sur l'estrade, sœur Gertrudis s'éventait, contemplant avec inquiétude le centre du réfectoire. Là, agenouillée au sol, se trouvait sœur Andrea. En pénitence, on était obligé de manger là, sous la surveillance d'une religieuse.

Le bruit des fers résonnait en rythme tandis que la jeune femme se penchait sur son morceau de pain dur.

Alina ressentit une réelle peine. D'ordinaire, Andrea supportait bien le jeûne, mais ce matin, la pauvrette passait les doigts sur la porcelaine pour attraper la moindre miette.

Alina voulut s'approcher, cependant sœur Gertrudis lui fit signe que non et désigna sœur Leocadia, qui mangeait seule dans un coin de la pièce. Cette femme, en plus d'être stupide et d'aimer semer la zizanie, colportait fréquemment des rumeurs sans s'inquiéter de leur bien-fondé.

Alina se contenta de sourire à sœur Andrea de loin ; la jeune fille lui rendit son sourire avant de se mettre à lécher son écuelle.

Par chance, sœur Isabel était là aussi. Alina n'eut pas à petit-déjeuner seule.

— Ta domestique n'est toujours pas rentrée ? murmura-t-elle.

Alina secoua simplement la tête, supposant que Juana avait raconté à sa nièce les détails de l'affaire.

— Elle ne va plus tarder, dit sœur Isabel d'une voix encourageante.

Comme si elle l'avait prophétisé, peu de temps après, Demetria entra en faisant de grands signes en direction d'Alina.

Celle-ci se leva à la hâte. Avant de sortir, elle jeta un coup d'œil en arrière ; sœur Gertrudis faisait semblant de reprendre Andrea, quand, en réalité, elle lui passait un biscuit en cachette.

De toute façon, sœur Leocadia avait les yeux rivés sur Alina.

La novice ne cacha pas sa gêne : elle opéra un demi-tour brusque et accéléra le pas.

— Ils sont arrivés, annonça Demetria dès qu'elles furent dans le grand cloître. Matea et M. Góngora. Je vous préviens, ils sont drôlement bouleversés.

Elle fit bien de l'avertir : Matea était déjà dans le parloir aux côtés de sœur Juana, pâle, les yeux cernés.

Sabina leur servit un chocolat chaud, une expression indignée sur le visage. Alina se rappela qu'entre les domestiques il y avait aussi une hiérarchie : les esclaves africaines étaient plus appréciées que les servantes indiennes, et les employées des novices étaient moins classées que celles qui servaient les religieuses consacrées. Pour Sabina, servir Matea devait être la pire des humiliations.

— Aïe, *niña*, vous allez bien ? demanda aussitôt Matea. Quels cernes de chien battu vous avez là !

Sœur Juana ouvrit grand les yeux en voyant la tête d'Alina. Toutefois, elle fit preuve de plus de tact.

— Prends un chocolat, dit-elle.

— Mais je viens de petit-déjeu…

— Prends-le, insista-t-elle, lui mettant une tasse dans la main pour que Sabina la remplisse. Don Carlos nous apporte des nouvelles.

— Pas celles que vous aimeriez, dit l'aumônier tandis qu'Alina s'installait.

Il trempait une tranche de *marquesote* scandaleusement grande dans son chocolat.

— Je n'ai pas pu fouiller la chambre de don Antonio tel que nous l'aurions désiré. D'abord, doña Elvira est arrivée avec sa suite de… disons, de dames.

— La vieille de La Corcuera était là, intervint Matea.

Alina faillit cracher son chocolat.

— Seigneur ! T'a-t-elle reconnue ?

— Non, non, répondit Góngora à la place de Matea. J'ai fait semblant de l'envoyer en cuisine avant d'essayer de me défaire de la vice-reine. Je lui ai dit que cette scène était lamentable… que le corps commençait déjà à relâcher ses humeurs, non adaptées à son nez monumental…

Sœur Juana se permit un sourire caustique.

— *Avec un outil équivalent, à une lieue et demie, on sent déjà le piment…*

— Mais doña Elvira ne m'a pas écouté, poursuivit l'aumônier. Elle s'est installée avec ses dames et leurs servantes dans les appartements des Horcasitas pour « veiller » soi-disant le corps et exprimer leurs condoléances.

Même Demetria eut un rictus de sarcasme.

— Elles n'avaient pas récité la moitié d'un *Notre Père* que des gentilshommes sont arrivés. Ceci s'est transformé en une *tertulia* outrancière à coups de liqueur, d'amuse-gueules et de blagues potaches.

Alina porta une main à sa poitrine tandis que Góngora secouait la tête.

— Et ce ne fut hélas pas le pire.

— Non ? s'enquit la novice.

— Les Horcasitas sont arrivés peu après. Juste quand la *tertulia* s'échauffait.

— La famille au complet ? questionna sœur Juana.

— En effet, ma sœur. Méconnaissables. Apparemment, Toñito, le fils aîné, a pris les rênes de la famille. Devant ce scandale, il a hurlé et s'est mis à renverser les verres.

Sœur Juana ne tenait plus en place.

— Comment ? Tout cela en présence de la vice-reine ?

Góngora rit entre ses dents.

— Toñito l'a… mise à la porte.

La bouche de sœur Juana décrivit un « o » parfait. Ses yeux étincelèrent de plaisir. À la façon dont son poing s'ouvrait et se refermait, Alina comprit qu'elle aurait désiré avoir sa pipe à disposition pour se délecter davantage.

— Il a mis doña Elvira à la porte ? répéta-t-elle.

— Exactement, ma sœur ! J'ai moi-même dû la soutenir quand elle a fait mine de s'évanouir.

Sœur Juana frappa les accoudoirs de son fauteuil et émit son rire le plus triomphal et le plus sonore. Son médaillon faillit se détacher.

Brusquement, elle aperçut le visage inquiet d'Alina et s'éclaircit la gorge.

— Voici à quoi ressemblaient nos *tertulias* à nous du temps de la comtesse de Paredes, dit-elle en guise d'excuse.

— Combien de réputations se sont forgées ou ruinées dans ce parloir ! ajouta Góngora, lui aussi gagné par la nostalgie.

Les choses avaient beaucoup changé depuis le départ de doña María Luisa et don Tomás de la Cerda. Et tout semblait indiquer que cela allait se poursuivre… pour le malheur de tous.

— Pour en revenir à l'affaire impliquant sœur Elena, dit Góngora, rosissant légèrement, voilà pourquoi je n'ai pas pu inspecter les appartements convenablement.

Alina savait où il voulait en venir, mais cela n'amoindrit pas sa déception.

— Voulez-vous dire que nous ne savons toujours rien ? bredouilla-t-elle, remarquant sa brutalité quand il était déjà trop tard.

À sa surprise, personne ne lui en tint rigueur.

— Si, nous avons quelque chose, dit Matea en se tournant vers l'aumônier.

L'homme se carra sur son siège, visiblement gêné.

— Durant le peu de temps que j'ai eu, j'ai trouvé des papiers sur le secrétaire de don Antonio. Ils portaient le sceau de l'hacienda de San Hipólito et ils étaient signés de la main de la comtesse de Gijón, votre grand-mère.

Alina, comme sœur Juana une minute plus tôt, resta bouche bée.

— Des lettres de ma grand-mère ?

— Tout à fait.

— Pour… pourquoi aurait-elle écrit à don Antonio ?

Góngora posa son chocolat et entrelaça ses doigts osseux.

— Je n'ai pu y jeter qu'un coup d'œil. Du reste… sœur Elena, votre grand-mère a une écriture atroce. Et puis doña Elvira est arrivée et je n'ai rien pu voir d'autres, sauf…

Il marqua une pause, regardant la novice droit dans les yeux.

— Le prénom « Alina ».

Il y eut un silence sépulcral.

Alina perdit momentanément le contrôle d'elle-même, et ne réagit que lorsque Sabina s'approcha à une vitesse hallucinante pour lui enlever la tasse des mains – elle avait renversé son chocolat.

— Mon nom ? dit-elle dans un murmure. Qu'est-ce que mon nom viendrait faire dans une lettre adressée à M. Horcasitas ?

Sœur Juana lui tapota le bras pour la calmer.

— Je l'ignore, sœur Elena, avoua Góngora avec une vive frustration. Comme je vous l'ai dit, je n'ai pas pu en lire davantage. Doña Marina devant déjà se trouver en haute mer, nous ne pourrons pas la questionner à ce sujet.

Sœur Juana fronça les sourcils.

— Don Carlos, je suppose que vous n'avez pas pu vous emparer de ces papiers ?

— Non, ma sœur. Doña Elvira est arrivée et je n'ai pas eu l'occasion de prendre quoi que ce soit. Puis la famille…

Alina se couvrit la bouche.

— Dorénavant, ces lettres sont aux mains des enfants et de la veuve, qui n'attendront pas les bras croisés quand ils comprendront que don Antonio a été empoisonné !

— Garde espoir, lui conseilla sœur Juana. Ta grand-mère a pu mentionner ton nom pour n'importe quelle bagatelle.

— Je la connais, répliqua Alina. La vieille ne fait rien au hasard. Si elle a parlé de moi dans sa correspondance, ce doit être important.

— Peut-être que c'était pour les affaires, intervint Matea d'un ton qu'elle voulait encourageant. Dans les cuisines, j'ai vu des sacs de farine de San Hipólito.

Alina sentit les doigts de sœur Juana, encore sur son bras, se crisper nerveusement. Elle contemplait Matea les yeux grands ouverts, et ses lèvres, légèrement écartées, remuaient comme si elle cherchait un vers.

— Que se passe-t-il, ma sœur ? l'interrogea Alina.

Juana se contenta de secouer la tête.

— Rien… ce n'est rien, et elle la relâcha aussitôt.

— Nous ne rentrons cependant pas totalement bredouilles, dit Góngora en se tournant vers Matea.

— J'ai rencontré deux domestiques dans les cuisines, *niña*. L'un d'eux était le laquais de don Antonio, un certain Nicanor. Il s'est renfrogné quand j'ai voulu l'interroger à propos de son maître. Comme si j'avais remué le couteau dans la plaie…

— Alors pourquoi crois-tu qu'il puisse nous être d'une aide quelconque ? demanda Alina.

— Pas lui, *niña*. Cette cuisinière râleuse, Mariquita. Je n'ai pas vraiment pu lui parler, mais ça se voyait qu'elle savait beaucoup de choses sur les petites histoires de don Antonio.

— Les cuisines sont toujours l'endroit où l'on raconte les meilleurs ragots, commenta Demetria dans l'ombre.

— L'Africaine sera facile à trouver, continua Matea, peut-être même sans revenir au palais. Je parie que les marchands de la Plaza Mayor la connaissent. Et… peut-être qu'ils peuvent nous aider.

Elle s'empourpra, et Demetria prit le relais.

— Notre petite Matea a de très bons *contacts* avec les marchands de fruits. Et, au palais, l'on se fournit toujours chez les meilleurs.

Alina retrouva un peu l'espoir. Cela la fit réfléchir.

— En parlant de domestiques… Ce ne serait pas une mauvaise idée de faire appeler Margarida, la gouvernante de ma grand-mère. Peut-être qu'elle a entendu parler de ces lettres.

— Oui, confirma Matea. Mon *apá* dit toujours qu'elle laisse traîner ses oreilles partout.

Sœur Juana, restée étonnamment muette, intervint alors.

— N'oublions pas non plus les commerçants chinois. Il est absolument primordial de savoir s'ils ont vendu de l'aconit à quelqu'un d'autre durant cette période.

— Je m'en charge, ma sœur, proposa Góngora, puisque je n'ai pas été d'une grande aide hier. J'irai au quartier chinois dès que je pourrai m'échapper de l'hôpital.

— Est-ce loin ? interrogea Alina.

— Au niveau de la paroisse de San Juan de Letrán. Mais j'irai avec plaisir.

— Nous vous en serions très reconnaissantes, don Carlos, dit la poétesse, se levant de façon intempestive. Ne vous retardons pas davantage. Plus vite vous trouverez l'opportunité de rendre visite à ces marchands, mieux ce sera.

Elle regarda Alina.

— De notre côté, nous avons aussi beaucoup à faire.

Elle lui donna une petite tape sur la main et sortit en vitesse du parloir.

Les doigts de sœur Juana, soudain, étaient beaucoup plus froids qu'avant.

VEUVE

Les tapis étaient parsemés de pétales blancs, fanés et écrasés.

On voyait encore les traces de boue laissées par les fossoyeurs, entrés sans même essuyer leurs bottes pour emporter le corps de don Antonio.

Toñito, l'héritier, observa la saleté avec impatience tandis que ses deux sœurs allaient pleurer dans la seconde chambre. Elles passeraient la journée au lit, abattues, reniflant des sels aromatiques et feignant des vertiges chaque fois que quelqu'un essaierait de les aider.

Si seulement il pouvait avoir ce luxe ! S'il n'agissait pas au plus vite, les Horcasitas sombreraient irrémédiablement dans la misère.

Doña Catarina, sa mère, entra dans l'appartement, bouleversée, plissant le nez comme si elle pouvait sentir les parfums des maîtresses de son époux, plus sournois encore que l'odeur de la mort.

— Quel enterrement indigne, murmura-t-elle. Rien que nous, les fossoyeurs et un prêtre de second ordre...

Toñito lâcha un rire acerbe.

— Tu aurais préféré que toutes ses catins fassent la queue pour balancer des fleurs sur son cercueil ?

Doña Catarina réprima un cri, incapable de répliquer. Elle ne s'attendait pas à ce changement de comportement de la part de son fils préféré, autrefois si aimant. Encore moins que cela se produise en un clin d'œil, quasiment aussitôt que l'émissaire de la cour leur avait délivré la nouvelle. Même si, maintenant qu'elle y pensait, le défunt don Antonio l'avait lui aussi déçue du jour au lendemain.

Nicanor entra à la hâte.

— *Niño* Toñi...

Il se mordit la langue.

— Maître Antonio, un jeune homme vous demande à la porte du personnel, vous ou madame votre mère.

— Qu'est-ce qu'il veut ? grogna Toñito.

— Il dit qu'il est le fils de...

Nicanor lança un regard gêné à la veuve.

— Qu'il est le fils de feu don Antonio.

Doña Catarina ne répondit pas. Elle s'affala dans l'un des sièges – ceux qu'il faudrait bientôt mettre en gage – et se couvrit la bouche pour étouffer un sanglot.

— Dis-lui d'aller au diable, lança Toñito. Nous n'avons pas de quoi entretenir tous les bâtards de mon père.

Nicanor fit une révérence et sortit en trombe. Doña Catarina put alors pleurer à son aise ; elle tremblait chaque fois qu'elle entendait des paroles si violentes dans la bouche encore enfantine de son fils.

Toñito soupira et alla à la chambre principale. Il n'était pas d'humeur à consoler qui que ce soit.

Une domestique indienne, la seule qu'ils pouvaient se payer désormais, balayait les tapis autour du lit, où l'on voyait encore le léger enfoncement laissé par le cadavre.

— Toi ! cria Toñito. Sais-tu comment s'appelle la traînée qui était là quand mon père est mort ?

La jeune fille sursauta.

— Ou... oui. Doña Teresita de Aguilar, *señor*.

Toñito fit claquer ses doigts.

— Va la chercher. En vitesse. Je veux lui parler.

La servante ne se fit pas prier et sortit à son tour tandis que Toñito inspectait la chambre avec réprobation.

De luxueux tapis persans, des vases chinois, de lourds rideaux de soie… Des luxes que don Antonio avait achetés à crédit pour impressionner ses hordes de maîtresses. Il savait aussi quelles extravagantes donations il faisait, et ce dans l'unique but d'éblouir les autres courtisans.

Il s'approcha du secrétaire en acajou pour en examiner les moulures ; ce meuble partirait sûrement à un bon prix. En se redressant, il repéra le tas de courrier à moitié ouvert que son père n'aurait jamais l'occasion de lire.

Presque toutes étaient des lettres de créanciers menaçant don Antonio de saisir ses biens (ou pire) s'il ne soldait pas ses dettes.

Un nom familier lui sauta aux yeux.

Il souleva la missive à moitié froissée et, à mesure qu'il lisait, haussa les sourcils. Comment osait-elle, cette… ?

Alors il renifla en plissant le nez, soudain incommodé.

— Nicanor, dites-leur d'amener leurs poulains déféquer ailleurs !

En se retournant, il aperçut la silhouette maigrichonne d'un prélat au chapeau élimé qui attendait dans l'embrasure de la porte. Sous sa soutane rongée dépassaient des sandales et des orteils aux ongles aussi épais que des sabots d'animaux.

— Qu'est-ce que vous voulez, vous ? aboya Toñito, se bouchant le nez sans gêne.

L'homme sourit.

— Antonio Nuñez, monsieur Horcasitas. Nous portons le même prénom !

Toñito grimaça pour lui faire comprendre qu'il n'était pas d'humeur à plaisanter.

Nuñez fit un pas en avant.

— Je suis le confesseur de plusieurs pauvres âmes du palais.

Son sourire s'élargit davantage.

— Je crois que ce que j'ai à vous dire va vous intéresser…

PÊCHES

Matea aurait préféré se rendre à la Plaza Mayor dans la robe en laine qu'on lui avait prêtée la veille, mais outre le fait qu'elle était couverte de boue, elle avait passé la nuit avec dans une chambre vide de l'hôpital des vérolés. Pour rien au monde elle ne la remettrait, même après l'avoir lavée à l'eau bouillante.

Elle avait dû se contenter des jupons et de la légère blouse de coton que lui fournissait le couvent. Au moins, elle avait enfilé son châle préféré, rose avec de petits liserés blancs, qui ne laissait jamais Casio indifférent.

Elle entra à la hâte sur la place, protégée d'un côté par la façade du palais et de l'autre par les hauts échafaudages de la cathédrale – qui, selon les dires, étaient déjà en train de s'effondrer alors qu'elle n'était même pas terminée.

Matea connaissait par cœur la disposition des échoppes, installées en un carré parfait qui formait presque une ville miniature, avec ses quartiers. On trouvait d'abord la zone des céréales, où l'on vendait de la farine de blé, des amandes et de l'orge, ainsi que du maïs réservé aux domestiques et au bétail.

Là, Matea salua le fringant Germán, le métis qui causait tant d'ennuis à cette pauvre sœur Andrea. Bien que chargé d'un très lourd sac de farine, le jeune homme fit mine de vouloir lui parler, très certainement pour lui poser des questions sur sa petite amoureuse. Matea, prise de remords, fit semblant de ne pas comprendre car elle n'avait pas le temps de bavarder.

Elle poursuivit son chemin jusqu'au quartier des fruits et légumes, celui qu'elle préférait, et pas seulement parce que c'était là que se trouvait le stand de Casio. Tout ici n'était qu'exubérance, les salades, les herbes aromatiques, les fleurs de courgette, les tomates brillantes et rouges comme des rubis... Et l'étal de Casio était l'un des plus beaux, avec ses montagnes bien ordonnées de grenades, de *chirimoyas*, de *capulines* (sorte de cerises noires), de pastèques et de *mameyes* coupés, d'ananas et de corossols, sans oublier les grappes de raisin (très chères) disposées chacune sur son lit de paille tel le petit Jésus dans sa crèche.

Comme toujours, le lieu sentait l'orange et le citron ; Casio le gardait bien propre et toujours bien approvisionné. Ce n'est pas pour rien que les affaires marchaient aussi bien : il avait commencé en faisant affaire avec les Indiens qui cultivaient les *chinampas*, des jardins flottants artificiels datant des Aztèques ; il se levait aux aurores pour leur acheter leur marchandise avant qu'elle atteigne la Plaza Mayor, puis la revendait à bon prix. Et même si les mulâtres (et les Africains libres en général) étaient célèbres pour cela, Casio travaillait avec une ténacité particulière, en plus d'avoir un talent naturel pour la négociation.

Deux ans à peine après avoir revendu son premier cageot de mangues, Casiodoro avait loué sa première échoppe. Six ans plus tard, il était l'un des marchands de fruits les plus reconnus de la place. Ses yeux verts et son sourire facile y étaient pour beaucoup, bien entendu.

Matea ne le vit d'abord pas, mais elle entendit quelqu'un appeler dans son dos :

— Petite comtesse !

Rien que d'entendre ce mot, elle avait le cœur qui battait la chamade. Matea se retourna. Le mulâtre, très grand, les épaules larges, venait vers elle avec deux caisses sous les bras. L'une était pleine de goyaves, l'autre de pêches.

Matea s'enveloppa davantage dans son châle pour cacher son rougissement.

— En quoi puis-je vous aider, petite comtesse ? dit-il, laissant les cageots sur le comptoir pour lui faire une révérence comme s'il s'adressait vraiment à une noble. Attendez, je vais vous ouvrir une de ces mangues qui sont arrivées aujourd'hui...

— Euh..., hésita Matea.

Elle était pressée, mais elle ne voulait pas manquer l'occasion de se laisser cajoler.

— C'est que... aujourd'hui, je viens rien vous acheter...

Mais Casio avait déjà sorti un couteau et épluchait une énorme mangue à la peau jaune marbrée de rouge. L'homme haussa les sourcils et sourit.

— Ah, non ? Eh bien, vous savez que je suis là pour ce que vous voulez.

Il lui tendit le couteau, sur lequel il avait planté un gros morceau de chair pulpeuse.

Matea prit le fruit et ne put réprimer un sourire en le savourant. Elle se rappela alors les ricanements aigus et stupides des dames du palais et s'obligea à redevenir sérieuse.

— Aïe, don Casio, merci, mais... c'est très grave.

Casio cessa de sourire, la regardant avec une réelle inquiétude.

— Grave ? Que vous arrive-t-il ?

Matea s'approcha pour parler à voix basse.

— C'est pas moi. C'est la *niña* Alina.

— Elle a encore fourré son nez quelque part ? répliqua Casio, presque exaspéré. Ces couvents ne sont-ils pas supposés être des lieux de recueillement ?

— Bah, si, mais… Cette fois, c'est pas sa faute !

Casio soupira ; deux clientes arrivaient.

— Laissez-moi prendre cette commande et nous parlerons de l'autre côté, lui dit-il.

Les clientes regardèrent Matea avec jalousie.

Casio acheta deux cornets de *bienmesabes* sucrés à une petite vieille, qu'ils dégustèrent en marchant vers l'hôtel de ville.

— Comment va votre *apá* ? demanda Casio tandis qu'ils s'éloignaient de la foule. Ses os ne lui font plus mal ?

— Quand il fait chaud, il se plaint pas trop. C'est surtout l'hiver.

— Tant mieux. Dès que je le pourrai, je lui enverrai des *mameyes*. Bien mûrs, pour qu'il n'ait pas trop à mâcher.

Matea allait lui dire de ne pas se donner cette peine, puis elle se rappela à quel point don Aquilino aimait ces fruits. Elle ne pouvait lui en acheter que lorsqu'il lui restait de l'argent des commissions – c'est-à-dire rarement.

Ils longèrent le lit de l'Acequia Real, le canal qui traversait encore la ville, par où des embarcations bigarrées apportaient les marchandises depuis leurs *chinampas*. Matea lui rapporta la situation, de la mort de don Antonio aux péripéties de la veille.

Casio siffla.

— Oui, j'ai vu un carrosse funèbre ce matin, quand j'apportais les fruits du jour. Mais je ne vais pas vous mentir : ça va être bigrement difficile de savoir si quelqu'un a mis quelque chose dans la nourriture de ce don Antonio. Dans ce genre de cuisines, vous n'avez pas idée du nombre de personnes qui entrent : domestiques, cuisinières, assistants, charretiers...

Matea agita ses doigts comme si elle venait de se les écraser.

— Aïe, je le sais ! Ma maîtresse est dans un sacré pétrin. Mais il y a une dame qui peut sans doute nous aider. Peut-être que vous la connaissez ? C'est une cuisinière qui s'appelle Mariquita.

Casio fronça les sourcils.

— Mariquita... Une petite Africaine ? Enfin, un peu plus grande que vous... mais avec de gros bras ?

— C'est ça. Vous la connaissez ?

Casio poussa un soupir.

— Bien sûr. Tout le monde connaît l'histoire de Mariquita.

— C'est-à-dire ?

— Enfin... maintenant que vous le mentionnez... c'est peut-être mieux que vous ne lui parliez pas.

Son visage inquiet contamina Matea, qui ne put porter à la bouche son morceau de *bienmesabe*.

— Pourquoi ?

Casio mangea la dernière sucrerie, écrasa le cornet et le lança dans le canal. Il ne reprit la parole qu'après avoir avalé.

— Avant qu'on l'emploie dans les cuisines du palais, Mariquita était l'esclave des Horcasitas.

AIL NOIR

Alina prit Matea par la main et l'entraîna dans le grand cloître à fond de train. En arrivant à la cellule de sœur Juana, elles trouvèrent Sabina et sœur Isabel, l'une balayant devant la porte bien que le sol soit déjà impeccable, l'autre bras croisés, appuyée contre une colonne.

— Que se passe-t-il ? interrogea sœur Isabel, les voyant si agitées.

— Nous devons parler à ta tante, bredouilla Alina, mais sœur Isabel fit non de la tête.

On entendit alors des cris enroués venus de l'étage. C'était la voix de la mère Encarnación.

— Je crois que ce n'est pas le bon moment, murmura Isabel.

L'encre sur ses doigts était encore fraîche. La religieuse avait dû sortir de là en courant.

Alina se mordit la lèvre.

— Je ne peux pas attendre.

Elle attrapa Matea par le bras et se précipita dans la cellule.

Sur le secrétaire du rez-de-chaussée, Isabel avait effectivement laissé en plan les copies des *villancicos* de l'Assomption. Et pour cause : les hurlements étaient effrayants. Ils ne firent qu'empirer à mesure que Matea et Alina montaient l'escalier.

Quand elles entrèrent dans la chambre de sœur Juana, elles la trouvèrent en pleine querelle avec l'abbesse, qui secouait un document sous son nez. La poétesse, mordant sa pipe, se tenait aussi droite et immobile qu'un monolithe.

— Tant d'argent, Juana Inés ! Et tout ça pour quoi ? Dites-moi ! Pour quoi ?

Sœur Juana jeta un regard en coin aux nouvelles venues et les désigna avec sa pipe sans quitter l'abbesse des yeux.

— Allez-vous-en ! tonna l'abbesse. Ne voyez-vous pas que nous sommes occupées ?

Alina et Matea reculèrent, apeurées, mais sœur Juana alla vers elles et tendit la main vers la porte.

— Nous nous sommes dit tout ce que nous avions à nous dire, *madre*. Si vous me permettez, je ne veux pas prendre plus de votre temps.

La poitrine de l'abbesse montait et descendait comme les soufflets de l'orgue, et quand ses yeux se posèrent sur Alina, sa respiration devint sifflante. La novice songea que c'était à cela que devaient ressembler ces automates à vapeur inventés par les Grecs.

La mère Encarnación plia maladroitement le document et sortit de la pièce d'un pas retentissant.

Toutes restèrent figées un moment, jusqu'à ce qu'on entende les cris de l'abbesse dans le grand cloître.

— Ferme la fenêtre, Matea, demanda sœur Juana.

Elle alla s'asseoir à son bureau, où elle posa un coude et se prit le front dans la main.

Anticipant la demande, Alina alla près de la bibliothèque et sortit la bouteille de *rompope* qu'elle connaissait bien.

— À quoi rimait tout cela ? interrogea-t-elle, hésitante, tandis qu'elle versait l'épaisse liqueur dans une coupe d'argent, la préférée de sœur Juana. Pouvons-nous vous aider ?

Matea avait fermé les portes du balcon et la chambre était désormais plongée dans une pénombre réconfortante.

La poétesse rejeta la tête en arrière, contemplant le plafond irrégulier de sa cellule. Après des années à vivre ici, elle devait en connaître chaque fissure et chaque renflement.

— L'argent, comme toujours, répondit Juana après un moment.

Elle leur adressa un bref sourire.

— Ne t'inquiète pas, sœur Elena, tu as assez de problèmes comme ça. Vous veniez me dire quelque chose d'important ?

Alina et Matea échangèrent des regards nerveux. Maladroitement, elles rapportèrent ce qu'avait raconté Casio.

— Ça m'étonnerait qu'il se trompe, affirma Matea. Si vous aviez vu les yeux de cette femme quand j'ai mentionné don Antonio…

Sœur Juana les écouta, attentive, alternant des bouffées de tabac avec des lampées de *rompope*. Elle les observa longtemps, l'air légèrement incrédule.

— Et tu dis que cette dénommée Mariquita n'a plus le statut d'esclave, qu'elle est libre ? questionna-t-elle.

— Oui, répondit Matea, sans aucun doute. Le palais la paie bien. Elle a une fille qui est placée chez les sœurs augustines et elle s'achète même de la dentelle au Parián de temps en temps.

Sœur Juana acquiesça.

— Ton ami Casio t'a-t-il raconté comment elle a été libérée ?

— Non, *madre*. Ça, personne le sait. Du jour au lendemain, elle travaillait dans les cuisines et personne lui a demandé d'explications.

— Quand était-ce ?

— Le *señor* Casio dit que ça doit faire cinq ans.

— Cinq ans ! Et d'un coup elle s'est décidée à empoisonner don Antonio ? Après qu'on l'a libérée et maintenant qu'elle semble avoir une vie plutôt confortable ?

— La fillette a dans les 5 ou 6 ans, ajouta Alina, et personne n'a jamais entendu parler du père.

Sœur Juana haussa un sourcil.

— Crois-tu qu'elle soit la fille de don Antonio ?

— Pas mal de gens le suspectent, dit Matea. Don Antonio l'aurait libérée pour pas avoir de problèmes avec sa femme.

— *Quand le ragot est si savoureux, si fougueux et si scandaleux, peu importe qu'il soit douteux...*

— Douteux ? s'enquit Alina.

Sœur Juana hocha la tête.

— Douteux, peut-être pas, mais... il n'est pas rare que les esclaves aient des enfants de leurs maîtres. Et, si horrible cela soit-il, il est communément admis que personne, ni esclave ni époux, n'en parle jamais.

Matea grimaça.

— Bah, maintenant que vous le dites... Si ce Horcasitas passait son temps à faire la noce avec les courtisanes, pas étonnant qu'il ne soit pas très abstinent avec ses employées de maison.

— Du reste, il y a l'aspect pécuniaire, poursuivit sœur Juana. Les femmes africaines reviennent plus cher que les hommes, précisément parce qu'elles peuvent enfanter. Une esclave enceinte fait monter les enchères : légalement, l'enfant est la propriété de ses maîtres, qui peuvent le vendre dès qu'il est en âge de travailler. Cela n'a pas de sens qu'on l'ait libérée juste quand elle était sur le point d'accoucher.

— Si je me souviens bien, dit Alina, vous avez vous aussi vendu une esclave lorsqu'elle a eu un enfant.

Sœur Juana sourit avec nostalgie.

— Oui, ma chère Juana de San José, ma Pepita... Dans un moment d'égarement, un valet de ferme de la Plaza Mayor l'a mise enceinte. J'ai dû la vendre... l'offrir, pratiquement... Car elle a eu un garçon, qui ne pouvait bien entendu pas vivre au couvent – et je ne voulais pas les séparer. Aujourd'hui, ils vivent avec ma sœur qui, par ailleurs, ne m'a jamais payé le peu que j'avais demandé. Ensuite, ce rapace que j'ai pour neveu a eu l'affront d'affirmer que *je* devais cet argent...

Sœur Juana se racla la gorge.

— Je m'égare...

— Il a bien dû se passer quelque chose, reprit Alina. Quelque chose que les Horcasitas ne veulent pas voir ébruiter. C'est évident : une esclave libérée qui prépare les repas de son ancien maître, et celui-ci meurt empoisonné ! Trop de coïncidences.

— Si tu exposes les choses de cette façon, certes, mais...

Sœur Juana poussa un soupir épuisé.

— Mais... ? insista Alina. Nous devons poursuivre notre enquête. Peut-être que le fiancé de Matea...

Matea rougit tel un *xoconostle* bien mûr.

Sœur Juana prit la main de la novice.

— Sœur Elena, nous voulons désespérément mettre la main sur le coupable. Je ne veux pas que, par nos agissements, des rumeurs commencent à circuler sur cette femme...

Elle frissonna.

— Si l'alguazil ou, pire encore, l'archevêque ou la vice-reine suspectent une pauvre Africaine, ils sont capables de la faire torturer jusqu'à ce qu'elle avoue quelque chose.

— Même si c'est une femme libre ? questionna Alina, et sœur Juana se contenta de frémir de dégoût.

— Le *señor* Casio la connaît, précisa Matea, s'éventant les joues. Il dit qu'elle vient presque tous les matins sur la place, à l'aube, pour lui acheter ses plus beaux fruits. Si je lui demande de l'interroger discrètement…

— Pas encore, trancha sœur Juana avec une fermeté qui déconcerta Alina. Avant, attendons la confirmation que les Chinois ont vendu de l'aconit à quelqu'un d'autre. Matea, va avec don Carlos, s'il n'est pas déjà parti à San Juan de Letrán. Dis-lui que c'est très pressé.

— Mais j'ai à faire en cuisine, et je n'ai pas lavé le linge de la *niña*…

— Je demanderai à Sabina de te couvrir. Allez, va.

Matea fit la révérence et s'en alla à la hâte, sachant que l'esclave de sœur Juana ne serait guère contente de ce travail supplémentaire.

Sœur Juana se tourna vers Alina.

— Il nous faut aussi découvrir, et vite, ce que faisait ton nom sur les lettres que ta grand-mère a adressées à don Antonio. As-tu écrit à sa gouvernante ?

— Oui, ma sœur. Je lui ai dit que c'était urgent. Elle ne devrait plus tarder.

MULES

Margarida ne cessait de gesticuler sur le siège du parloir, comme si on avait mis de la sciure sous ses jupons.

— De l'eau ? lui lança Demetria, qui ressentait autant d'antipathie pour la Catalane qu'Alina et sœur Juana.

— De l'eau ?! répéta l'autre, observant avec lassitude la cruche d'argile.

Même aux mendiants qui appelaient à la porte du couvent, on ne proposait pas que de l'eau.

— Vous en voulez, oui ou non ?

Margarida vit que de petits déchets flottaient à la surface de l'eau et repoussa la cruche.

On entendit alors des voix de l'autre côté de la cloison. La sœur écoute ouvrit les rideaux.

Le côté des hiéronymites était toujours beaucoup plus sombre que celui des visiteurs, comme si l'on s'efforçait de maintenir leurs visages dans la pénombre. Face à tant de mystère, il n'était pas surprenant que les vers de cette dénommée sœur Juana suscitent une telle curiosité.

Les visiteurs pensaient à tort que les religieuses ne les voyaient pas bien mais, de l'autre côté de la double grille, malgré la distance, Alina distinguait clairement les grimaces de Margarida.

Sœur Juana s'assit à côté d'elle, sirotant du chocolat

dans une trembleuse en porcelaine. La grimace de la gouvernante s'accentua.

— Merci d'être venue si vite, très chère, commença la poétesse avec sarcasme. C'est un grand honneur.

— Avec plaisir, répondit Margarida, les lèvres serrées. J'imagine que c'est au sujet de don Antonio de Horcasitas.

Alina leva la tête si vite qu'elle s'en fit mal au cou.

— Comment... comment as-tu su ?

Derechef, sans savoir que les religieuses la voyaient, Margarida sourit avec suffisance.

— La rumeur court qu'il a été empoisonné.

— La rumeur court ? s'étonna sœur Juana. Où cela ?

— Partout. Les dames et les domestiques de la vice-reine le racontent à tout le monde.

Elle rit entre ses dents.

— Elles insistent sur le fait que l'homme est mort pendant que cette Teresita de Aguilar *s'en occupait*. Mais elles ajoutent la partie sur le poison pour s'assurer que le ragot s'ébruite plus vite.

Sœur Juana acquiesça.

— Bien entendu. Plus il y aura de gens informés, plus la réputation de doña Teresita sera entachée.

Elle remarqua l'incompréhension d'Alina.

— En son temps, elle était la favorite de don Gaspar, le vice-roi. Je doute que doña Elvira cède avant que les Aguilar quittent le palais.

— De la même façon qu'elle a dû fuir l'Espagne à cause des rumeurs sur sa relation avec son beau-frère ? dit Alina, sentant son ventre brûler.

Margarida se pencha vers l'avant.

— Que savez-vous de ces histoires, vous ?

Sœur Juana lui sourit.

— Nous ne voulons pas vous ôter votre précieux temps,

très chère. Venons-en au fait. Comme vous l'avez si bien dit, nous voulons parler de don Antonio, paix à son âme.

Demetria rit entre ses dents au mot « paix ». Pendant ce temps, Juana regarda la sœur écoute qui ronflait à présent placidement dans un coin. Quoi qu'il en soit, Alina baissa la voix.

— Margarida... Sais-tu si ma grand-mère connaissait don Antonio ? Ou n'importe quel membre de la famille Horcasitas ?

La Catalane, sentant la hâte dans la voix d'Alina, prit son temps pour répondre.

— Oui, *señorita*, dit-elle pour en finir. Doña Marina a mentionné son nom à plusieurs reprises.

Alina porta une main à sa poitrine.

— Quand l'a-t-elle fait pour la dernière fois ?

— Il y a peu, mademoiselle. Le jour du départ, si je ne m'abuse.

— En êtes-vous sûre ? intervint sœur Juana.

— Oui. Doña Marina a fait venir son comptable pour régler ses affaires avant de s'en aller en... Europe.

Margarida prononça ce mot avec une amertume extrême. Alina se rappela que la femme était à l'origine persuadée qu'elle serait du voyage.

Celle-ci se racla la gorge.

— Non pas que je les ai espionnés, madame...

— Cela va de soi, commenta sœur Juana.

— Mais... quand je me suis approchée pour leur servir le vin, j'ai entendu votre grand-mère parler de don Antonio.

Alina retint son souffle. Le dénouement semblait proche.

— Que lui a-t-elle dit ? Je sais que tu ne les écoutais pas, mais... tu as bien dû entendre quelque chose.

— J'ai entendu quelque chose à propos de…

Elle regarda sur le côté, feignant de fouiller parmi ses souvenirs.

— À propos d'une dette.

— Une dette ? répéta Alina. De combien ?

— Ils ne l'ont pas mentionné tel quel, *señorita*, mais les mots de doña Marina ont été les suivants : « Si je leur faisais payer tous les intérêts qu'elles me doivent, les filles de don Antonio devraient me donner jusqu'à leurs culottes. »

Alina soupira. L'affaire commençait à prendre forme, et pas précisément celle qu'elle désirait.

— Savez-vous si la comtesse de Gijón a écrit à don Antonio ? questionna sœur Juana. Pour lui réclamer son dû, peut-être ?

— Je ne saurais vous dire, *señora*. Je l'ai vue rédiger beaucoup de lettres cette nuit-là et, le lendemain, j'ai apporté un sac de courrier plein à craquer, mais c'est tout naturel : doña Marina avait mille choses à régler avant un voyage aussi long.

— Le comptable doit en savoir plus, fit remarquer Alina. Margarida, as-tu son adresse ?

— Je ne la connais pas par cœur, mais elle doit figurer dans les papiers de doña Marina. Si vous le souhaitez, je peux personnellement lui demander…

— Non, l'interrompit aussitôt sœur Juana. Envoyez-nous seulement l'adresse. Pas la peine de vous déplacer ; vous pouvez nous la faire passer par un domestique.

— Mais…

— Nous ne vous retenons pas davantage, ma chère. Merci d'être venue.

Sans attendre, sœur Juana se leva pour tirer les rideaux.

Elles entendirent Margarida protester de l'autre côté,

et la voix si peu délicate de Demetria l'invitant à prendre congé.

— Viens, dit sœur Juana à Alina, et elle l'attrapa par le bras pour l'entraîner dehors.

La cour du vieux cloître nord, encore à moitié inondée, était déserte. Sœur Juana alla s'asseoir au bord de la fontaine octogonale et parla tout bas.

— Une idée folle : crois-tu que ta grand-mère ait été capable de… te donner en mariage ?

Alina en resta muette. Sœur Juana dut la tirer gentiment par le bras pour l'inviter à s'asseoir à ses côtés.

— Me marier… Avec le fils des Horcasitas ?

La religieuse acquiesça.

— Doña Marina t'a fait entrer ici pour ne pas avoir à payer de dot. Crois-tu qu'elle ait été capable de leur proposer ta main de façon à éponger les dettes de don Antonio, en lieu et place d'une dot ?

Alina ferma les yeux, la tête tournée vers le ciel.

— Ma grand-mère est capable du pire, donc oui. Et elle est très familière de ce genre d'arrangements. Mais…

Elle regarda sœur Juana.

— Peut-on quitter le couvent comme ça ?

— Tant que tu es novice, oui. Ce n'est qu'une fois les vœux perpétuels prononcés que la procédure devient complexe. Pas impossible, mais si ardue que personne ne s'y risque. Il faut demander grâce et effectuer toutes sortes de pénitences… Pourquoi crois-tu que nous n'avons pas laissé sœur Andrea prononcer ses vœux ?

Alina fronça les sourcils.

— Le couvent aurait alors rendu à ma grand-mère ma dot de religieuse ?

— La majeure partie. Nous n'aurions retenu que le coût de ton entretien et de celui de Matea.

Alina souffla de frustration.

— Cela fait parfaitement sens. Si ma grand-mère pensait cet argent perdu… En m'unissant à l'un des Horcasitas, au moins, elle aurait récupéré quelque chose.

Faute de pipe, sœur Juana tritura les perles de son chapelet.

— Il ne faut pas que cela parvienne aux oreilles de l'archevêque. Si l'on venait à t'accuser, je me disais que nous pourrions plaider l'absence de mobile. Cependant, si ce que nous croyons est avéré et que cette dette est révélée…

— Soit l'on accusera ma grand-mère, soit l'on m'accusera, moi. Aïe, Seigneur !

Alina se prit le visage à deux mains tandis que sœur Juana lui donnait de petites tapes dans le dos.

– Nous devons découvrir ce que tramait ta grand-mère. Si tant est qu'elle ait tramé quelque chose. Je vais demander à la portière de faire appeler son comptable dès que Margarida nous enverra son adresse.

— Il faut aussi questionner cette cuisinière, réitéra Alina, l'estomac retourné.

À sa grande surprise, sœur Juana s'y opposa de nouveau.

— Non. Avant… attendons le retour de Góngora. Nos problèmes disparaîtront peut-être d'eux-mêmes.

Là-dessus, on sentit une rafale chargée d'humidité qui annonçait les averses du début de soirée.

Demetria aurait dit que cela n'augurait rien de bon.

OMIKUJI

Au moins, ce n'était pas l'automne, cette saison où les vents, au lieu de charrier de la pluie, soulevaient des tourbillons de poussière qui irritaient les yeux et la gorge.

Matea vit les nuages orageux qui s'amoncelaient à l'ouest, traversés de temps en temps par des éclairs, et remercia le ciel de n'avoir pas à traverser la ville à pied une fois de plus. Le *señor* Góngora avait accepté la proposition d'un proche de ses patients, qui les conduisait vers le quartier de San Juan dans sa charrette délabrée.

L'homme les déposa devant la vieille et sobre église de San Juan de Letrán, face aux eaux de l'Acequia Real. C'était littéralement la dernière rue de la ville : à partir de là s'alternaient les grandes demeures et les huttes, érigées au hasard, sans suivre le quadrillage ordonné de la capitale.

À la surprise de Matea, Góngora lui offrit sa main pour l'aider à descendre. Après avoir remercié le charretier, ils s'engouffrèrent dans le petit quartier mystérieux des Chinois.

À côté de l'église se trouvait un étroit parc envahi de mauvaises herbes, longeant une ruelle flanquée de maisons en bois, sortes d'échoppes aux stores en tissu où l'on vendait des fruits, des légumes, des sacs de riz, de la porcelaine bon marché ; les coiffeurs s'y amassaient aussi, et de l'Indien au *gachupín* prétentieux, l'on venait attendre qu'un vieillard aux yeux bridés vous coupe les cheveux. Plusieurs portes de boutiques étaient ornées de lanternes de papier, presque toutes blanches et décorées de signes noirs et rouges, incompréhensibles, mais très jolis.

La boutique de feux d'artifice, là où s'approvisionnaient toutes les églises et les couvents, était particulièrement colorée. Là, on exposait les pétards et les fusées telle une explosion de confettis rouges, verts, blancs et jaunes, et personne ne semblait s'inquiéter que la chaleur du soleil puisse allumer ces charges de poudre.

Ce n'était pas la première fois que Matea voyait les gens de ce peuple, car ils venaient sur la Plaza Mayor vendre des gâteaux ou faire leurs emplettes. Néanmoins, elle n'en avait jamais vu autant ensemble : certains avaient les yeux légèrement bridés, d'autres très petits ; la peau très pâle, ou bien presque aussi foncée qu'elle ; quelques-uns s'habillaient comme les Indiens ou les Européens, quand d'autres portaient des casaques brillantes et brodées et des sandales qui ressemblaient à des planches de bois avec des liens.

— Des cultures fascinantes, dit Góngora, voyant que Matea contemplait tout avec de grands yeux. C'est ici que les Espagnols ont forcé les Asiatiques à déménager.

— Les Asiatiques ?

— Oui : ici vivent des Chinois, des Japonais, des Philippins, des Malaisiens, des Cambodgiens...

— Il y en a de plusieurs sortes ?

Góngora sourit.

— Oui. Comme il y a des Aztèques, des Mayas, des Incas...

Matea acquiesça, impressionnée.

— Vous m'en direz tant... Et pourquoi on les a tous envoyés ici ?

En posant sa question, elle désigna le sol boueux. Cet

endroit était le plus bourbeux de la ville, inévitablement inondé en été. Pour preuve, les nombreux canaux étroits, trop insignifiants pour figurer sur les cartes, qui zigzaguaient entre les maisons pour terminer leur course dans l'Acequia Real.

Ces quartiers rappelaient à Matea quelle chance elle avait. Si la comtesse de Gijón ne l'avait pas choisie au hasard parmi son interminable liste de péons, si elle ne l'avait pas envoyée s'occuper de la *niña* Alina, Matea ne serait pas mieux lotie que ces pauvres hères. Son père ne serait peut-être plus de ce monde, mort un matin pendant une gelée, ou bien un jour d'été, quand les grosses chaleurs troublaient l'eau des puits. Et si la chance était tombée sur elle, elle aurait tout aussi bien pu rencontrer quelqu'un d'autre. Elle s'imagina une autre jeune femme, une autre Matea, qui ailleurs dans le monde vivait une vie d'humiliations et de privations qu'elle aurait eue si la comtesse avait arrêté son doigt une ligne plus haut ou plus bas.

— Les barbiers orientaux étaient en train de voler leur travail aux Espagnols, répondit Góngora, la tirant de ses rêveries. Voilà pourquoi on les a envoyés ici. Et on a limité les barbiers chinois à 12 dans toute la ville. J'ignore pourquoi, mais tout le monde prétend qu'ils sont très doués pour ce travail… Non pas que j'en aie besoin…

Góngora leva son chapeau d'aumônier, dévoilant sa calvitie.

— On dit aussi que ce sont d'excellents cordonniers, et il montra une boutique où un jeune homme à la peau foncée clouait un élégant mocassin à talons hauts, comme ceux que Matea avait vus une fois sur le vice-roi don Gaspar.

— Le petit oiseau vous dit la bonne aventure, ma jolie ?

Le cri, semblant sortir de nulle part, fit sursauter Matea.

Elle vit alors un homme aux yeux bridés, très ridé

et si petit qu'il lui arrivait à l'épaule. Il tenait entre ses mains une cage de bambou où un canari chantait, ainsi qu'une petite boîte en bois peinte en rouge, pleine de papiers pliés et disposés en files aussi ordonnées que les bibliothèques de sœur Juana.

— Un centavo seulement, *señorita* !

Matea regarda avec peine ses sandales de jute, sa culotte élimée et ses mains tannées par les intempéries. La cage du canari, faite à la main, semblait être sa plus grande possession. Et elle qui n'avait pas emporté sa bourse…

— Je te le paie, dit Góngora, sortant une pièce de sa soutane.

Le vieillard le prit avec une élégante révérence et siffla une chanson exotique au canari.

— Deviner le futur, c'est pas sacrilège ? murmura Matea à l'oreille de Góngora.

— Qui t'a dit cela ?

— Je vis dans un couvent, don Carlos. Entourée de religieuses.

— Ah, c'est vrai. Eh bien…

Góngora haussa les épaules.

— Dis-toi que c'est un jeu.

Le Japonais termina sa chanson et, souriant, passa la cage à Matea.

— Demande-lui ce que tu veux, ma belle. Sur l'avenir, sur ton sort, tes amours… À voix basse, si tu veux, pour ne pas qu'on t'entende.

Matea contempla le joli canari qui gazouillait et bondissait d'un côté à l'autre de la cage.

La première chose qui lui vint à l'esprit fut les yeux verts de Casio, comme toujours accompagnés d'un très agréable serrement dans la poitrine. Mais alors elle se ravisa : à cet instant, il y avait des incertitudes bien pires dans sa vie.

Elle approcha sa bouche de la petite cage et parla aussi bas qu'elle put.

— Tu peux me dire… ce qui va se passer pour la *niña* Alina ?

Elle s'éloigna un peu, et, l'espace d'une seconde, le canari sembla la regarder droit dans les yeux.

— S'il te plaît.

Elle rendit la cage au Japonais. Au lieu de la prendre, l'homme ouvrit la porte de bambou.

L'oisillon hésita un instant puis, obéissant, sauta dans la boîte, battant à peine des ailes. En quelques soubresauts, il choisit un petit papier du bout de son bec, puis rentra tout seul dans sa cage.

Le Japonais fit une autre révérence et offrit le papier à Matea, qui le saisit d'une main tremblante.

Elle le déplia à la hâte, pour trouver deux lignes gribouillées à l'encre bleue.

— Quuu… quaaannn… quand…

— Oh, donne-moi ça, marmonna Góngora avant de lui arracher le papier des mains. *Parler d'avenir, c'est amuser les diables…*

Il haussa les sourcils, solennel, comme si ceci était l'annonciation de l'archange Gabriel.

Matea plissa le nez.

— Hein ?

— C'est un vieux proverbe japonais. Cela veut dire que le futur est totalement imprévisible.

— Ouille ! Et ça nous a coûté un centavo ? Encore heureux que ce soit vous qui ayez payé !

Góngora hocha la tête.

— J'admets que c'est une mauvaise stratégie de la part d'un devin de dire cela, mais… Au moins, cela sert à rappeler que la sagesse a un coût.

Il se tourna vers le Japonais.

— Pour un autre centavo, nous amènerais-tu à la boutique de M. Fechuán ?

L'homme se courba de nouveau et prit le chemin de la ruelle adjacente, tout aussi pleine d'échoppes et de gargotes, et les conduisit au dernier local, qui se trouva être parmi les plus grands et les plus soignés.

Un garçon d'une douzaine d'années, les yeux plus bridés encore que le vieillard, lavait le perron de la boutique qui, dans ce quartier, devait sûrement être couvert de boue toutes les demi-heures. Sur la devanture pendaient des lampions rouges aux signes dorés, beaucoup plus beaux que ceux du reste du quartier, et près de la porte s'alignaient des rangées de sacs de grains, d'épices et d'étranges fruits secs. Chaque sac portait un bout de bois avec le nom de la marchandise peint en signes chinois et le prix en chiffres arabes.

L'intérieur de la boutique n'était pas visible, car les portes et les fenêtres étaient protégées par d'épaisses toiles que même le vent ne parvenait pas à faire frémir.

— Qu'est-ce qu'il vous faut, *padre* ? demanda le garçon, reconnaissant la soutane de don Carlos.

Au grand étonnement de Matea, il avait un accent ibérique.

— Le *señor* Fechuán est-il là ? interrogea Góngora. Je veux lui parler. Je suis client.

— Entrez, mon père.

Le garçon, à la peau pâle mais aux cheveux noir de jais, dans un tablier de cuir immaculé, souleva la bâche pour les laisser passer.

Góngora ôta son chapeau et passa en premier, suivi de très près par Matea qui perçut aussitôt un arôme totalement nouveau, mélange de musc, d'herbes, de formol et d'autres choses qu'elle ne sut identifier.

Quand ses yeux s'habituèrent à la pénombre, elle poussa un cri étouffé : du toit pendaient des bouquets d'herbes sèches mais aussi des lézards, des tortues et des oiseaux morts. Les rayonnages étaient pleins de bocaux, et Matea ne put distinguer s'il s'agissait de racines, d'animaux avec des tentacules… ou pire encore. L'un d'eux, remarqua-t-elle, était bourré de pattes de poulets devenues grises. Autour figuraient des serpents séchés enroulés, des paniers de scorpions, de champignons et des scarabées, et des racines épouvantables à la forme d'être humain sans tête…

— Et la *niña* Alina qui achète des mixtures à ces gens-là…, murmura-t-elle.

Elle vit alors que Góngora s'était avancé de quelques pas, et courut vers lui pour ne pas rester seule parmi ces tas de bestioles bizarres.

Ils s'approchèrent d'un énorme secrétaire rongé, certainement acheté de seconde main à un curé, car il était gravé d'anges et de crucifix. Derrière, l'on entendait les grattements pressés d'une plume : c'était le propriétaire de la boutique, qui griffonnait dans un lourd registre de comptes, plus grand et plus gros que celui de San Jerónimo.

L'homme se redressa et les contempla avec une curiosité inattendue, comme si Matea et Góngora étaient beaucoup plus insolites que les marchandises alentour.

Lui-même semblait tout droit sorti des peintures visibles sur les cruches et les tasses de porcelaine : les yeux plissés, des moustaches très fines qui lui arrivaient à la poitrine, un petit chapeau noir semblable à celui qu'utilisaient les Juifs et une tunique double en tissu brillant et rigide, d'un rouge sombre, avec des poignets et des revers noirs ainsi que des liserés dorés. Matea devina que cette tenue si exotique ne servait qu'à compléter l'ambiance de la boutique.

Impossible de calculer son âge : ses moustaches et ses cheveux étaient bruns et lustrés mais, quand il sourit, le contour de ses yeux se plia en de profondes pattes d'oie.

— Don Carlos ! Quelle surprise !

Lui aussi s'exprimait avec un accent espagnol. Et pas l'espagnol criard et campagnard du Parián, mais le dialecte doux et modulé que Matea s'était habituée à entendre au couvent et au palais.

Le Chinois posa sa plume et ferma son registre d'un coup pour contourner le secrétaire et donner une accolade amicale à Góngora. Matea remarqua que l'homme avait les ongles longs et vernis.

— C'est un plaisir, *un plaisir* de vous recevoir enfin dans ma boutique, don Carlos ! Chaque fois que je vous rends visite à l'aumônerie, les vérolés me dévisagent comme si mes yeux étaient pires que leurs bubons purulents. Je vous offre un thé ? Du vin de coco ?

— Non, *señor* Fechuán, merci. Je vois que vous avez un nouvel employé.

— Ah, oui. J'ai dû trouver du renfort car mon Jejomar a décidé de retourner à Manille ; une histoire de jupons, toujours si gênante… Mais vous aussi, vous avez une nouvelle domestique…

Il montra Matea qui, instinctivement, recula d'un pas.

— Non, non, dit Góngora. Matea s'occupe de sœur Elena.

M. Fechuán lui sourit de toutes ses dents.

— Ah, la novice érudite ! Bien sûr, bien sûr. Comment vont ses plantations ? l'interrogea-t-il. Est-elle parvenue à distiller la quintessence du tue-loup ?

— Je… je croyais que c'était de l'aconit…, répondit

timidement Matea, perplexe, sans quitter des yeux les flacons de chauves-souris baignant dans l'huile.

— Tue-loup, casque de Jupiter, capuchon de moine, *fu zi*… Une plante a parfois autant de noms que de gens qui l'utilisent. Qui plus est une plante si célèbre que celle-ci.

— Infâme, je dirais, murmura Góngora.

— Oh, oui, acquiesça M. Fechuán, passant derrière son bureau pour se servir une infusion avec une théière en terre cuite. Les Mandchous l'utilisaient pour empoisonner les pointes de leurs flèches quand ils ont envahi la Chine de mes grands-parents. Voilà pourquoi ma famille a dû fuir aux Philippines, alors occupées par les Espagnols. C'est là que j'ai grandi, avant que les affaires m'amènent sur ces terres.

Tandis qu'il parlait, Matea contemplait distraitement les alentours. Soudain, quelque chose attira son attention : au milieu des grains de café et des sécrétions jaunes brillait un très beau vase de porcelaine, si grand qu'il lui arrivait à la poitrine, avec de magnifiques paysages chinois peints dans un bleu cobalt intense. Il était identique à ceux qu'elle avait vus dans les appartements du *señor* Horcasitas, la nuit où ils l'avaient veillé.

Matea s'approcha avec précaution. Comme les vases de don Antonio, celui-ci se terminait par un col fin, complété par un joli couvercle bombé. Elle allait le soulever, mais…

— Du thé, très chère ?

La voix de Fechuán la fit sursauter. L'homme posa sa main sur le couvercle et, de l'autre, lui offrit une tasse fumante. Dans son dos, Góngora hochait la tête de haut en bas avec insistance.

Matea se brûla les doigts en prenant cette tasse sans

anse, même si elle n'avait aucune intention de la porter à ses lèvres.

— Il y a plus d'herbes médicinales que d'étoiles dans le ciel, continua le commerçant, se postant à dessein entre Matea et le vase. Et davantage encore de recettes et de combinaisons. Je me risque à dire qu'il y a plus de remèdes que de maux dans ce monde ; seulement, il faut savoir où chercher. Quel meilleur exemple que l'aconit qui, cru, tue, mais, cuit et distillé, est un remède sans pareil ?

— C'est précisément pour cela que nous sommes là, dit Góngora.

Il fit des signaux discrets à Matea pour qu'elle s'éloigne du vase.

— Nous devons vous poser certaines questions à propos des racines et des graines que vous avez bien voulu fournir à sœur Elena.

M. Fechuán ne répondit pas. Il contempla l'homme d'Église avant de prendre une gorgée de thé, secouant ses moustaches. Puis, voyant que Matea restait à bonne distance du précieux vase, il alla s'asseoir à son bureau. Il déposa la tasse à même le livre de comptes – à en juger par les marques sur la couverture en cuir, c'était une habitude – et entrelaça les mains sur son ventre.

— Comme c'est curieux que vous veniez m'interroger à ce sujet !

— Curieux ? répéta Góngora.

— Oui. Il n'y a pas longtemps... Moins de deux heures, peut-être, un monsieur est venu...

Fechuán leva soudain la tête comme s'il avait entendu du bruit.

L'instant d'après, Matea perçut le faible écho d'une clameur dans la rue. Des sabots de chevaux s'approchaient.

— Vous avez l'ouïe fine, fit remarquer Góngora. Qu'alliez-vous di…

— Chut ! lança Fechuán, alors que son domestique entrait en criant des choses en cantonais, mandarin ou tagalog, bref, quelle que soit la langue qu'il utilisait pour se faire comprendre de son maître.

Le pauvre garçon tremblait. Sa peau, si pâle, avait maintenant la couleur des racines que renfermaient les innombrables bocaux de la boutique.

M. Fechuán se leva d'un bond, renversant son thé sur son registre.

— L'alguazil et ses esclaves ! bafouilla-t-il, et il entreprit immédiatement de vider les tiroirs de son secrétaire.

Le jeune valet fit de même avec d'autres étagères, lançant tout ce qu'il pouvait dans un sac de jute.

— Que se passe-t-il ? demanda Góngora, serrant soudain son chapeau (ces hommes lui avaient laissé un très mauvais souvenir). Croyez-vous qu'ils viennent pour vous ?

— Longue histoire, don Carlos, très longue, répondit Fechuán, jetant des bourses de pièces dans une serviette. Mieux vaut que vous partiez. Vite ! S'ils vous trouvent ici, ils vous interrogeront à mon sujet… et…

— Mais on sait même pas ce qui se passe ! répliqua Matea.

— Le *señor* Fechuán a raison, dit Gongora. Ces misérables ne prennent pas de pincettes…

Il se dirigea vers la sortie, tandis que les sabots des chevaux s'arrêtaient déjà devant le local, et Ogazón exigeait que ses esclaves l'aident à descendre.

— Par la porte arrière, glissa le jeune homme à Góngora en le tirant par la manche, et il montra des rideaux derrière le bureau.

Don Carlos attrapa Matea, qui laissa tomber sa tasse de thé, et tous deux s'engouffrèrent dans le passage. Ils traversèrent l'arrière-boutique remplie de paquets et de cagettes et débouchèrent dans une cour boueuse où un porc et des poules se nourrissaient. Dans leur dos retentissait déjà le tapage de l'alguazil et de ses hommes sanguinaires.

Góngora devait vraiment les craindre, car il saisit de nouveau Matea par le bras et l'entraîna derrière une charrette abandonnée. L'aumônier se blottit près d'elle, tremblant. Comment lui en vouloir ? Il avait été torturé par ces hommes.

Matea épia à travers les planches cassées et parvint à voir M. Fechuán, sans son extravagante tunique orientale, sortir en courant avec son jeune domestique par un côté de la boutique – sans doute une fenêtre ou un passage secret. Ils portaient tant bien que mal deux sacs chacun, et ils disparurent agilement entre les bicoques du quartier.

Dans la boutique, on entendait le fracas de verres brisés, de liquides jetés au sol et une cacophonie de rires et de grognements. Matea se représenta les esclaves de l'alguazil en train de se lancer des flacons, un jeu sadique et puéril.

— Filons d'ici, don Carlos, murmura-t-elle. Avant qu'on nous voie.

Góngora, pétrifié, acquiesça. Comme le marchand chinois, ils s'éloignèrent le plus discrètement possible.

Les nuages chargés de pluie commençaient à planer sur la ville en grondant. Malgré tout, dans sa fuite, Matea crut entendre l'alguazil s'écrier :

— Le voilà !

CONFESSIONS (II)

— Je vous salue Mar…

— Vous êtes venu à la pêche aux ragots, n'est-ce pas ?

Le père Nuñez frappa violemment la grille.

— Comment oses-tu me parler ainsi ?

— *Padre*, la colère est l'un des sept…

— Oh, vas-tu te taire !

Alina marqua une pause. Ces derniers temps, elle imitait trop souvent les manières de Matea.

— Dois-je vous confesser mes péchés ? demanda-t-elle.

— Si vous voulez bien vous donner cette peine.

— Je viens de me montrer grossière envers vous ; j'ai passé un quignon de pain à une religieuse qui jeûnait ; je continue de souhaiter fréquemment que la mère Encarnación s'étouffe avec l'hostie avant la fin de ses trois années de prieu…

— Je t'en prie, ne fais pas l'ingénue. Tu sais bien pourquoi je suis là.

— Plaît-il ?

— Pourquoi est-ce toujours toi ? Pourquoi faut-il toujours que je vienne te confesser pour des événements pareils ? Ne peux-tu pas être une novice ordinaire avec de simples appétits charnels, la mauvaise humeur, l'amertume et la dépravation propres à ton sexe ?

— Si votre grâce le désire, je peux tâcher de m'adonner à ce genre de péch…

— Oh, ne me pousse pas à bout !

— Mais alors…

— As-tu vendu du poison au *señor* Horcasitas ?

D'ordinaire, le père Nuñez confessait les hiéronymites après les messes du matin, pas après le déjeuner. Encore moins quand l'orage menaçait. Quoi qu'il en soit, Alina sentit son cœur se serrer : cela voulait dire qu'il était déjà sur sa piste.

— Non, répondit-elle d'un ton ferme. Je lui ai vendu de la teinture d'arnica et des pommades pour ses troubles masculins, rien de plus.

— Peux-tu le jurer ?

— Je suis sous confession. Vous mentir serait sacrilège.

Le prêtre se fendit d'un grand rire.

— Cela ne t'a jamais découragée.

— De la même façon, vous ne vous gênez pas pour divulguer les secrets de confession en envoyant des messages anonymes.

Nuñez souffla comme un taureau de combat. Ces mots, c'était typiquement la marque de fabrique de sœur Juana.

— Je sais de source sûre que ce flacon de… d'arnica, comme tu dis, se trouvait dans les appartements de don Antonio. Et soudain, pouf ! Il a disparu.

Quelques mois plus tôt, Alina se serait signée face à de telles insinuations, mais elle avait pris du poil de la bête.

— Disparu ? Vous voulez dire que quelqu'un l'a vu… puis qu'il n'y était plus ?

— Ce n'est pas parce que tu le répètes sur ce ton niais que…

— Pour moi, ce sont des racontars.

— Racontars ?

— Pas de votre part, *padre*. Évidemment. Mais votre source n'est peut-être pas la plus vertueuse des…

— Ce flacon s'est volatilisé ! Je le sais. Je ne suis pas venu pour que tu le remettes en question. Et si tu veux faire ta maligne, imagine ce qui se passera si cette fiole réapparaît pleine de poison.

— Je n'ai vendu aucun poison à don Antonio, réitéra Alina. Ni à lui ni à personne. Vous pouvez ramener vos inquisiteurs, qu'ils fouillent dans mon jardin. Ils ne trouveront rien qui ne soit médicinal.

Le père Nuñez sourit avec malice.

— Et si nous fouillons chez doña Marina ? Nous ne trouverons rien là-bas non plus ?

Alina ne put s'empêcher de haleter, la poitrine soudain gelée. Cela, oui, elle ne s'y attendait pas.

Elle s'imagina le père de Matea, don Aquilino, penché sur l'aconit en fleur, et les troupes de l'alguazil entrant pour l'arrêter. Le condamneraient-ils aussi ?

La novice se rendit compte qu'elle avait gardé le silence trop longtemps. Peu importe ce qu'elle dirait maintenant.

Lentement, très lentement, le ricanement rauque du père Nuñez résonna dans le confessionnal, accompagné d'une bouffée d'haleine fétide.

— Puisque nous parlons désormais à cœur ouvert, dit-il, je vais te dire exactement le fond de ma pensée : tu es hautaine, indiscrète, orgueilleuse, tu ne sais pas quelle est ta place dans ce monde et ton esprit est déjà ravagé par les savoirs qu'un esprit féminin est incapable d'interpréter. Mais… criminelle ? Non. Je te connais mieux que ce que tu crois. Tuer, c'est dans le sang. Tu n'as ni la hargne ni la colère nécessaires.

Alina frissonna. Le père Nuñez avait prononcé ces derniers mots avec une certaine admiration.

— Ta grand-mère, en revanche…

Il rit entre ses dents.

— Elle, oui, a un instinct de bourreau. Elle aurait très bien pu te demander de lui concocter un breuvage à l'abri du couvent.

Si les plantes toxiques ne se trouvaient pas justement dans les jardinières de doña Marina, Alina aurait ri.

— Je me demande si vos élucubrations seraient les mêmes si ma grand-mère était là pour se défendre.

Le prêtre passa la langue sur ses lèvres, provoquant chez Alina un dégoût soudain.

— Le fait est qu'elle n'est pas là.

Ces mots eurent pour effet de lui glacer le sang.

— Réfléchis bien à tes agissements, désormais, poursuivit Nuñez. Mens-moi et tu te condamneras aux pires tourments de cette Terre et aussi à l'enfer. Dis-moi la vérité… et peut-être pourrais-je t'aider ; plaider en ta faveur auprès de l'archevêque Aguiar.

— Plaider en ma faveur ! s'écria Alina. Êtes-vous en train de tenter de me corrompre ? Mes confidences en échange de protection ?

De nouveau, on entendit l'homme se lécher les lèvres.

— Peut-être. Cela dépendra de la portée de tes révélations… Bien entendu, tu devras m'autoriser à en référer à mes supérieurs…

— Je vous ai déjà tout dit, l'interrompit Alina. Donnez-moi mes 10 rosaires comme d'habitude et faites-moi le plaisir de vous en aller.

Nuñez ricana.

— Tu n'as rien à me confesser aujourd'hui, ma fille. Réfléchis. Le plus tôt sera le mieux. Pendant ce temps, comme gage de ma bonne volonté, laisse-moi t'apprendre une chose : je sais que des hommes surveillent la propriété de doña Marina. S'ils voient ta petite folle de domestique s'approcher de la maison, ou n'importe quelle autre employée de San Jerónimo, ils ont pour ordre de les arrêter et de les fouiller.

Alina sortit du confessionnal le ventre retourné. Cette rencontre lui avait donné la nausée, et pas seulement à cause des miasmes du père Nuñez.

Sœur Juana l'attendait dans la cour, les mains sous son scapulaire.

— C'est ce que je crois, n'est-ce pas ? dit-elle à voix basse. Ton nom commence à ressortir ?

— Oui. Et il semble qu'un des flacons que j'ai vendus à don Antonio ait disparu.

Sœur Juana fronça les sourcils.

— Cela ressemble à un coup bas de la part d'un courtisan. Ne t'inquiète pas trop à ce sujet.

— En êtes-vous sûre ? Si une quelconque courtisane du palais remplit la fiole de poison et qu'elle…

— Pour commencer, il faudrait qu'elle la remplisse avec la substance adéquate, l'interrompit sœur Juana. Et qu'importe, tant que ce flacon ne réapparaît pas, nous avons le temps de réfuter leurs accusations. Que t'a-t-il dit d'autre ? Sais-tu qui t'a accusée ?

— Non. Il a seulement dit qu'il tenait ses informations « de source sûre ».

Sœur Juana secoua la tête.

— C'est le confesseur de la plupart des dames du palais. Cela pourrait être n'importe laquelle d'entre elles.

— Il m'a dit aussi que si je lui avouais la vérité, il pourrait... plaider en ma faveur auprès de l'archevêque Aguiar.

— Pff ! Il veut plutôt gagner son estime en lui racontant des sornettes.

— Oui, c'est ce que j'ai pensé aussi. Du reste...

Elle allait rapporter que la maison de sa grand-mère était surveillée mais, par là, elle devrait aussi avouer qu'elle y avait caché les plantes au lieu de s'en débarrasser.

Il faudrait bien l'admettre un jour ou l'autre, mais elle se sentait trop accablée et coupable pour le faire tout de suite.

— Du reste ? demanda sœur Juana.

— R... rien, bégaya-t-elle, regardant les confessionnaux avec rancœur. J'allais dire que son haleine empeste...

Sœur Juana fronça le nez, semblant percevoir l'odeur quand bien même il n'était plus son confesseur depuis des années.

— Je le sais. Et c'est pire, m'a-t-on dit, maintenant qu'il a les dents cariées...

Elle poussa un long soupir.

— Viens, don Carlos et Matea sont rentrés. Tonalta dit qu'ils sont en plus piètre état encore que ce matin.

OPIUMS

Góngora s'éventait frénétiquement. Il ne se remettait pas de sa mésaventure dans le quartier chinois.

Matea, un peu perturbée elle aussi, se mordait les lèvres comme pour s'empêcher de dire : « Aïe, si grand et si trouillard… »

— Demetria, dit sœur Juana, apportez à don Carlos une de ces infusions relaxantes que vous faites si bien.

— Tilleul et passiflore, confirma Demetria. Toutefois, elles ne le calmeront pas totalement.

Elle sortit du parloir et sœur Juana poursuivit.

— Vous nous disiez que les hommes d'Ogazón cherchaient quelque chose ?

— Oui, répondit l'aumônier. Tandis que nous prenions la fuite, je les ai entendus dire « J'ai trouvé ! », ou quelque chose comme ça.

— Moi aussi, je l'ai entendu, *madre*, intervint Matea.

Alina triturait ses mains.

— De l'aconit, peut-être ? Pour remplir le flacon et dire que c'est moi qui ai… ?

— Ce n'est pas impossible, murmura sœur Juana, mais ce serait une manœuvre bien maladroite.

— Quel flacon ? s'enquit Góngora, alors Alina raconta la visite du père Nuñez, passant sous silence certains détails tout en adressant un clin d'œil à Matea pour lui faire comprendre qu'elle ne disait pas tout.

— En parlant de l'alguazil, continua Alina, je croyais Ogazón du côté du vice-roi… c'est-à-dire du nôtre. Pourquoi serait-il allé inspecter la boutique de M. Fechuán ?

— Je le croyais aussi, admit Góngora, même si cela ne me surprend pas qu'il ait changé de camp ; don Gaspar, le pauvre, a de moins en moins d'autorité. Entre les scandales politiques, les rébellions du nord qu'il ne parvient pas à apaiser et son épouse qui le cocufie devant tout le monde…

Sœur Juana soupira.

— Il est fort probable que l'archevêque soit mêlé à cette affaire. Le servir, cela me coûte de l'admettre, doit être plus rentable que servir don Gaspar. Et s'ils ont trouvé de l'aconit dans ce local…

— Aïe, *madre* ! intervint Matea. Je crois que c'est bien ça qu'ils ont trouvé.

— Pourquoi dis-tu cela ?

— Il y avait des vases dans cette boutique… Tout pareil que ceux du *señor* Horcasitas au palais. J'ai voulu m'approcher, mais le Chinois m'a presque mordu la main.

— Mon Dieu…, chuchota Alina.

Sœur Juana avait une curieuse expression sur le visage.

— Par hasard… ces vases étaient-ils en porcelaine ? Avec un bouchon et un col haut ?

— Oui, *madre*. Comment le savez-vous ?

— Ce type de récipients…

Elle s'éclaircit la gorge et, pour la première fois depuis qu'elle la connaissait, Alina la vit légèrement rougir.

— D'ordinaire, on s'en sert pour transporter de l'opium.

— De l'opium ! s'insurgea Alina.

— Qu'est-ce que c'est ? interrogea la jeune Indienne.

— Une plante, dit don Carlos. Les anciens empereurs chinois en fumaient à longueur de temps. Ce n'est que récemment, lorsque les Mandchous ont envahi la Chine, que les nouveaux monarques ont interdit sa culture et sa vente. Même si, bien entendu, elle continue de circuler au marché noir.

— Vous saviez ce que c'était ? demanda Matea d'un ton aigu.

— Oui. C'est pour cela que je t'ai fait signe de t'éloigner.

— C'est étrange..., dit sœur Juana. Il n'est pas rare que les gens de la cour fument de l'opium. Les hommes prétendent que cela augmente leur... virilité. Les agents de police le savent, et ils ont toujours fermé les yeux. Pourquoi Ogazón serait-il le premier à le censurer ? S'il le faisait, ce ne serait que pour l'argent.

— Quel dommage que M. Fechuán n'ait rien pu nous révéler, se lamenta Góngora. Comme nous vous l'avons dit, il semblait avoir quelque chose d'important à nous raconter.

Sœur Juana se massa une tempe, visiblement contrariée.

— N'y a-t-il pas un autre moyen de le contacter ?

— Non, je le regrette, répondit don Carlos. D'ordinaire, c'est lui qui vient à ma rencontre. C'était la première fois aujourd'hui que je mettais les pieds dans sa boutique.

— Et cela ne me surprendrait pas qu'ils aient laissé un garde pour surveiller le local, dit Alina en songeant aux hommes qui rôdaient prétendument autour de la maison de sa grand-mère. Peut-être pourrait-on nous en dire plus au palais ? Parmi les clients qui achètent de l'opium ?

Don Carlos fit la moue.

— Je doute que ce soit une bonne idée. Ces personnages sont de la pire espèce.

— Pas nécessairement, réagit aussitôt sœur Juana. Mais je suis d'accord avec vous : mieux vaut ne pas s'aventurer dans ces eaux troubles.

— Certains médecins de la ville se fournissent également auprès de M. Fechuán, dit Góngora. Je peux les questionner.

— Bonne idée, don Carlos. Cette piste sera sûrement plus sûre. Je vous prie seulement de faire le plus vite possible.

— Bien entendu, ma sœur.

— Cela ne me plaît guère que le père Nuñez pose des questions si tôt. Quand il met son nez quelque part, les rumeurs ont tendance à se répandre plus vite que la peste noire...

Comme si ses paroles se matérialisaient, la porte latérale du parloir s'ouvrit à la volée et la sœur écoute sortit de sa léthargie.

Alina aperçut la grande silhouette furibonde de la mère Encarnación. Les veines de ses tempes palpitaient, pourpres et injectées de sang.

— Don Carlos ! lança-t-elle, bouleversée. Excusez-moi de vous congédier de cette manière, mais j'ai quelque chose à régler avec cette novice. Cela ne peut pas attendre.

Par chance, au même moment, Demetria entrait de l'autre côté de la jalousie avec l'infusion de tilleul.

— Venez, don Carlos. Vous pourrez prendre ceci à la porterie.

Elle le prit par le bras pour l'aider à se lever.

Quand elle eut fermé la porte, la mère Encarnación jeta un regard incendiaire à la sœur écoute.

— Va-t'en.

La petite religieuse, qui en plus d'être très âgée était presque sourde, allait demander à ce qu'on lui répète. Sœur Juana, très alerte, lui fit signe de s'en aller. La femme sortit du parloir plus rapidement que jamais.

Les yeux de l'abbesse suivirent chacun de ses pas avant de se poser sur Alina.

— Sœur Elena ! gronda-t-elle, sortant quelque chose de sous son scapulaire. Deux lettres viennent d'arriver pour toi. Les deux proviennent du palais.

ENSEVELIES

— J'étais sur le point de les ouvrir, admit l'abbesse sans une once de remords.

C'était sa prérogative de lire ou non la correspondance des novices.

— Tout bien considéré, j'ai finalement préféré ne pas affronter ceci toute seule.

Sœur Juana se redressa.

— *À la louche et bien accompagnées, on trouve plus d'intérêt…*

— Juana Inés ! aboya l'abbesse.

La poétesse se mordit les lèvres, mais susurra entre ses dents :

— … *aux peines quand elles sont partagées.*

Mère Encarnación remit son courrier à Alina et s'assit face à elles, dans l'attente.

— Voulez-vous que je les ouvre ici même ?

— Non ! pesta l'abbesse. Je me suis assise ici rien que pour contempler ton joli minois de prétendue criminelle…

Elle se tourna vers Matea.

— Toi aussi, va-t'en.

Sœur Juana intervint, une main levée.

— *Madre*, cela nous fera gagner du temps si vous laissez cette jeune fille écouter.

Mère Encarnación grommela dans sa barbe. Alina prit cela pour un acquiescement et entreprit de briser les sceaux de cire. Ils ne comportaient ni marques ni initiales.

Elle lut dans un silence tendu, durant lequel même le frôlement occasionnel des pages semblait tonitruant. Une fois qu'elle eut terminé, la novice ouvrit la bouche, surprise.

— Alors ? s'impatienta l'abbesse.

— La première lettre provient d'une certaine Julianita de Zaragoza. Je n'ai jamais entendu parler d'elle. Et l'autre…

Elle reprit une goulée d'air.

— L'autre vient de doña Catarina… La veuve de Horcasitas.

— C'est pas vrai ! chuchota Matea, se rongeant les ongles.

— Pourquoi t'écrivent-elles ? s'étonna sœur Juana.

Alina bégaya avant de pouvoir trouver ses mots.

— La… les… les deux me commandent des remèdes ! La dénommée Julianita veut une teinture de saule blanc pour ses maux de tête… Et doña Catarina dit qu'il lui faudrait quelque chose contre la fièvre.

Elle tendit les lettres à sœur Juana.

— Toutes les deux me proposent beaucoup plus d'argent que je n'aurais jamais osé leur demander.

La novice alla s'asseoir aux côtés de Matea, qui lui prit la main tandis que Juana examinait les lettres.

— Tu ne comptes pas leur envoyer quoi que ce soit, n'est-ce pas ? vociféra la mère supérieure. Excuse-toi et dis-leur que tu n'as pas ces remèdes.

Alina soupira.

— Refuser de les leur envoyer… Cela ne revient-il pas à dire que je suis coupable ?

Elle lança un coup d'œil à sœur Juana.

— Ce serait comme ces chiffonniers qui s'enfuient dès qu'ils aperçoivent l'alguazil, ajouta-t-elle.

— Une ruse vulgaire et effrontée, répliqua la mère Encarnación. Ta chère Juana Inés sera sûrement du même avis que moi...

Il était étonnant que l'abbesse en appelle à la raison de sœur Juana ; quand les regards convergèrent vers la poétesse, celle-ci fronça les sourcils, dubitative, contemplant les lettres avec une expression qu'Alina lui avait rarement vue. Ses pupilles tressautaient, concentrées sur les messages, tout en semblant à des années-lumière de là. Presque malgré elle, elle se mit à réciter :

— *Il y a tant de fragments désassemblés... qui errent entre les ombres, bien enterrés ; leurs traces parfumées, leurs empreintes piétinées, et de voix qui susurrent des vérités outragées...*

Elle porta une main à son front et se massa les tempes.

— *Madre* Encarnación a raison, conclut-elle. Ceci pourrait bien être un piège. Peut-être que la veuve de Horcasitas cherche à te faire parvenir un message... ou à vérifier un soupçon... Et cette autre femme... Peut-être n'est-elle qu'une commère désœuvrée. Ou peut-être t'envoie-t-elle le message au nom de quelqu'un d'autre... Dangereux instant, sœur Elena. Une fausse manœuvre et tous les regards pourraient converger là où... nous ne voulons pas qu'ils aillent.

Elle se mordit les lèvres, et personne ne dit mot jusqu'à ce que les cloches qui conviaient aux vêpres sonnent.

Sœur Juana prit une profonde inspiration, comme si elle sortait d'un songe.

— Tu n'as pas à leur répondre aujourd'hui, sœur Elena. Il est déjà tard. Personne ne nous en voudra d'attendre demain. Cela nous donnera le temps de réfléchir...

et de voir si don Carlos est parvenu à contacter l'apothicaire chinois.

La mère Encarnación se retourna sur-le-champ.

— Un apothicaire chi… ? Non, n'en dites pas plus, Juana Inés. Si les inquisiteurs viennent nous interroger, je préfère ne pas savoir.

— Aïe, *niña*, si vous saviez comme j'ai mal aux jambes ! s'exclama Matea, les pieds dans une bassine d'eau tiède. Et cours à droite, à moitié endormie après une nuit à l'hôpital des bubons… et cours à gauche, à la Plaza Mayor ; et puis ici, et puis à l'hôpital des bubons à nouveau, et puis chez les Chinois, et puis encore ici, le tout en devant presque porter don Carlos qui supporte même pas une petite frayeur… Encore heureux qu'on ait pas d'oignons aux pieds, nous, les Indiennes…

Alina s'approcha d'elle, une casserole à la main.

— Avec ça, ça va te passer. Dis-moi quand c'est assez chaud.

Elle versa l'eau avec précaution jusqu'au signal de Matea, puis ajouta du romarin, de la menthe et une cuillerée de teinture d'arnica (celle-là même qu'elle avait vendue à don Antonio). Tandis que Matea se délassait, Alina lui raconta le reste de l'épisode avec le père Nuñez, en particulier, ce qu'il avait dit à propos de la maison de sa grand-mère.

Matea, occupée à déguster une meringue trouvée aux cuisines, faillit s'étouffer.

— Ce misérable vieux sait que j'ai donné les plantes à mon *apá* ?

Alina alla s'asseoir sur le lit, aussi épuisée que Matea.

— Du moins, il le suspecte, et je crains que ma réaction l'en ait convaincu.

— Vous croyez que c'est cette commère aigrie de Margarida qui lui a tout raconté ?

— Peut-être. Il se peut aussi qu'il l'ait simplement déduit, ou…

Elle leva les yeux, frappée par une révélation.

— Ou bien savait-il pour l'argent que Horcasitas devait à ma grand-mère.

— Mais comment ?

Alina se couvrit le front.

— La lettre qu'a vue don Carlos ! Le père Nuñez a sûrement fureté dans les appartements de don Horcasitas, lui aussi… Si ça se trouve, les Horcasitas lui en ont directement parlé !

Elle mit de l'ordre dans ses idées, le regard agité.

— Oui, c'est certainement ainsi que cela s'est passé. Les Horcasitas surveillent la maison de ma grand-mère pour s'assurer que tu ne viendras pas récupérer les plants. Jamais je n'aurais pensé dire cela, mais, comme j'aimerais que ma grand-mère soit là… ! Ou du moins mon frère ; j'aurais envoyé un message codé pour que ton père jette l'aconit.

Matea soupira en frottant les brins de romarin sur ses pieds.

— Pourquoi vous en parlez pas à la *madre* Juana Inés ? Elle saura quoi faire, c'est sûr.

Alina ferma les yeux.

— Je devrais lui avouer que je lui ai menti.

— Et alors ? Est-ce que c'est la première fois ? En plus, on dirait qu'elle aussi, elle nous dit pas tout.

— Tu l'as remarqué aussi ?

— Et comment ! La tête qu'elle faisait au parloir…

— Les vers qu'elle a récités m'ont fait froid dans le dos, confirma Alina. Et je ne comprends toujours pas pourquoi elle nous interdit de parler à cette cuisinière que tu as croisée au palais. Cette femme avait clairement des rancœurs envers don Antonio et elle préparait tous ses repas ! Si c'était moi, je t'aurais envoyée l'interroger dès que nous avons appris qu'elle était l'esclave des Horcasitas.

Elles se turent, Matea les pieds dans l'eau et la meringue à la bouche, Alina contemplant les volutes de vapeur qui sortaient de la bassine.

Soudain, la novice eut l'impression que les murs de la cellule se rapprochaient. Qu'ils allaient finir par l'asphyxier.

— Bah, je peux toujours aller la voir, lança Matea. Je peux entrer au palais en prétextant que je viens apporter ces remèdes qu'on vous a demandés… Ou bien, je peux aller voir Casio, le vendeur de fruits, et lui demander d'interroger la cuisinière quand il la verra au marché.

Alina grogna de frustration.

— Je ne veux pas te causer davantage d'ennuis. Si sœur Juana et la mère supérieure apprennent ensuite que nous leur avons désobéi…

Elle secoua la tête.

— Nous serons dans de beaux draps. Du reste, il faudrait que tu poses tes questions à cette femme avec une grande prudence…

— Pas comme à ce Nicanor, qui a failli me mordre quand je suis allée trop loin.

— Exactement. Dans le meilleur des cas, cette femme nous échapperait pour toujours… Dans le pire…

Par réflexe, elle chercha le crucifix de son chapelet.

— Je vais aller voir le *niño* Casio, murmura Matea, et lui demander de se rendre chez doña Marina. Il va souvent lui apporter des fruits. Cette coquette de Margarida le fait entrer dans le séjour quand votre grand-mère est pas là. Il peut sans doute trouver le moyen de parler à mon père.

Alina fit oui de la tête.

— Excellente idée. Tu ne prendrais pas trop de risque. Il faut juste trouver une bonne excuse pour qu'on te laisse sortir. Et cela doit avoir lieu le plus tôt possible, avant que quelqu'un d'autre entre dans la maison et trouve les plantes.

Elle inspira profondément.

— J'ai au moins jusqu'à demain pour y réfléchir.

Matea sourit.

— Pensez aussi à regarder quelles robes vous allez m'acheter après toutes ces allées et venues que je fais pour vous.

SAINTE MÈRE

Le lendemain matin, dès la fin de l'office de prime, Alina alla à son laboratoire et s'assura qu'elle avait les remèdes qu'on lui avait demandés.

Elle trouva un grand nombre de flacons de saule sur ses étagères. Un arbre noble, mentionné par Hippocrate, qui poussait dans des sols marécageux, développait des racines avec un simple trempage et dont l'écorce était excellente contre les migraines et les crises de nerfs.

Elle mit un flacon de côté puis alla consulter sa pharmacopée pour chercher un remède contre la fièvre. Si elle ne le trouvait pas, Demetria pourrait sûrement l'aider. Elle allait ouvrir l'épais ouvrage sur sa table de travail quand ses yeux se posèrent sur la marmite de fer forgé.

Elle était toujours là, bien scellée, sur la table de métal où Lupita l'avait déposée deux jours plus tôt, l'aconit bouilli à l'intérieur. Toute cette agitation la lui avait fait oublier.

Alina tenta de dévisser le couvercle. Hélas, Lupita avait très bien fermé les rivets. Elle dut aller la chercher à l'église et la prier de l'aider à ouvrir la marmite.

Lupita n'hésita pas ; en un rien de temps, les rivets sautèrent. Il ne lui en manquait plus qu'un lorsque retentirent les cris scandalisés de sœur Leocadia à travers le cloître.

— Va, va, la pressa Alina, j'ai déjà causé trop de problèmes autour de moi.

Lupita, qui préférait largement travailler au laboratoire que rester enfermée dans le chœur avec cette folle de Leocadia, ouvrit le dernier rivet et s'en alla à contrecœur.

Pas assez forte pour soulever la marmite, Alina en versa le contenu dans un flacon à l'aide d'un petit siphon, puis le filtra au moyen d'une gaze afin d'en ôter les feuilles et branchages. Elle regarda avec satisfaction s'écouler le liquide ambré, presque noir, qu'elle obtint au bout du compte. Il était en tout point identique à ce que décrivaient les livres. Ces textes prétendaient aussi que l'aconit tue-loup, à petite dose et dûment préparé, était excellent pour faire baisser la fièvre.

Elle soutint sa fiole à contre-jour, le pouls agité.

Était-ce une coïncidence si la veuve de Horcasitas lui demandait précisément cela ?

Probablement pas. L'aconit venait du Vieux Monde ; les livres qui le mentionnaient étaient rares. Il lui aurait également été difficile de trouver des apothicaires qui sachent que l'aconit avait ce pouvoir. L'épouse d'un courtisan folâtre, contrainte de passer son existence dans le domaine familial tandis que son mari menait grand train, avait sans conteste peu d'occasions d'explorer les bibliothèques de la capitale. Encore moins d'échanger avec des commerçants comme M. Fechuán.

Et si Alina lui envoyait maintenant cette même substance qui avait tué son mari et qu'il se trouvait que, au lieu de la tuer… cela la soignait ?

Quelle meilleure façon de laver sa réputation ?

C'était un pari plutôt risqué : sa vie était en jeu, et tout dépendait de ce liquide sombre qu'elle avait entre les mains.

Elle ressentit une vague de picotements dans le dos.

Et alors elle se décida.

Elle ne se déferait jamais des menaces si elle ne faisait pas confiance à la science ni à son travail. Elle devait démontrer à tous, y compris sœur Juana, qu'elle savait ce qu'elle faisait.

Les teintures n'étaient rien d'autre qu'une substance dissoute dans l'alcool, qui non seulement permettait de les conserver plus longtemps que des plantes sèches, mais qui facilitait aussi la posologie : « Prenez une goutte. Si cela ne fonctionne pas, essayez avec deux… Jamais plus de trois. Si vous commencez à vous sentir mal, interrompez immédiatement le traitement. »

Même la robuste Demetria, si attachée à son savoir ancestral, admettait – à contrecœur – que les teintures d'Alina étaient beaucoup plus pratiques que les herbes moulues ou les infusions.

Au cas où, Alina dilua l'aconit à moitié : une part de substance active pour 100 d'alcool. Mieux valait que les effets soient atténués plutôt que d'avoir la main trop lourde. Dès que le mélange fut prêt, elle alla chercher l'entonnoir, des flacons neufs, de la cire et… elle vit qu'elle n'avait plus de bouchons en liège.

À l'infirmerie, sœur Gertrudis en avait toujours en trop, néanmoins elle ne la trouva pas, et ni les veuves ni les infirmières ne purent la renseigner. Elle alla la chercher dans sa cellule, adjacente au laboratoire.

La porte était ouverte, mais l'endroit désert. À côté du lit parfaitement fait, Alina repéra un chevalet, des huiles et des esquisses à moitié terminées. Gertrudis était une artiste exceptionnelle, et ce serait vraisemblablement elle qui peindrait le portrait d'Alina quand viendrait l'heure de prononcer ses vœux.

Sortant, elle aperçut du coin de l'œil des croquis à la mine de charbon sur le secrétaire. Curieuse, elle s'approcha.

C'étaient des esquisses du portrait de sœur Juana. Bien qu'elles en soient encore au stade d'ébauches, la ressemblance était frappante ; des sourcils bien définis, un nez et des lèvres fines, le regard à la fois détendu et pénétrant.

Au rythme où allaient les choses – sœur Juana était toujours trop occupée pour poser –, ce portrait ne serait pas terminé avant des mois. Toutefois, ce retard ne dérangerait peut-être pas l'ancienne vice-reine : d'après ce qu'avait entendu Alina, sœur Gertrudis avait déjà peint deux splendides portraits miniatures, l'un de sœur Juana et l'autre de doña María Luisa, la comtesse de Paredes, sur des morceaux d'ivoire qui avaient ensuite été sertis dans des anneaux en or fermant comme des médaillons. L'ancienne vice-reine avait emporté celui à l'effigie de sœur Juana. L'autre, peut-être le seul portrait existant de María Luisa Manrique de Lara y Gonzaga, était à l'abri entre les bijoux de Juana Inés, qui ne l'avait jamais porté en public.

Alina reposa les esquisses. De retour au laboratoire, elle faillit crier de peur en apercevant la silhouette voûtée de sœur Quintina.

La vieille religieuse était penchée sur l'un de ses nombreux chats, qui lapait du lait dans… un des mortiers d'Alina.

— Sœur Quintina ! s'exclama celle-ci, comprenant qu'elle avait oublié, dans la précipitation, de fermer la porte. Je vous l'ai déjà dit : si vous avez besoin de quelque chose, il faut me le demander. Vos chats peuvent tomber malades !

Elle fila vers les étagères, sortit un récipient vide qu'elle gardait exprès et y versa le lait.

— Tu dis toujours ça, répliqua Quintina avec lassitude tandis que la novice déposait le récipient dans la cour, mais il ne leur arrive jamais rien.

— Mieux vaut prendre nos précautions. Vous aussi, vous pouvez tomber malade.

Sœur Quintina était penchée de nouveau, caressant le chat noir avec une intensité exagérée.

— Moi ? demanda-t-elle, et elle leva les yeux avec une expression à vous glacer le sang. Pourquoi ? Tu as des poisons là-dedans ?

Alina manqua tomber à la renverse. Sœur Quintina la contemplait sans ciller.

Elles se dévisagèrent mutuellement dans un silence absolu, jusqu'à ce que le lait qui restait dans le mortier commence à goutter sur les pieds d'Alina.

Sœur Quintina continua de la regarder sans que son visage ridé reflète la moindre émotion. C'était très perturbant.

Alina, glacée, se retourna pour vérifier qu'il ne manquait rien sur sa table de travail. Les teintures et le mélange étaient à leur place, et tous les flacons pleins.

— Elle est dans la salle de travail, lança sœur Quintina dans son dos.

Alina bégaya pour la seconde fois.

— Par... pardon ?

Mais la vieille femme avait détourné la tête, concentrée de nouveau sur ses caresses à ce maudit chat.

— Sœur Gertrudis. Vous n'étiez pas en train de la chercher ?

Alina se retourna, abasourdie. Que savait cette femme ? Qui sait ce qu'elle entendait, alors que toutes la croyaient folle et distraite ?

— Ou... oui, merci, bredouilla-t-elle, soulevant le

bol de lait et poussant sœur Quintina vers la porte. Voilà, je le laisse là pour que votre petit chat prenne le soleil.

Elle déposa le lait et ferma la porte d'un coup, sans oublier de fermer à clef, cette fois.

Elle contourna l'infirmerie à la hâte et entra dans la salle de travail, déserte à cette heure.

La statue de la Vierge trônait toujours au centre de la longue galerie. Son manteau bleu roi était presque achevé. Les perles et les broderies d'argent reproduisaient les constellations du firmament, et il ne manquait que quelques sections de liserés pour qu'il soit terminé. Cet ornement n'était pas fortuit, sinon inspiré d'un des *villancicos* que sœur Juana avait composés pour l'Assomption : *Monter pour fouler les Étoiles, s'en tenant aux plus belles...*

Sœur Gertrudis était là, assise sur une banquette, soutenant un coin du manteau.

Si elle avait des perles, du fil et une boîte à couture sur les genoux, elle ne brodait cependant pas. Elle admirait avec vénération le visage de la Vierge, ses doux traits taillés dans l'ivoire, ses aimables yeux de verre et ses fins cils en fils de soie.

Malgré la fraîcheur de la matinée, sœur Gertrudis s'éventait à l'aide d'un petit cahier d'hymnes en même temps qu'elle chantonnait des passages des *villancicos*. Dans cette salle si vaste, où son chant résonnait, il était impossible d'en distinguer les paroles, mais Alina, après des heures et des heures de répétition avec les jeunes filles, reconnut cette partie de la mélodie. Cela faisait :

... la terre doit se réjouir,
que son attribut soit
la gloire de donner tel Fruit
qui put anoblir le Ciel...

Sœur Gertrudis eut un nœud à la gorge à la moitié de l'avant-dernier vers. Ses yeux passèrent subrepticement du visage délicat de la Vierge à l'Enfant Jésus dans ses bras. Sa toge était une réplique exacte du manteau de Marie, avec des constellations de perles miniatures et des manchettes galonnées ajustées à ses petites mains potelées.

Alina allait s'approcher, mais elle vit que sœur Gertrudis lâchait le manteau et essuyait discrètement une larme solitaire. À aucun moment elle ne cessa de s'éventer.

Ses traditionnelles bouffées de chaleur.

Pas étonnant qu'elle regarde la Vierge et l'Enfant avec tant de nostalgie : pour elle, cette porte s'était fermée à jamais.

Brusquement, Alina sentit ses propres yeux pleins de larmes.

Sœur Gertrudis avait pratiqué d'innombrables accouchements. S'était-elle sentie ainsi à chaque occasion ? Avait-elle regretté, chaque fois qu'elle tenait un nouveau-né, qu'il ne fût de son sang ? Ou était-ce un regret plus récent ? Une de ces révélations qui viennent au cœur seulement quand il est trop tard ?

Alina ressentirait-elle la même chose un jour ?

Pour le moment, elle se disait que non. Elle ne se voyait pas être mère. Elle était totalement satisfaite avec son laboratoire, ses livres et son travail, mais... peut-être que sœur Gertrudis avait pensé la même chose dans sa jeunesse.

La novice préféra ne pas la déranger et la laisser seule. Quand bien même elle aurait voulu lui parler, elle avait un nœud dans la gorge. Elle pivota sur ses talons et sortit aussi silencieusement que possible.

Demetria devait avoir des bouchons de liège.

Une fois les flacons scellés, Alina ramassa les restes d'aconit au fond de la marmite et alla les brûler au fourneau de la cuisine.

Dans le grand cloître, elle tomba sur sœur Isabel, qui portait dans ses bras les copies des *villancicos* de l'Assomption, qu'on répartirait parmi les choristes de la cathédrale.

— Sœur Elena, dit-elle nerveusement, ma tante te cherche. Ta domestique est avec elle.

Elle s'approcha pour continuer à voix basse, car le cloître était plein de religieuses et de servantes.

— Elle m'a envoyée remettre ces partitions à sœur Leocadia, mais j'ai bien compris que c'était seulement pour qu'elles puissent parler en privé.

Alina alla droit à la cellule.

En arrivant, elle tomba sur Sabina, qui sortait avec un panier plein de vêtements à laver – sûrement missionnée à son tour pour la faire quitter la cellule. Elle jeta un coup d'œil fâché à Alina.

On entendait déjà les voix de sœur Juana et de Matea à l'étage. Elle grimpa les marches quatre à quatre et trouva sœur Juana en pleine séance d'écriture.

À ses côtés se tenait Matea, vêtue de la robe de laine avec laquelle elle s'était rendue au palais deux jours plus tôt. Un miracle plus grand que celui de l'Assomption avait dû être nécessaire pour lui ôter toutes ses taches.

— Sœur Elena ! salua Juana avec un enthousiasme inhabituel, détachant les yeux de son papier. J'ai trouvé !

— Pardon ? demanda la jeune fille en s'approchant.

Près des écrits de sœur Juana trônaient deux souliers de soie brodée. Des objets extravagants et plutôt vulgaires, songea la novice.

Sœur Juana termina de rédiger un quatrain puis fourragea parmi ses papiers et montra une longue missive portant l'écriture presque illisible de Góngora.

— Don Carlos m'a dit que, hier dans la nuit, il a parlé avec un des patients de son hôpital. Pour des raisons évidentes, il ne peut nous révéler son nom : l'homme lui a confié que ce M. Fechuán lui fournissait de l'opium et...

Sœur Juana grimaça de dégoût.

— ... d'autres remèdes orientaux. Les opiacés semblent être le moindre de ses problèmes. La moitié de ce que cet individu a raconté (et que don Carlos n'ose même pas coucher par écrit) pourrait être considéré comme un blasphème. Don Carlos termine en disant que si ce M. Fechuán a pris la fuite, personne ne le trouvera. Pas avant qu'il ait lui-même décidé de sortir de sa tanière. Apparemment, il a déjà été poursuivi plusieurs fois.

— Alors pourquoi êtes-vous si contente ? questionna Alina avec une note d'insolence qu'elle ne put réfréner.

Par chance, sœur Juana ne se préoccupait guère de ces choses-là.

— Il y a trop d'inconnues dans cette affaire. Pourquoi te demande-t-on ces remèdes ? Que se passe-t-il avec les Horcasitas ? Où est le flacon d'arnica ? Quelles sont réellement les rumeurs à ton sujet... ?

Sœur Juana sourit, voyant qu'Alina était sur le point de grogner d'impuissance.

— Cependant, j'ai eu une idée pour entrer au palais et tâter le terrain.

— Laquelle ?

— Je vais adresser ces babioles à la vice-reine.

Sœur Juana signala les souliers avec sa plume, ravie.

— Avec un panier de confiseries, peut-être. Si nous

envoyons Matea, celle-ci pourra mener l'enquête et évaluer la situation.

— N'est-ce pas trop flagrant ? s'enquit Alina.

— Pas autant que tu pourrais le penser. Les gens du palais se rappellent encore que j'offrais régulièrement des présents comme celui-ci à la comtesse María Luisa. Certes, pas tout à fait les mêmes ; à elle, j'envoyais des choses de qualité. Seulement, le calendrier est de notre côté : nous adressons presque toujours des cadeaux au moment des fêtes sacrées…

— L'Assomption ! comprit Alina.

— Précisément. Surtout que je n'ai rien envoyé à doña Elvira depuis son anniversaire. Si je tarde trop, il se pourrait qu'elle se rende compte que je ne l'apprécie pas du tout.

Alina poussa un long soupir, pétrie de doute. Matea, d'un autre côté, semblait plus déterminée que jamais. Cela lui donnerait la possibilité d'aider son père : c'était le prétexte que toutes deux cherchaient la veille et qui leur tombait tout cuit dans les bras.

— Alors, vous voulez que j'apporte les remèdes qu'on a demandés à la *niña* Alina ? interrogea Matea.

— Oui, répondit la poétesse. Mais avant, porte ces présents à doña Elvira, et profite de l'occasion pour fureter comme tu sais le faire. Si tu vois que le champ est libre, livre les médicaments. Sinon, rapporte-les ici. Plus que jamais, nous allons nous en remettre à ton discernement, Matea.

La jeune femme se redressa un peu, la poitrine gonflée d'orgueil, ce qui ne fit que renforcer la culpabilité d'Alina. Maintenant qu'elle savait que Matea irait droit dans ce nid de vipères, le plan ne lui plaisait plus tant que cela.

Sœur Juana leva le *romance* qu'elle avait écrit et le relut en silence, avec un petit sourire sardonique.

— Bref, stupide et… pour être honnête, peu inspiré. Exactement ce que la vice-reine mérite. Il ne reste plus qu'à voir s'il y a encore quelques douceurs dans la cuisine : des *palanquetas* bien dures pour que ses dents tombent une bonne fois pour toutes…

Sans même le signer, elle enroula le parchemin, le cacheta et le passa à Matea.

— Juste une chose : ne t'avise pas de parler à cette cuisinière, d'accord ? Et, s'il te plaît, ne dévie pas de ta route, sous aucun prétexte. Encore moins au retour.

Alina et Matea échangèrent un regard complice et sourirent un instant.

Elles ignoraient combien cette journée serait longue et tortueuse.

ROMANCE

À son excellentissime Madame la comtesse de Galvc, avec des souliers brodés au style de Mexico et un message en chocolat.

Jeter son gant, Madame,
est signe de provocation ;
jeter son soulier sera
la marque d'une circonlocution.

Vouloir prendre la main
indique l'audace ;
mais se prosterner aux pieds
montre la soumission.

Monter à votre étage
est une tentative si altière,
qu'on ignore encore dans les hautes sphères
la nouvelle du danger.

Par nature si concis le présent
à son propriétaire est équivalent ;
celui qui ressemble à ses parents
selon l'adage est méritant.

Même le message va soupesé,
sans bruit, et si muet
que les roues du moulin
le gardent secret.

Comme vous ignorez qui je suis,
à la brièveté je m'exhorte,
car point de couleur sur le visage
quand le bec est sage.

Ainsi pensé-je le garder ;
car, seulement, je crois
à la vanité de vous adorer
et à la gloire de vous servir.

LES FRUITS DES LIVRES

— Des plantes toxiques dans les jardinières ? s'exclama Casio.

Matea dut lui donner une tape sur la main pour qu'il baisse d'un ton ; ils se trouvaient au milieu d'une Plaza Mayor bondée, derrière son étal de fruits, abrités seulement par la toile de bâche.

— Oui, répéta Matea, et personne ne doit savoir que je vous ai parlé.

— Je peux emporter les plantes et…

— Aïe, non ! Le mieux est que mon *apá* les brûle. Je lui ai déjà dit que des hommes surveillaient la maison.

Casio souffla.

— Je n'aime pas qu'on vous mette dans l'embarras comme ça. Ce n'est pas la première fois que…

— Oui, oui. Vous croyez peut-être que la *niña* Alina s'y est mise toute seule ?

— Eh bien, vu la fréquence à laquelle cela arrive, n'importe qui penserait que…

— Vous allez m'aider, oui ou non ?

— Bien sûr, petite comtesse. Je dis juste que vous méritez une vie plus tranquille.

— Ouille ! Et où ? Comment ? C'est vous, peut-être, qui allez me…

Matea se tut immédiatement, les joues en feu. Casio

sourit, prêt à faire une de ces plaisanteries qui fâchait Matea – pour de faux –, mais elle semblait si préoccupée qu'il y renonça.

— Quand voulez-vous que j'y aille ?

— Aussi vite que possible, le supplia Matea. Dès maintenant, si vous avez pas de *gachupinas* quémandeuses à servir. Je vous ai raconté ce qui se passait au palais. Dieu seul sait ce qu'ils vont faire à mon *apá* s'ils le trouvent avec ces plantes.

Elle prit conscience qu'elle aussi parlait fort, et qu'elle serrait le panier si fermement qu'elle en abîmait presque l'osier.

Casio lui donna une petite tape sur l'épaule.

— D'accord. Dès que vous serez partie, je demanderai à quelqu'un de me garder la boutique. Simplement, ça va être difficile de lui parler sans que la Catalane s'en aperçoive. Chaque fois que je vais là-bas, elle me met le grappin dessus.

Matea sentit un élancement de jalousie. Elle savait pertinemment de quoi était capable cette galante : elle envoyait commander des fruits tout le temps, même quand elle n'en avait pas besoin, et cela dérangeait Matea que Casio aille constamment les lui livrer en personne. Le seul gagnant était son père, qui se faisait des festins des *mameyes* et des corossols en trop.

— Ne vous inquiétez pas, lui susurra Casio, la main toujours sur son épaule. Quoi qu'il advienne, il n'arrivera rien à votre *apá*. Je m'en porte garant.

Pendant un moment, Matea se permit d'admirer ses yeux verts et sa peau chocolatée.

Juste quand Casio commençait à se pencher, dans un but plus qu'évident, Matea recula et fit une sobre révérence.

— Merci beaucoup, dit-elle à toute vitesse avant de s'éloigner de l'étal, le cœur palpitant.

Ce n'était pas le moment de se laisser distraire : sœur Juana et Alina ne lui avaient jamais demandé quelque chose d'aussi important, et elles comptaient sur ses yeux et ses oreilles avec une confiance aveugle.

Tandis qu'elle progressait vers l'imposante façade du palais, elle se repassa la longue liste des personnes qu'elle devait approcher. Et parmi elles, l'effrayante vice-reine…

Don Carlos traversait les couloirs à grandes enjambées.

La bibliothèque de la Real Universidad embaumait cet arôme cannelle des vieux livres, et l'huile des nombreuses lampes que professeurs comme étudiants utilisaient pour s'éclairer. Il n'était pas question de recourir aux bougies ; la moindre étincelle aurait suffi à ce que ce lieu empli de livres brûle jusqu'aux fondations en un clin d'œil.

Il marcha à la hâte entre les larges rayonnages, tous bourrés d'ouvrages aux couvertures luxueuses, mais ce n'était pas un livre qu'il cherchait.

— Don Gaspar ? susurra-t-il dès qu'il tomba sur la silhouette encapuchonnée du vice-roi.

Sa cape ne suffisait pas à couvrir ses fameuses boucles grises ni ses chaussures à talons hauts, et tandis qu'il feignait de consulter un petit pamphlet, il exhibait ses gros anneaux d'or et de pierres précieuses. Cela ne l'empêcha pas de s'étonner :

— Góngora ! Comment avez-vous su que c'était moi ?

Don Carlos dut se racler la gorge pour ne pas rire.

— J'ai un œil exceptionnel, monseigneur, répondit

l'aumônier avec une révérence. Merci d'avoir accepté de me rencontrer. Je sais combien vous êtes occupé...

— Oui, oui, coupa le vice-roi sans quitter des yeux son pamphlet.

Góngora remarque que ses cernes étaient plus profonds et plus noirs. En seulement quelques jours...

— Monsieur, dit l'homme d'Église en se maintenant à une distance prudente comme si lui-même cherchait un livre, nous nous sommes creusé la tête mais n'avons pas réussi à comprendre ce qui se trame au palais. Nous pensions que vous aviez envoyé l'alguazil pour nous aider.

Don Gaspar tourna une page si fort qu'il faillit l'arracher.

— C'étaient mes ordres, en effet.

Góngora perçut de la tension dans sa voix ; une rancœur que le vice-roi peinait à masquer. On entendit alors des pas lents non loin. À travers les rayonnages, don Carlos distingua l'éclat d'une lampe et l'ombre intermittente d'une tête.

Par précaution, il décida de ne pas entrer dans les détails.

— *Señor*... Ogazón fait tout le contraire. Il semble chercher des preuves contre sœur Elena.

Don Gaspar tourna brutalement une autre page.

— Je le sais.

« Et vous n'allez rien faire ? » aurait voulu crier Góngora. Hélas, il n'en était pas question.

Comment se pouvait-il qu'un subordonné, un quidam à la réputation si mauvaise, puisse désobéir au vice-roi si délibérément ? Pourquoi ne l'avait-il pas déjà démis de ses fonctions ?

Góngora, comprenant alors, écarquilla les yeux.

— Ne me dites pas que l'archevêque est déjà mêlé à l'affaire !

Don Gaspar ne répondit pas. Les yeux arrimés à son livre, il soupira.

— Don Carlos, je suis vraiment désolé qu'une des protégées de Juana Inés soit impliquée. Et ce par pur accident. Cette jeune femme aurait fait la fierté des hiéronymites… Si seulement…

Il s'arrêta là. L'aumônier frémit.

— *Señor*, vous parlez comme si… comme si la novice était déjà condamnée.

Don Gaspar secoua la tête.

— C'est tout comme. Ma femme s'obstine à discréditer certains noms à la cour, dit-il en s'éclaircissant la voix – car parmi ceux-là figurait celui de son ancienne favorite. Et son jeu, à ma connaissance, est utile à l'archevêque. Je n'ai pas bien compris comment ni pourquoi, en tout cas, il s'entoure du plus d'agents possible pour avancer sur l'échiquier. Ogazón en fait partie.

— Alors tous ces gens réunissent des preuves ? Pour accuser sœur Elena ?

Don Gaspar eut une moue désolée.

— Pauvre jeune fille. C'est comme si elle s'était mise en travers des éleveurs de bestiaux de Pampelune. Contre l'archevêque, malheureusement, il n'y a rien que je puisse faire.

Il baissa les yeux. Le comte de Galve n'avait jamais été un vice-roi très populaire ou influent : s'il était en Nouvelle-Espagne, c'était seulement à cause des scandales de doña Elvira à la cour de Madrid, et le pauvre n'avait jamais réussi à asseoir son autorité. Les interminables révoltes au Nouveau-Mexique, ainsi que les pirates anglais qui ne cessaient d'assiéger les côtes de la colonie, ne faisaient que renforcer sa réputation d'incompétent.

L'âme en peine comme s'il songeait lui-même à tout cela, don Gaspar reposa le pamphlet et tourna les talons.

— Sœur Elena a reçu deux lettres du palais, termina Góngora. La sœur Juana Inés vient de me le raconter.

Don Gaspar marqua une pause puis parla par-dessus son épaule.

— Mieux vaut ne pas répondre. C'est sûrement un piège.

LOUVES (I)

Matea pénétra, pour la troisième fois, dans la somptueuse cour du palais.

Elle s'étonna qu'on la laisse entrer si vite : les gardes s'écartèrent quand elle annonça venir de San Jerónimo, et ne prirent même pas la peine de demander qui elle venait voir ni pour quel motif.

Elle trouva la cour quasi déserte, car il était près de midi et tous s'étaient réfugiés loin du soleil de plomb, si brûlant que l'air semblait osciller sur les ardentes dalles du patio.

À sa droite, Matea aperçut les balcons de l'étage qui conduisaient aux appartements privés de doña Elvira. À sa gauche commençait le couloir qui menait chez les Horcasitas.

Subitement, elle fut gagnée par un sentiment d'imposture : cette robe n'était pas la sienne, ce panier de chocolat en poudre et de souliers brodés non plus, et elle n'avait aucune idée de comment « tâter le terrain », comme avait dit sœur Juana.

L'angoisse oppressa sa poitrine, lui coupant la respiration.

Elle entendit soudain de petits rires aigus et sa première pensée fut qu'on se moquait d'elle. Sur la galerie de l'étage, deux jeunes courtisanes se promenaient, bras dessus bras dessous, en faisant des messes basses sans même regarder le patio.

Matea déguerpit aussitôt, prise d'une inspiration subite : elle irait d'abord aux cuisines, chercher la dénommée Mariquita, et peu importait si sœur Juana le lui avait interdit. C'était un excellent plan : personne ne s'inquiéterait de la voir aller aux cuisines demander de l'eau pour se rafraîchir, et elle ne s'attendait pas non plus à ce qu'on la lui refuse.

Elle se répéta encore et encore qu'elle n'était pas une mendiante. Elle était désormais une employée de confiance, apportant un présent et un message à la vice-reine elle-même. Quand bien même cela était en bonne partie dû à la chance, personne ne pourrait jamais nier que son travail et son intelligence avaient quelque chose à y voir.

Elle reconnut la troisième cour, celle où, l'autre soir, elle avait trouvé les cuisines, les écuries et les garages. Avec la chaleur, l'odeur des chevaux était particulièrement forte.

Matea accéléra le pas. Elle parvint aux cuisines en sueur.

Près de la porte, un groupe de servantes africaines de tout âge était réuni autour d'un *comal*, cuisant des tortillas et des rondelles de patates douces.

Matea demeura muette l'espace d'une seconde, avant que les plus jeunes des domestiques ne se lèvent d'un bond pour faire la révérence.

La magie du déguisement opérait à nouveau : une robe élégante, des chaussures que la *niña* Alina lui avait dénichées pour qu'elle ne mouille pas ses pieds dans les flaques, un panier orné de rubans et de papiers de couleurs, et le petit anneau d'argent et de turquoise que sœur Juana lui avait de nouveau prêté.

Elle se redressa un peu et parvint à trouver de l'assurance – tout en demeurant aussi aimable que d'habitude.

— Bonjour. Pourriez-vous m'offrir un peu d'eau ?

L'une des fillettes y alla aussitôt. Matea s'attendait qu'on lui apporte de l'eau du puits, mais l'enfant lui remit un petit pichet d'horchata à la cannelle. La boisson, sucrée, la rafraîchit dès la première gorgée. Matea pressa l'argile délicieusement froide contre son front.

Avant de pouvoir les remercier, elle leva les yeux et découvrit la cuisinière Mariquita debout devant les fourneaux.

Si, la nuit de la veillée, elle saupoudrait de farine des poissons, aujourd'hui elle faisait frire de fines tranches de bananes plantain. Matea comprenait mieux d'où elle tirait des bras si musclés.

Matea s'approcha avec prudence, observant les éclaboussures d'huile qui jaillissaient de la casserole de cuivre.

— Bon… bonjour, dit-elle, mais Mariquita se contenta de la regarder du coin de l'œil, sans cesser de remuer les tranches de banane.

Matea s'obligea à sourire.

— Elles ont l'air délicieuses…

La femme la toisa, cherchant à savoir si cela valait la peine de s'écarter de l'huile bouillante. Son regard se posa un instant sur l'anneau de turquoise, puis sur le panier décoré, avant de revenir à ses yeux.

— Ce sont des bananes plantain, dit-elle avec un accent chantant des Antilles. Tu n'en as jamais mangé ?

— Jamais, mentit Matea, qui en avait pourtant vu beaucoup dans les cuisines de San Jerónimo, préparées là encore par les femmes africaines.

— On t'a demandé d'attendre ici ? questionna la cuisinière.

— Ou… oui, mentit de nouveau Matea.

— Assieds-toi, je t'offre quelques tranches.

De sa louche, la femme montra la table de l'autre côté de la vaste cuisine. Là même où Matea s'était assise la nuit de la veillée funèbre pour discuter avec Nicanor, le valet. La jeune Indienne alla s'installer et reconnut les sacs de farine.

Mariquita sortit les tranches de l'huile pour les déposer sur un linge, dont elle se servit ensuite pour les dégraisser. Elle en réserva quelques-unes sur une petite assiette en terre cuite et mit le reste sur un plateau d'argent. Elle les saupoudra de sel et de cannelle moulue puis les porta à la fenêtre.

— Hé, Clotito ! appela-t-elle.

Un esclave noir fringant vêtu d'une redingote bleu ciel apparut immédiatement.

— Il y a tout juste le compte, hein ? Si ta maîtresse se plaint à nouveau que seule la moitié lui est parvenue, je lui dirai que c'est toi qui les as chipées.

— Oh, Mariquita, comme vous êtes !

La cuisinière ne répondit pas ; elle lui tourna le dos et agita la main comme pour chasser une mouche. Elle apporta ensuite à Matea l'assiette qu'elle avait mise de côté.

La jeune fille mordit dedans avec prudence. Elle n'eut pas à feindre le plaisir : ces bananes plantain étaient bien meilleures que celles qu'elle avait goûtées. Croustillantes et dorées à l'extérieur, moelleuses et très sucrées à l'intérieur. Avec la cannelle et la pincée de sel, c'était à tomber.

Elle était en train de suçoter ses doigts quand la cuisinière s'éloigna.

— Aïe, *señora* ! cria-t-elle, ce qui fit se retourner les autres domestiques.

Mariquita lui sourit. Matea ne sut pas si c'était par gentillesse ou par sarcasme.

— Une autre tranche de banane ?

Matea rougit.

— Euh, oui… Désolée. C'est qu'elles sont rudement bonnes.

Mariquita revint avec l'assiette, à laquelle Matea ne toucha pourtant pas. Il fallait qu'elle continue de parler. Que la femme ne retourne pas à ses fourneaux.

— Ça m'étonne pas qu'on vous emploie ici, vous cuisinez si bien, dit-elle sans réfléchir. Ça… ça gagne bien ?

— Pas mal, *niña*. Mais toi, tu n'as pas l'air d'en avoir besoin.

Mariquita regarda ses chaussures. Elle avait clairement l'œil pour ces choses-là.

Soudain, Matea eut une révélation.

— Je… je peux vous poser une question personnelle ? dit-elle, éveillant une certaine curiosité chez la cuisinière.

Celle-ci se permit un petit rictus mais ne réagit pas. À la place, elle approcha une chaise, s'assit à table et se mit à manger, le regard planté sur Matea, avec un sourire de défi.

Ce n'était plus le moment d'hésiter.

— Est-ce que vous êtes libre ? Je veux dire… Vous n'êtes pas esclave au palais ?

Mariquita, de nouveau, ne répondit pas. Elle continua de mastiquer sans se presser.

— C'est juste que… ça m'intéresse, dit Matea, incapable de soutenir son regard.

Elle eut alors l'idée de donner un peu plus de chair à sa curiosité.

— En fait, j'ai… une sorte de soupirant mulâtre. Il m'a raconté qu'on avait ramené sa grand-mère d'Espagne, où elle était esclave. Elle servait dans une grande maison jusqu'à ce que son maître perde sa femme, et alors il s'était marié avec elle.

Mariquita rit avec arrogance.

— Je ne crois pas que les choses étaient aussi faciles et aussi roses, *niña*. Si c'était le cas, ce mulâtre dont tu parles aurait beaucoup d'argent et ne serait pas en train de courtiser une domestique indienne.

Matea serra les poings. Si elle n'avait pas été forcée de soutirer des ragots à cette femme, elle se serait levée sur-le-champ pour lui crier quelques insultes bien senties.

— D'après ce que j'ai entendu, dit-elle après avoir inspiré profondément, le *señor* était très âgé et il a pas laissé grand-chose à sa mort. Mon ami dit que son grand-père lui avait donné sa liberté, ce qui était plus que suffisant.

Ensuite, elle ne put éviter de mettre les pieds dans le plat.

— Pour vous, ça a pas été facile d'être libérée, pas vrai ? Je veux dire, vous n'êtes pas esclave, que je sache…

— Je suis plus libre que toi, répliqua Mariquita.

— Pourquoi vous dites ça ? demanda Matea au lieu de la contredire.

— Je ne suis pas née libre. Mes propres enfants ne m'appartenaient pas. J'ai dû attendre des années pour pouvoir me défaire de mes maîtres… Les misérables…

La colère lui déliait la langue, et pour irriter les gens, Matea se débrouillait très bien :

— Me dites pas que vous vous êtes échappée !

Mariquita proféra un très acerbe : « Ah ! »

— C'est eux qui m'ont rendu ma liberté. Une liberté que j'ai dû acheter, bien sûr. À crédit.

— Sérieusement ? susurra Matea. On peut faire ça ?

La femme se contenta de hausser les épaules.

— Et ils vous l'ont rendue comme ça, c'est tout ?

Le sourire de Mariquita se crispa à nouveau, cette fois avec une note de sadisme.

— Même si tu en doutes, *niña*. Un beau jour, de but en blanc, le *señor* m'a proposé un marché. Il ne me l'a jamais dit tel quel, mais je suis pas bête : je savais bien que le malheureux était criblé de dettes. J'ai moi-même travaillé chez lui durant des années et j'ai tout vu : d'abord, il a dilapidé l'héritage de sa femme, puis il a vendu le peu de terres qui devaient revenir à ses filles... qu'il n'a pas pu marier car les petites n'avaient même pas un demi-réal de dot... Ensuite, il s'est servi de son Toñito comme appât, dans l'espoir qu'une *criolla* ou *gachupina* riche se marierait avec lui. Quelques jeunes femmes ont failli tomber dans ses filets. Avec l'une d'elles, le trousseau de mariage avait même été constitué. Finalement, pour une raison ou pour une autre, il n'a jamais réussi à marier son fils. Et mon maître a pas seulement mené la vie dure à ses proches, mais à tous ceux qui ont eu la malchance de croiser sa route. Il y a des années, un des luthiers du palais, très bon ami à lui, lui a prêté beaucoup d'argent, beaucoup, te dis-je, alors que lui-même avait des dettes et que ses propres usuriers ne cessaient de le menacer. Le pauvre diable a fini par se suicider. Dans les dernières années, les sommes que je lui versais pour ma liberté étaient ses seules sources de revenus. Ce misérable venait réclamer ses paiements puis il s'en allait tout droit séduire les petites dames de la cour. Moi, je me serrais la ceinture pour le payer, et lui il dilapidait mon argent en alcool et en gourgandines !

Matea était médusée. Alina et sœur Juana connaissaient l'existence des dettes de M. Horcasitas, mais l'homme avait quand même fini *entretenu* par son ancienne esclave… !

— Si c'est pas indiscret, dit Matea, combien vous avez dû le payer ?

Mariquita s'empressa de le lui dire.

— 500 pesos d'or.

Matea écarquilla les yeux. C'était plus ou moins ce qu'il fallait à la *niña* Alina pour acheter une cellule à deux étages. Sans cette dette, cette femme aurait pu emménager dans sa propre maison.

— Voilà pourquoi le misérable m'a rendu ma liberté plutôt que de me vendre, poursuivit Mariquita. Une esclave de mon éducation et de mon âge… bon, de l'âge que j'avais alors… vaut 300 ou 350. Quand on achète sa liberté, on paie plus cher.

Matea acquiesça, comprenant soudain pourquoi il y avait tant de domestiques africains au palais : c'était pratiquement une marchandise de luxe, et les aristocrates les affichaient sûrement de la même manière qu'ils montraient leurs bijoux, leurs carrosses ou les moulures de leurs portes.

— Ne me dites pas que vous continuez de le payer, s'aventura Matea.

La cuisinière laissa aussitôt tomber l'assiette d'argile sur la table, répandant des morceaux de banane plantain partout.

— Cela fait à peine deux mois que j'ai payé la dernière mensualité, lâcha-t-elle avec rage. Il a bien choisi son moment pour mourir, le rustre !

Elle ferma son poing rebondi et s'obligea à se taire, et non par discrétion. Elle pencha la tête, parlant soudain pour elle-même.

— Non. Je ne devrais pas dire ça. Le fils a l'air encore

pire. Une chance que je me sois libérée d'eux en bonne et due forme…

Matea sentit qu'elles étaient à présent suffisamment proches pour parler sans détour.

— Est-ce que, par hasard, votre maître était don Antonio ? demanda-t-elle, feignant l'innocence.

Voyant que les yeux de la cuisinière s'ouvraient comme des soucoupes, elle se dépêcha d'expliquer.

— Je veux dire, c'est le seul qui est mort récemment au palais. Et tout le monde dit que son fils est mal élevé.

Les pupilles de Mariquita, noires comme des obsidiennes, devinrent ombrageuses. La femme recula sur sa chaise, comme qui s'éloigne d'un fourneau devenu trop chaud et, lentement, serra les poings.

Matea se mit debout, renversant le pichet d'horchata sur la table.

— Je crois qu'on m'attend, bredouilla-t-elle.

Elle prit le panier des cadeaux et s'en alla en courant vers la sortie, mais…

— Encore vous ?

Matea s'arrêta net, voyant cette haute silhouette sous l'encadrement de la porte. Avec le sol aveuglant dans son dos, elle ne parvenait pas à distinguer son visage.

— Nicanor ! vociféra Mariquita, se levant si rapidement qu'elle renversa sa chaise, et le vacarme fit que les autres servantes proférèrent des cris étouffés. Vous connaissez cette Indienne qui se mêle de tout ?

Le serviteur avança de quelques pas. Matea dut battre en retraite.

— Évidemment, Mariquita ! C'est la *xoloitzcuintla* qui est venue le jour de la veillée avec le père Góngora. Celle qui n'arrêtait pas de poser des questions. Vous ne vous rappelez pas ?

Matea sentit le souffle chaud de la cuisinière dans son dos. En se retournant, elle trouva le visage de la femme à quelques centimètres du sien.

— Vous feriez mieux de sortir, dit Nicanor aux autres domestiques, en même temps qu'il acculait Matea entre lui et la cuisinière. Ça ne va pas être beau à voir…

Matea vit avec horreur le grand valet se frotter les mains.

NOVICES

Les fillettes du chœur, qui deux mois auparavant chantaient comme des cacatoès en cage, entonnaient maintenant de jolies harmonies dansant sur les murs de l'église.

Alina, à l'orgue, les écoutait avec un bonheur inespéré. Depuis le départ de Matea, elle se sentait de plus en plus inquiète, et ce poids sur sa poitrine semblait prophétiser quelque chose de terrible.

La musique et les belles paroles composées par sœur Juana avaient au moins le mérite de l'apaiser.

Viens, mon Amie,
lève-toi vite ;
viens, ma Colombe,
prends ton doux envol !

Elle se rappela le visage de sœur Gertrudis, ses yeux larmoyants et son regard empreint de nostalgie. De nouveau, malgré la marée de préoccupations qui l'étouffait, revint s'infiltrer cette crainte silencieuse : celle d'une vie de remords.

Elle faillit presser la mauvaise touche et s'obligea à se concentrer sur le clavier et les partitions.

Cette semaine, contente-toi de survivre, songea-t-elle. *Tu t'occuperas de tes vieux jours plus tard...*

Sœur Juana en aurait sûrement fait une rime très éloquente.

Alors, sans crier gare, on entendit un grondement terrible, semblable au rugissement d'un démon géant qui se serait rué sur la nef de l'église. Alina et les choristes poussèrent des cris effrayés.

Une main osseuse, à la peau desséchée et aux ongles cassants, venait d'enfoncer les notes les plus graves du clavier.

C'était sœur Leocadia, penchée sur l'orgue tel un vautour sur un cadavre.

— C'est bon, tu peux disposer, aboya-t-elle, lâchant enfin les touches.

En effet, Alina entendit sonner les cloches.

— Allez, pousse-toi. Je dois répéter les psaumes de demain.

Alina avait envie de la gifler.

— C'est une chance que vous ne soyez pas en crise, aujourd'hui, lança-t-elle, se levant promptement rien que pour ne pas avoir à la regarder trop longtemps. Puisque vous ne prenez jamais ce que je vous prescris…

Sœur Leocadia s'était installée sur la banquette.

— Tes potions de sorcière ? Pour que tu m'empoisonnes, moi aussi ?

Alina, comme face à sœur Quintina, faillit perdre ses moyens.

— Et ne me regarde pas comme ça, répliqua la religieuse en entamant des tierces funèbres. Je sais parfaitement dans quels scandales tu trempes.

Alina porta une main à sa poitrine. La rumeur courait-elle déjà dans le couvent ? À quoi d'autre, sinon, cette femme pouvait-elle faire allusion ?

Elle préféra en rester là. Aucune de ses paroles ne pouvait contrer une bêtise pareille.

— Que le Seigneur vous bénisse, ma sœur, dit-elle en s'imaginant que les entrailles de la ville s'ouvraient sous la banquette pour avaler sœur Leocadia jusqu'à son médaillon représentant le Calvaire.

Avant de descendre, Alina fit au revoir de la main à Lupita. Toujours affairée à pomper, l'esclave lui sourit puis tira la langue dans la direction de sœur Leocadia.

Une fois dans le *sotocoro*, Alina salua ses élèves. Celles-ci auraient préféré continuer à chanter ; elles n'avaient aucune envie de se rendre à la salle de travail, où sœur Augusta leur apprenait à broder sur les voiles qu'elles devraient porter pendant la procession de l'Assomption. La plupart des fillettes bâillaient au bout de cinq minutes.

Alina ressentit une fierté presque maternelle en les voyant s'en aller. Elle avait du mal à croire qu'elles aient grandi si rapidement : certaines, malgré leur jeune âge, étaient désormais presque aussi grandes qu'elle. De nouveau, la langueur de sœur Gertrudis lui revint en tête.

Sœur Isabel était à la porte, un sourire espiègle sur le visage et un petit sac dans les mains. Pour la première fois depuis des mois, sa vitalité s'imposait sous la sobriété de son voile noir ; elle ressemblait à la jeune novice de naguère.

— Que se passe-t-il ? la questionna Alina.

— Tu as un moment ? murmura sœur Isabel.

— Je crois que oui. Jusqu'à ce qu'on nous appelle pour prier la none…

Mais Isabel lui avait déjà pris la main et la tirait avec insistance.

Elles sortirent de l'église, laissant derrière elles la musique tourmentée de sœur Leocadia.

— Que se passe-t-il ? répéta Alina dans le grand cloître, mais sœur Isabel lui fit seulement signe de se taire.

Elles passèrent devant les cuisines, où Demetria et ses jeunes employées faisaient un festin des restes du déjeuner. Ce jour-là, il y avait eu un ragoût typique de Oaxaca accompagné de beignets de riz : un délice qui, comme avec la musique, avait permis à Alina d'oublier un temps ses inquiétudes.

Les femmes, en se léchant les lèvres, rassemblaient les restes de porc et de saucisse pour s'en faire des tacos avec des *quelites* et du fromage frais. Cela avait l'air tellement bon qu'Alina fut tentée de leur demander une petite tortilla.

Néanmoins, sœur Isabel continua vers la grande porte du cellier. La portière était là, avec son air inquisiteur.

— Vous pouvez partir, Tonalta, dit Isabel d'un ton neutre, je m'en charge.

La femme disparut en direction de la salle du tour. Alina sourit : cela avait des avantages d'être l'amie d'une religieuse tout juste consacrée.

Les murs du garde-manger, plus épais que ceux du reste du couvent, permettaient de garder une certaine fraîcheur dans la pièce, pour mieux préserver les sacs de riz, farine, haricots et maïs, les énormes pièces de jambon et de viande séchée suspendues au plafond, et les barils de vin et d'eau-de-vie nécessaires au *rompope* (qu'Alina utilisait aussi pour ses teintures médicinales). Ce lieu fleurait bon les herbes et les condiments, quoique Alina perçût à cette occasion un peu de soufre. Dans un coin, la novice remarqua un tas de pétards et de fusées multicolores posé contre une pile de bûches. Elle allait demander si c'étaient ceux qu'on allumerait le jour de l'Assomption, mais elle entendit un tintement de chaînes.

Assise sur une banquette, adossée à des sacs d'amandes, se trouvait sœur Andrea. Elle triait un grand sac de haricots d'un geste résigné, déposant les petits cailloux dans une jatte en argile.

Alina remarqua qu'on avait bandé ses poignets à l'endroit où sa peau était sûrement à vif. La jeune fille, malgré la fraîcheur du cellier, avait ôté son voile de novice et son capuchon.

Comment pouvait-elle paraître aussi belle même sans ses cheveux ? De rares boucles blondes lui encadraient le visage, dont les joues lisses et rouges, malgré le jeûne, semblaient plus rebondies.

Andrea leva les yeux et leur sourit.

— Alina ! Isabel ! Comment allez-vous ? Tonalta vous a laissées entrer ?

Sœur Isabel referma la porte.

— Bien sûr. Je suis une sœur consacrée, maintenant. On me doit obéissance.

Elle rapprocha des caisses de bois en guise de sièges, dénoua son sac de jute et en sortit des délices : fruits, viande séchée, fromages coulants et même une carafe de xérès.

Sœur Andrea, sans un mot, se jeta voracement sur la nourriture. Alina la regarda engloutir deux pommes, un bon morceau de fromage et des sucres d'orge à la cannelle.

— Et si la mère Encarnación nous voit ? s'inquiéta-t-elle soudain.

Sœur Andrea, la bouche pleine, marmonna quelque chose d'inintelligible.

— Il n'y a pas de danger, répondit sœur Isabel. Elle est très occupée en ce moment.

Le visage de sœur Andrea s'assombrit. Elle continua de mâcher mais avait perdu son énergie, avalant cette bouchée avec difficulté.

— La vieille est dans le parloir, elle parle avec mes parents et mes frères.

Sœur Isabel versa le xérès dans de petites coupes en laiton. C'est alors qu'Alina comprit la solennité du moment : ce serait la dernière fois que toutes les trois se trouvaient ensemble.

Les proches de sœur Andrea ne lui rendaient presque jamais visite, et le fait qu'ils s'entretiennent avec l'abbesse et non avec leur fille ne pouvait signifier qu'une chose : les hiéronymites avaient refusé de lui donner le voile noir à deux reprises et, au vu des récentes errances de la jeune femme, il était peu probable que la mère supérieure y consente de sitôt. Au contraire, à l'instant même, ils devaient être en train de discuter des modalités selon lesquelles sœur Andrea quitterait le cloître.

Alina enviait le calme relatif de sœur Andrea. Son avenir hors de San Jerónimo n'était pas beaucoup plus souriant que ses pénitences actuelles : une novice expulsée du couvent était toujours un scandale. La pauvre ne serait bien reçue nulle part.

Sœur Isabel distribua les coupes et toutes trois trinquèrent en silence. Sœur Andrea n'en prit qu'une petite gorgée, l'air dégoûté, mais continua de se délecter de la nourriture.

Elles passèrent un moment à discuter de tout et de rien, à rire et à partager ce festin clandestin. Alina se dit que ces moments allaient lui manquer.

Dès lors qu'Andrea n'était pas en pénitence, ni Isabel en train de copier à la dernière minute le *Premier songe* de sœur Juana, ni Alina impliquée dans une disparition ou un assassinat, toutes trois avaient été complices et camarades : elles prenaient ensemble le chocolat dans leurs cellules, elles se promenaient dans le couvent pour se dégourdir les jambes après les interminables sermons du père Nuñez, elles faisaient des messes basses dans la salle de travail et se moquaient mutuellement de leur incompétence en broderie. Puisqu'elles étaient toutes les trois de jeunes femmes lettrées et vives d'esprit, au milieu de veuves et de religieuses aux mœurs démodées, le lien s'était fait naturellement.

— Tu ne regrettes pas, ma chère Isabel ? demanda Andrea, désignant le voile noir de religieuse.

Celle-ci, surprise, eut du mal à avaler sa dernière gorgée de xérès.

— Tu connais mon histoire, murmura-t-elle.

L'une des sœurs de Juana, María, avait vécu en concubinage avec un certain Fernando Martínez de Santaolaya, et de leur union était née Isabel. Quand l'idylle s'était ternie et que doña María avait voulu passer à autre chose, elle s'était complètement désintéressée de sa fille et l'avait confiée à son père. Lequel, d'après les registres, avait été capitaine, même si personne ne l'avait jamais vu en uniforme. L'homme s'était contenté de laisser la fillette à sa tante, et la famille n'avait plus jamais entendu parler de lui. Sœur Juana s'était très bien occupée d'Isabel, elle avait même cherché parmi ses amis un bienfaiteur pour payer les 3 000 pesos de dot que demandait le couvent.

— J'ai eu beaucoup de chance, en réalité, reprit sœur Isabel, et Alina ne put qu'acquiescer.

Son amie, grâce à l'éducation donnée par sa tante, gagnait aujourd'hui son propre argent en copiant des livres, des textes de loi et des partitions. Le jour où sa tante viendrait à disparaître, tout ce que la femme gagnait avec ses *loas*, ses *villancicos* et ses champs et propriétés reviendrait à Isabel. L'enfant naturelle dont personne ne voulait deviendrait la plus riche de la famille.

— Ne t'es-tu jamais dit que ta vie pourrait être différente ? questionna sœur Andrea, tremblante. N'as-tu jamais eu la sensation que ces murs t'asphyxiaient ? N'as-tu jamais eu envie de partir en courant par la grande porte et de ne t'arrêter que lorsque tes jambes n'auraient plus de forces ? De voir la montagne... la mer... la jungle ?

Sœur Isabel posa sa coupe et mit une main ferme sur celle de sœur Andrea. Elle parla soudain d'un ton qui rappelait celui de sœur Juana.

— Ce serait une torture de m'imaginer les mille et une portes ouvertes à d'autres et pas à moi ; toutes les vies que j'aurais pu vivre et que je ne vivrai pas. Imagine que, chaque nuit, je pense à tout ce que j'aurais pu faire dans la journée, pour lequel je n'ai eu ni temps ni énergie. Qui parviendrait à dormir, ainsi ?

Alina soupira.

Comme les circonstances étaient injustes pour elles toutes ! Aucune n'était arrivée au couvent par sa propre volonté. Elles n'avaient pas non plus la possibilité d'en sortir sans dommages. Quel monde étrange que celui où l'on ne peut trouver liberté et sécurité qu'en restant enfermée entre quatre murs !

Elles étaient plongées dans leurs pensées quand la porte s'ouvrit à la volée.

Sœur Isabel étouffa un cri, Alina renversa la moitié du xérès et Andrea laissa tomber ce qu'elle mangeait sur le panier de haricots triés.

Mais ce n'était que sœur Juana. En les voyant ainsi réunies, la poétesse s'empressa de refermer la porte. Les trois jeunes femmes poussèrent un soupir de soulagement.

— Tonalta m'a dit que vous étiez là, dit-elle à Alina et à sa nièce.

Puis, avec une expression insondable, elle détailla sœur Andrea et les réserves de nourriture autour d'elle.

Elle dut lire le désespoir dans les yeux de la jeune femme car, au lieu de la réprimander, elle prit une de ses mains enchaînée et la porta à ses lèvres pour l'embrasser. Alina distingua une vague étincelle dans ses yeux ; l'indice d'une larme que sœur Juana sut très bien contenir.

— Sœur Elena ? dit-elle, et Alina se leva.

— Oui ?

— Viens. On te demande au parloir.

— Moi ? Cela veut-il dire que les parents d'Andrea sont déjà...

Voyant l'expression de la poétesse, elle s'éclaircit la voix.

— À vos ordres, ma sœur.

Avant de partir, sœur Juana montra la nourriture et la carafe.

— Dépêchez-vous de terminer, dit-elle d'une voix un peu tendue. Isabel, assure-toi de nettoyer jusqu'à la dernière miette...

Puis elle ferma la porte et prit la direction du parloir.

— Qui me rend visite ? questionna Alina, pressant le pas.

Sœur Juana inspira un grand coup, jouant avec les perles de son chapelet.

— Le fils de M. Horcasitas.

LOUVES (II)

Nicanor attrapa le bras de Matea avec brutalité. La jeune fille gémit, se débattit, mais il n'y avait rien à faire. Au moment où la cuisinière l'empoignait par les cheveux, une voix tonitruante retentit.

— Où donc est passée cette domestique ?

Matea sursauta, saisie d'effroi. Le silence retomba d'un coup. On n'entendait que l'huile brûlante qui barbotait dans les casseroles.

Dans l'encadrement de la porte se découpait la silhouette d'un... tas de sacs de jute ? Matea cligna des paupières, aveuglée par le soleil, et reconnut alors d'énormes jupons, si larges qu'ils ne passaient pas par l'ouverture.

Les jupons se resserraient sur une taille mince, étranglée par un corset ajusté à l'extrême, qui révélait une poitrine froissée, couverte de perles. Plus haut, un visage squelettique et désagréable les observait avec impatience.

— *Señora* de La Corcuera, dit Mariquita, lâchant les cheveux de Matea pour faire la révérence.

Nicanor ne se montra pas aussi respectueux : il demeura dans sa position et resserra son étreinte.

— Toi ! lâcha la femme, montrant Matea avec un éventail. Tu es l'Indienne qui prétend qu'elle vient de San Jerónimo pour voir doña Elvira ?

— Oui, oui ! répondit Matea, soulevant son panier. J'apporte ces cadeaux de la part des petites mères.

— Viens vite, madame la vice-reine est lasse de t'attendre, ordonna la vieille courtisane avec un regard assassin pour Nicanor.

Le valet n'eut d'autre choix que de relâcher Matea, qui sortit des cuisines sans oser regarder derrière elle.

Tandis qu'elles traversaient la cour, Matea eut le temps de repenser aux paroles de Mme de La Corcuera.

— *Señora*... vous avez dit... que madame la vice-reine m'attend ?

— Oui, es-tu sourde ?

Le cœur de Matea se serra.

— Mais... mais la *señora* sait pas que je suis là ! Ces cadeaux sont une surprise, je...

Mme de La Corcuera lui répondit par un ricanement sadique.

Matea, dans l'escalier, tenta de se calmer. Elle avait échappé au *comal* pour mieux tomber dans la gueule du loup !

De la galerie supérieure, la petite domestique vit que Nicanor et Mariquita la suivaient du regard, sans cligner des yeux.

Une seule porte était ouverte, au bout du couloir, gardée par deux soldats.

La courtisane se rengorgea en passant, mais les gardes furent distraits par la silhouette de Matea, qui hésitait à entrer dans cette grande galerie plongée dans la pénombre.

— Dépêche-toi, mollassonne ! tonna La Corcuera.

Matea, tels les chats de sœur Quintina quand celle-ci voulait les laver, s'exécuta.

Elle ignorait qu'il s'agissait de la salle des gardes du palais, où d'immenses peintures à l'huile représentaient les 15 mystères du rosaire.

À cet instant, en lieu et place des soldats se tenait une réunion de femmes nobles et de jeunes filles, groupées au fond de la salle.

Certaines étaient assises sur des chaises et des fauteuils capitonnés, tandis que les plus jeunes s'étaient installées à même le sol, sur des tapis et des coussins turcs, leurs jupons gonflés autour d'elles comme des tapis brodés. Un page nain jouait d'un luth plus gros que lui ; deux esclaves africains, dans leurs redingotes de velours, distribuaient petits-fours et liqueurs. Les femmes se rafraîchissaient à l'aide de délicats éventails de soie, de plumes ou d'écailles, bruissant telle une multitude d'insectes agités.

Matea reconnut immédiatement la vice-reine, assise au milieu, avec ses jupes de soie et de perles cascadant sur sa chaise. Son ocelot, couché sur ses genoux, ronronnait sous ses caresses. Son énorme nez, auquel sœur Juana avait consacré tant de rimes, était tourné vers la dernière des toiles, que plusieurs femmes de chambre décoraient de fleurs, de rubans et de bougies. Le tableau, magnifique, représentait le mystère de l'Assomption. Cependant Matea n'y fit que très peu attention ; ces domestiques, se dit-elle, Espagnoles ou *criollas*, portaient toutes des tenues élégantes, avec de la dentelle au cou et aux poignets.

Brusquement sa propre robe, qui dans un premier temps l'avait fait se sentir noble, lui sembla inappropriée : un tissu simple, pas de décorations, à peine quelques volants sur les manches et un ourlet délavé après d'innombrables lavages.

Quand les dames se retournèrent pour la regarder, Matea s'attendit qu'elles se moquent. Malgré tout, elles l'ignorèrent ; pour elles, Matea n'était qu'une servante parmi d'autres.

— Doña Elvira, dit Mme de La Corcuera, l'Indienne est là.

La vice-reine détourna lentement les yeux du tableau.

Comme lors de leur dernière rencontre, Matea plongea dans une profonde révérence, touchant presque le sol avec ses genoux.

À sa grande surprise, la vice-reine la reconnut immédiatement.

— Encore toi ! s'exclama-t-elle.

Matea ne put s'empêcher de faire la moue.

« Une mémoire d'éléphant », avait dit Góngora.

— La connaissez-vous, madame ? demanda La Corcuera.

— Mais oui, idiote, tu ne te rappelles pas ? Elle est venue ici au moment du scandale avec don Góngora.

Les dames chuchotèrent, goguenardes.

La Corcuera s'approcha de Matea et lui souleva brutalement le menton.

— C'est vrai !

— Qu'elle s'approche, ordonna la vice-reine tandis que La Corcuera poussait Matea vers les dames.

Même avec ses chaussures, Matea sentit le moelleux du tapis alors qu'elle zigzaguait à travers cette mer de jupons. Elle fit très attention à ne pas marcher sur les soieries orientales, les perles ou la dentelle de Flandre, ni renverser les tasses de porcelaine.

Arrivée devant la vice-reine, elle garda les yeux rivés sur les ourlets de ses jupons. Des souliers d'or, aussi pointus que des flèches, dépassaient de la robe.

— As-tu apporté la commande de Julianita ? grogna doña Elvira.

— La… ?

— Apporte-moi ça.

Avant que Matea ait pu réagir, la vice-reine lui arracha son panier.

— Voici du chocolat et des vers de San Jerónimo, dit-elle timidement. Et des chauss…

— Chuuut !

La vice-reine jeta le paquet de chocolat sur le fauteuil sans même le regarder. C'est l'ocelot qui se chargea d'en arracher l'emballage multicolore. Doña Elvira fit de même avec les souliers brodés et trouva alors le message de sœur Juana. Elle se dépêcha de rompre le sceau.

— Des vers ! dit-elle avec sarcasme, regardant les lignes sans les lire.

Soudain, son sourire moqueur se mua en une moue suspicieuse.

— Cela signifie-t-il que Juana Inés est mêlée à tout cela ?

Elle déplia la feuille jusqu'au bout.

— Cette imbécile n'a même pas signé !

Elle jeta un coup d'œil effroyable à Matea, qui rit nerveusement.

— Oh... Vous savez comme la mère Juana Inés aime l'humour.

— Pff ! souffla la vice-reine, avant de se débarrasser du poème et d'attraper le petit flacon de teinture de saule.

Elle en ôta le bouchon et renifla le contenu. Au grand étonnement de Matea, et de la vice-reine elle-même, l'arôme semblait agréable.

— Est-ce ce dont tu me parlais ? demanda-t-elle à l'une de ses courtisanes.

La belle jeune femme, sûrement la fameuse Julianita de Zaragoza, se leva pour le humer à son tour.

— Oui, *mi señora.* Ça y ressemble, mais ce n'est pas le même.

Matea se rappela avec horreur la petite bouteille d'arnica qui, aux dires du père Nuñez, avait disparu. Doña Elvira claqua des doigts. Un valet lui apporta un mouchoir finement brodé, qu'elle déroula pour révéler un flacon couleur ambre.

Il était là ! Doña Elvira l'avait depuis le début ! Exactement comme l'avait pressenti sœur Juana.

La vice-reine rapprocha les deux bouteilles. Elles étaient identiques.

— Ah ! proféra-t-elle en même temps qu'elle débouchait l'autre flacon. Tu as raison, dit-elle à Julia. Ce n'est pas la même chose.

Elle braqua sur Matea des yeux féroces.

— Veulent-elles nous duper ?

Matea avait les mains moites, les jambes tremblantes et le cœur affolé.

— Ce… ce que ma maîtresse a vendu à don Antonio était de l'arnica, réussit-elle à articuler. La lettre demandait du saule blanc. Je peux vous l'apporter, si vous me croyez pas !

Doña Elvira ne répondit pas. Quand Matea osa la toiser, elle vit que la vice-reine fusillait Julianita du regard.

— T'es-tu trompée dans ta commande, triple buse ?

La jeune courtisane blêmit.

— Je… J'ai… Aïe, *mi señora*, je n'ai pas beaucoup d'expérience en médecine… Comment aurais-je pu savoir quelles différences il y avait dans…

— Stupide ! rugit la vice-reine en lui lançant le flacon d'arnica à la figure. Je vais te donner une cuillère de miel et une de lessive pour que tu voies s'il y a une différence ! Le plan était de prendre les religieuses par surprise !

Julianita tomba à genoux, pleurnichant de façon théâtrale :

— Pardonnez-moi, doña Elvira ! Je…

— Hors de ma vue ! Et ne t'avise pas de reparaître tant que je ne t'aurai pas fait appeler !

Un employé africain s'approcha pour l'aider à se lever et la conduisit au salon d'une main ferme. Mme de La Corcuera affichait un sourire satisfait.

— Toi ! vociféra doña Elvira, désignant une autre dame à qui elle tendit le flacon de saule blanc. Fais la même chose qu'avec l'autre : essaie-le sur un chien errant. S'il lui arrive quelque chose, viens me le dire tout de suite.

Tremblant des pieds à la tête, la jeune fille fit une révérence et sortit en courant.

La vice-reine se tourna vers Matea.

— Je devrais peut-être t'envoyer au cachot avec les prisonniers jusqu'à ce qu'on me dise si ce chien est mort ou non.

Matea comprit que la meilleure chose à faire était de se taire. Elle ne savait pas comment elle sortirait de là. Ni dans quel état.

La vice-reine agita son éventail.

— Si tu me dis la vérité, il se pourrait que je te laisse partir.

Matea respirait à toute vitesse, la bouche de plus en plus sèche.

— La vérité ?

— La vérité, répéta la vice-reine. Dis-moi : les religieuses du couvent ont-elles empoisonné don Antonio ?

— Aïe, non, *señora* ! Bien sûr que non ! Je le jure sur Dieu et la Vierge Marie.

— Alors, que fais-tu au palais ? Pourquoi m'envoie-t-on ces cadeaux précisément aujourd'hui ?

Matea se tritura les doigts.

— De… demain, c'est l'Assomption, et…

— Ne fais pas l'innocente, interrompit la vice-reine. Les gardes nous ont informées de ton arrivée il y a un moment, puis tu as disparu. Es-tu venue fouiner ?

— Je l'ai trouvée dans les cuisines, intervint La Corcuera. D'après ce que j'ai entendu, on l'accusait de poser trop de questions.

Les yeux de la vice-reine roulèrent, contemplant Matea avec un plaisir sadique.

— Des questions ? Lesquelles ? Cherchais-tu à savoir si l'une des cuisinières pouvait porter le chapeau ?

— Certainement, ponctua La Corcuera avec un rictus.

— Les hiéronymites ne vendent que des remèdes, madame, insista Matea, prenant son courage à deux mains.

Les doigts de doña Elvira, qui jouaient avec le panier, tombèrent sur l'autre flacon préparé par Alina. Elle le souleva.

— Qu'est-ce que c'est ? Un autre poison ?

Matea sentit une goutte de sueur couler le long du dos. Cela, lui avait confié la *niña* Alina, était une préparation d'aconit, cette plante qui avait empoisonné don Antonio mais qui, bouillie et filtré correctement, pouvait soigner les gens.

— Réponds !

— Aucune idée, madame, mentit Matea. Je suis juste la messagère.

Doña Elvira grogna.

— Ne joue pas à ça ; ce n'est pas pour rien que je me souviens de toi. La dernière fois, j'ai demandé qu'on m'envoie une domestique intelligente pour répéter mot pour mot ce que j'avais à dire. J'ai été très surprise qu'on m'envoie une Indienne !

Matea n'y tint plus.

— Oui, *señora*. Et ce que vous m'avez dit était assez scandaleux pour que je m'en souvienne.

Le silence se fit, comme dans ces moments qui précèdent les pires coups de tonnerre. Les dames se couvrirent la bouche, les domestiques se figèrent devant le tableau fleuri, et l'un des esclaves fit dangereusement vaciller un pichet de chocolat.

Tout le monde savait bien à quoi Matea se référait : les amants de la vice-reine, tant ceux qu'elle avait rencontrés en Nouvelle-Espagne que celui qu'elle avait laissé à Madrid.

Les yeux de la comtesse s'écarquillèrent. Elle se pencha en arrière et prit son inspiration, comme une bête sauvage prend de l'élan. L'ocelot, voyant venir l'orage, sauta du fauteuil et alla se cacher derrière les jupons des courtisanes.

— Comment oses-tu ? siffla la vice-reine tel un serpent.

Puis elle se leva d'un bond, secouant le flacon.

— Tu n'es qu'une Indienne métisse. Comment oses-tu me parler ainsi ?

Matea recula, les mains sur le visage. Ses pieds se prirent dans les jupons des dames et elle s'étala de tout son long. Au milieu des mousselines et des damas, elle vit la vice-reine foncer sur elle, ses très larges jupons en crinoline comme des cabestans au milieu d'une tempête. Elle brandit le flacon tel un silex, prête à le lui jeter à la figure.

— Cette commande est pour moi !

Le cri, sorti de nulle part, résonna le long de la galerie comme s'il provenait des deux côtés à la fois.

— Mais qui est-ce que… ?

Doña Elvira resta pantoise tandis que tous les visages se tournaient vers l'entrée. Matea en profita pour ramper loin de la vice-reine en colère, et c'est alors qu'elle aperçut trois ombres, noires comme la nuit, qui entraient dans le salon.

Même si elle ne l'avait vue qu'un instant alors qu'elle descendait de sa calèche, Matea reconnut la veuve de M. Horcasitas : râblée, le visage rond, les mains jointes devant elle et tremblant de la tête aux pieds. Elle était aussi terrifiée que Matea, mais on voyait que sa colère prenait le dessus.

Derrière elle se tenaient deux adolescentes, ses filles.

— Pour vous, doña Catarina ? demanda la vice-reine d'une voix mielleuse en baissant lentement le flacon.

La veuve s'approcha du cercle, juste quand Matea parvenait à s'en extirper.

— Oui, pour moi, répéta la veuve. Cette domestique peut en témoigner.

Matea acquiesça mais ne put pas placer un mot.

— Qu'est-ce que c'est ? coupa la vice-reine.

— Ce sont des affaires personnelles, répondit doña Catarina.

La vice-reine se mit à rire, s'approchant telle une louve à l'affût. Matea était arrivée près des deux jeunes filles en deuil.

— Vous avez écrit aux hiéronymites pour leur acheter davantage de poison ? Y a-t-il quelqu'un d'autre à la cour dont vous aimeriez vous débarrasser ?

Mme de La Corcuera avait retrouvé sa place au sein de cette meute de louves et se pourléchait les babines.

— Ceci est un remède, Votre Excellence, répliqua doña Catarina. Voulez-vous qu'une de vos dames le goûte ? Ainsi, vous n'aurez plus de doutes.

La vice-reine, furibonde, montra les dents.

— Pourquoi ne le goûtez-vous pas vous-même ? Je veux dire... Si vous l'avez demandé, c'est bien que vous souffrez de quelque chose... Ou bien cela ne vous a-t-il pas suffi d'assassiner votre mari ?

Plusieurs dames ouvrirent la bouche, prêtes à se gausser, mais la réponse de doña Catarina fut si rapide et tranchante que personne n'eut le temps d'émettre le moindre son.

— Et vous, cela ne vous a-t-il pas suffi de vous envoyer en l'air avec votre beau-frère ?

Là, il y eut une cacophonie de cris étouffés, d'agitation d'éventails et de verres renversés. Quelqu'un dut marcher sur la queue de l'ocelot, car l'animal feula et courut se cacher sous les jupes.

La vice-reine était bouche bée, comme si sa mâchoire s'était disloquée.

Sans se faire prier, doña Catarina lui arracha le flacon, pivota sur ses talons et poussa ses filles vers la sortie. Matea les suivit sans hésiter.

— Rendez-moi cela ! rugissait doña Elvira, sans succès. Et ne me tournez pas le dos ! Tudieu ! Je suis la comtesse de Galve, pas l'une des catins de votre mari !

Doña Catarina se retourna, le visage ruisselant de larmes.

— Et moi, *señora*, je suis la cousine du duc de Medinaceli. Fichez-nous la paix, ou vous verrez vos contacts à Madrid et à Rome informés des aventures de « Votre Excellence » en Nouvelle-Espagne.

Sa voix s'était brisée. Cette femme n'était clairement pas habituée à ce genre de confrontation.

Le flacon serré entre ses mains, elle disparut.

Matea lui courut derrière, laissant les vociférations de la vice-reine et le fracas des plateaux d'argent contre le sol et les murs. Elle descendit l'escalier sur les talons de la veuve et de ses filles. Arrivées au rez-de-chaussée, elles virent les souliers brodés s'envoler puis s'écraser au centre de l'esplanade.

Matea se mordit la lèvre. Ses battements de cœur étaient toujours frénétiques, et ses mains gelées, mais…

— Aïe, pardon, mais moi elles me plaisent bigrement, ces chaussures…

Elle se dépêcha d'aller les ramasser, sous le nez de doña Catarina qui la prit par le poignet, brandissant le flacon.

— Jure-moi que ceci n'est pas du poison !

— Je vous le jure, sur Dieu et la petite Vierge sainte. Si vous voulez, je vous le prouve ici même et...

— Non, non. Je te crois. Es-tu sûre que cela fait baisser les fièvres les plus terribles ?

— Ben... c'est ce que dit ma maîtresse. Qu'il suffit de deux petites gouttes par jour et voilà.

— Peut-on faire confiance à cette religieuse ?

— À part la sœur Juana Inés, dit Matea avec force conviction, je ne connais pas d'autre dame plus intelligente sur la Terre.

L'espace d'une minute, doña Catarina scruta les yeux de Matea, sautant de l'un à l'autre comme si elle cherchait une réponse qu'elle ne parvenait pas à trouver.

D'autres plateaux et pièces de porcelaine éclatèrent. La veuve lâcha Matea.

— Pars vite, lui dit-elle, s'en allant avec ses filles à son tour.

L'une d'elles, la plus jeune, lui adressa un regard étrange. Presque comme de la reconnaissance.

C'est alors que Matea entendit une voix familière.

— La commère est revenue ! s'exclama Nicanor depuis les cuisines.

Sans demander son reste, Matea souleva ses jupons et sortit ventre à terre par le portail des calèches, priant pour n'avoir jamais plus à entrer dans le palais royal.

DE MAL...

— Parle le moins possible, conseilla sœur Juana, penchée sur l'oreille d'Alina.

La poétesse avait déjà ouvert la porte, et la première chose que vit Alina en entrant fut le visage furibond de la mère Encarnación. Elle était assise près de la jalousie, chose qu'elle ne faisait jamais, les bras croisés, la poitrine agitée. Elle scrutait la grille avec cette expression qui faisait fuir les domestiques comme des poulets sans tête.

— Je le savais ! cria l'abbesse en la voyant. Je n'aurais jamais dû te laisser préparer tes potions de...

— *Madre* ! l'interrompit sœur Juana avec un signe de tête vers la cloison.

Alina aperçut la silhouette du fameux Toñito, et comprit immédiatement pourquoi on l'avait affublé de ce surnom. On aurait dit un bébé dodu, aux cheveux bouclés et aux joues carmin, les sourcils froncés et la lèvre inférieure sortie comme s'il boudait.

Et pourtant, il y avait quelque chose d'odieux dans son regard, une rancœur que ses traits infantiles rendaient plus sinistre encore.

— Sœur Alina ? demanda-t-il d'un ton hautain.

— Elena, corrigea l'abbesse.

Toñito lui sourit avec sarcasme.

— Je veux lui parler en privé.

— En privé ? répéta la mère Encarnación, les sourcils levés. Crois-tu que cet endroit soit une maison de passe ?

— Ce que j'ai à…

— Je suis la mère supérieure de ce couvent ! Si mes ordres ne te plaisent pas, tu peux t'en aller.

Elle claqua des doigts et Demetria, de l'autre côté du parloir, alla ouvrir la porte.

Toñito ne bougea pas, attendant patiemment qu'Alina et sœur Juana s'asseyent. Demetria allait fermer de nouveau, mais sœur Juana leva une main.

— Laisse ouvert, Demetria. Le jeune homme va bientôt s'en aller.

Alina eut un léger sourire. Sœur Juana savait donner le ton de la conversation dès ses premiers mots.

— Je crois que la sœur Elena préférerait que nous fermions, insista Toñito.

— Il n'y a pas de secrets, ici, dit sœur Juana. Hâtez-vous de parler, car ce sera bientôt l'heure de la none, puis de la sieste.

Toñito sourit.

— Avec tout mon respect, mes sœurs, je crois que vous ne parviendrez pas à dormir après ce que je vais vous dire.

— Exprimez-vous, alors, le pria sœur Juana. *Et ne nous faites pas miroiter le sensationnel quand vous n'avez que des bagatelles.*

Alina rougit, mais rien de comparable avec la couleur qui enflamma les joues du tout récent M. Horcasitas.

— Bien, répliqua-t-il, regardant d'abord la porte puis les religieuses. Si vous voulez qu'on entende notre conversation jusque dans la rue, libre à vous.

Cependant, il se leva, s'approcha de la grille et baissa la voix.

— Je sais. Je sais tout.

Sœur Juana empêcha Alina de répondre.

— Tout ? s'enquit-elle, tout sourire. Et moi qui viens d'écrire un recueil de plus de 900 vers pour me plaindre que je ne savais rien... J'aurais dû faire appel à vous !

Toñito grogna, les poings serrés. Alina se l'imagina donner un grand coup sur la dalle, comme ses élèves quand elles voulaient que la leçon se termine plus tôt. Mais alors elle le regarda dans les yeux et y trouva de nouveau cette petite lueur inquiétante.

— Je sais que vous avez tué mon père. Vous l'avez empoisonné.

Derechef, sœur Juana retint Alina par la main. Le silence se prolongea, et, à mesure que le temps passait, les joues du jeune Horcasitas s'empourpraient.

— Vous... vous n'allez pas réagir ? cria-t-il.

— À quoi bon ? répondit sœur Juana. Puisque vous prétendez tout savoir.

Toñito se frotta le visage avec frustration.

— Je sais que le poison qui l'a tué a été préparé ici. Je sais que vous l'avez confectionné avec des maléfices chinois.

Alina sentit un grand froid dans sa poitrine. Elle aurait voulu se lever, crier, demander à ce Toñito comment il avait appris tout cela.

Elle s'en remit à sœur Juana, mais celle-ci avait perdu de son assurance, et même, elle avait pâli.

La poétesse se racla la gorge discrètement.

— Un jeune éclairé comme vous... qui parle de maléfices chinois ?

Cette fois, Toñito ne mordit pas à l'hameçon.

— J'ai le livre de comptes de ce vendeur d'opium qui vous a approvisionnée.

Alina ne put s'empêcher de pousser un cri étouffé.

Alors comme ça, Toñito avait envoyé l'alguazil et ses hommes à la boutique de M. Fechuán ! Comment ? Qui lui avait parlé de cette plante ? Qui lui avait dit qu'on ne pouvait en obtenir que chez les apothicaires chinois ?

— Je l'ai inspecté page par page, poursuivit-il. L'homme y a consigné tous les philtres et les cochonneries qu'il a commercialisés durant ces trois dernières années. Pendant tout ce temps, il n'a vendu cette plante... tue-loup ou aconit ou quel que soit son nom... qu'une fois. Une seule fois. Une commande spéciale pour San Jerónimo. Savez-vous ce que cela signifie ?

Personne ne répondit. Demetria, sans que personne le lui demande, alla fermer la porte avec discrétion.

Toñito sourit d'un air triomphant.

— Oui, vous faites bien. Ce poison n'a pu sortir que de ce couvent. Personne d'autre, dans toute la Nouvelle-Espagne, n'en a possédé.

Alina sentit la main de sœur Juana se poser de nouveau sur la sienne. De toute façon, elle n'aurait pas été capable d'aligner deux mots.

L'abbesse était pantoise, et sœur Juana semblait confuse : ses yeux roulaient d'un côté à l'autre tandis que son esprit travaillait à toute vitesse.

— Pouvons-nous voir ce livre de comptes ? demanda-t-elle enfin.

Toñito lâcha un rire forcé.

— Vous pensez que j'allais l'apporter ? Je sais que l'assassin de mon père vit ici !

— Si vous croyez que ce cloître est un repaire de criminelles, pourquoi prendre le risque de venir ? D'ailleurs... désirez-vous boire quelque chose ? Un *rompope* ou autre breuvage similaire ?

Toñito souffla d'impatience.

— Voulez-vous cesser de faire l'imbécile ? Je connais votre réputation.

Sœur Juana, malgré tout, ne put éviter un bref sourire ; jamais on ne l'avait traitée d'imbécile et d'érudite dans la même phrase.

— Tu n'es pas non plus aussi médiocre que ton visage nous porte à le croire, déclara-t-elle en abandonnant ce « vous » ridicule. Pourquoi es-tu venu ? Si tu es si certain que ce couvent a préparé des poisons et des maléfices, pourquoi ne pas en référer directement à l'alguazil ou à l'archevêque ?

Toñito, sans se presser, retourna s'asseoir. Il entrelaça les doigts avec un air satisfait.

— On peut toujours trouver un arrangement.

L'éclat de rire de l'abbesse fit sursauter Alina comme un coup de fouet.

— Voilà à quoi rime ton petit manège ! Tu viens nous acheter !

Toñito se borna à soutenir son regard. Ceci n'appelait pas de réponse.

— La dette envers ma grand-mère…, murmura Alina, incapable de se retenir.

— Ainsi donc, toi aussi, tu savais ? s'étonna Toñito. J'ai toujours cru que mon père et ta grand-mère avaient gardé notre engagement secret.

— Engagement ?! s'écria Alina.

Toñito secoua la tête avec impatience.

— Ou bien, non.

— Nous savions que ton père avait donné de l'argent à ma grand-mère, mais…

Sœur Juana reprit la main d'Alina. Il ne fallait pas donner la moindre miette d'information à Toñito !

— C'est exact, dit-il. Une dette plutôt importante, comme me l'a appris le comptable de doña Marina. Il m'a suffi de lui offrir un secrétaire en acajou pour qu'il me raconte tout ; y compris que vous l'aviez fait appeler hier ou avant-hier. Il m'a dit aussi qu'il y a un peu plus d'un an, mon père était endetté jusqu'au cou. C'est là qu'il est allé voir la comtesse de Gijón pour lui proposer de nous marier tous les deux.

Alina resta bouche bée.

— Ta grand-mère a accepté, à la condition que ta dot ne dépasse pas les 3 000 pesos que lui coûterait le fait de te cloîtrer ici. Mon père a demandé le paiement d'avance, et en pesos d'or, pour pouvoir les dépenser immédiatement. Ce que ta grand-mère a fait ; mais dès que mon père a eu l'argent en main, il a décidé de rompre l'engagement. Il a prétexté avoir entendu dire que tu étais très insolente, que tu collectionnais les insectes, qu'il t'arrivait d'enflammer des objets… Déjà à cette époque, tu pratiquais la sorcellerie.

— Il a rompu l'engagement mais n'a pas rendu l'argent, murmura Alina.

Toñito rit entre ses dents.

— Surprise ? Je l'étais aussi. Encore plus quand j'ai appris que mon père avait joué le même tour à d'autres familles. Il parvenait toujours à trouver une clause rendant caduc le contrat ; la plupart du temps, l'honneur était en jeu. De cette façon, les familles de mes futures épouses n'osaient pas réclamer leur dû publiquement. Dans ton cas, il a invoqué la folie.

Alina fit les comptes. Si cela s'était produit un peu plus d'un an auparavant, c'était donc juste avant que la comtesse de Gijón commence à chercher un couvent adéquat. Soudain, elle bénit sa chance : si don Antonio n'avait pas rompu l'engagement, à l'heure actuelle, Alina serait l'épouse de cet horrible jeune homme à la langue de serpent et au visage poupin.

— Le seul paramètre que mon père n'avait pas pris en compte était l'avarice de ta grand-mère, poursuivit Toñito. J'ai trouvé des lettres dans ses appartements, dans lesquelles doña Marina menaçait de saisir la justice s'il ne remboursait pas sa dette dès son retour d'Espagne. Elle précisait qu'elle se moquait fort de ce que ma famille pourrait dire à ton sujet : que tu étais déjà cloîtrée et ton frère bien marié, et que cela n'y changerait rien.

Alina se carra sur sa chaise. Voilà pourquoi la lettre que don Carlos avait trouvée mentionnait son nom.

— C'est là le marché que tu proposes ? questionna-t-elle. Tu veux que ma grand-mère efface la dette ?

— Pas seulement, répondit Toñito avec un petit rire teigneux.

Alina bouillonnait.

— Tu es fou si tu crois que je vais accepter de me marier avec une vipère comme toi !

— Me marier avec toi ? Ha ! Et on dit que les religieuses ne pèchent pas par vanité… Non. Pourquoi jouerais-je cette carte avec toi si je peux la garder pour une autre partie ?

— Alors que veux-tu ? le pressa sœur Juana qui, à son expression, le suspectait déjà.

Toñito fit une courte – mais dramatique – pause.

— Tu vas prendre 10 000 pesos des coffres de ta grand-mère et me les donner.

— 10 000 ! s'écrièrent les trois religieuses d'une même voix.

— Toutefois, je ne suis pas aussi exigeant que mon père, dit Toñito, se frottant le menton. Il n'est pas nécessaire de me payer en pesos d'or. Tu peux ajouter des terres, des bijoux, ou autre.

— Je n'ai pas accès à l'argent de ma grand-mère, répliqua Alina. Et même si c'était le cas, lorsque la vieille reviendra et verra que j'ai pris 10 000 pesos, elle est capable de briser le tour et le portail et de les utiliser pour me tuer en me frappant avec.

Toñito ricana.

— Pour ton premier problème, je suis sûr que tu peux faire quelque chose. Il n'est pas difficile de contacter son comptable, et comme je vous l'ai raconté, il est très simple de le soudoyer. Si vous voulez, je le fais appeler moi-même.

— Comme c'est aimable de votre part, murmura Demetria, et personne ne prit la peine de la reprendre.

— Quant au second : je me moque de la façon dont la comtesse te réprimandera. Penses-y : la colère de ta grand-mère... la colère de l'Inquisition... T'a-t-on raconté comment on traitait les femmes accusées de sorcellerie ?

— Nous ne pratiquons pas la sorcellerie ! brama l'abbesse, quand bien même elle avait elle-même souvent reproché de telles choses à Alina.

Toñito souriait toujours.

— Prouvez-le à l'archevêque.

— Ces affaires mettent des mois voire des années à être élucidées, rétorqua sœur Juana. Plus, en prenant en considération que nous avons des ressources pour nous défendre. Et nous pouvons toujours prétendre que ton petit livre de comptes a été falsifié.

— Je doute que le jugement soit si long avec un cadavre au milieu, rétorqua Toñito, d'autant que ma mère fera pression sur le vice-roi pour qu'il rende justice. On m'a dit aussi que l'archevêque haïssait ce couvent : lui-même, s'il croit qu'une hiéronymite doit être condamnée pour assassinat et sorcellerie, saura jouer de son influence. Je n'ai qu'une chose à faire : lui apporter ce registre et lui raconter mes soupçons.

Ces mots flottèrent quelques instants. Demetria, dans son dos, le regardait avec une rancœur indescriptible.

Alina secoua la tête. Comment un gamin hargneux pouvait-il les mettre en échec de cette manière ?

— Toutes les cartes sont en ta faveur, murmura sœur Juana, non avec crainte, mais plutôt d'un air… menaçant.

Lâchant la main d'Alina, elle se mit debout et s'approcha à pas très lents de la jalousie. Elle contempla Toñito avec des yeux scrutateurs.

— C'est toi qui l'as tué, n'est-ce pas ?

L'héritier de Horcasitas bégaya.

— Qu… quoi ?

— Ton père était un débauché de la pire espèce : coureur de jupons, noceur, menteur, qui t'a vendu au plus offrant non pas une, mais plusieurs fois… Humiliant ta mère en la narguant avec sa liste interminable de maîtresses… Cela ne m'étonne pas que tu aies décidé de le supprimer.

Toñito ouvrit et ferma la bouche, soudain muet.

— Et maintenant qu'il n'est plus là, continua la religieuse, c'est toi qui ordonnes et qui disposes. *Comme le régicide si renommé, qui porte le fer puis récupère la couronne si convoitée.*

Elle sourit légèrement, ravie du malaise qu'elle avait créé chez le gamin.

— *S'enracinent et croissent, sereins, les poisons d'antan, semant leurs graines et répandant leurs tourments…*

Le carmin des joues de Toñito gagna uniformément son visage.

— Tu avais déjà connaissance de la dette, fustigea sœur Juana. Même avant de parler au comptable. Tu savais que la comtesse de Gijón serait en voyage et qu'elle ne pourrait pas s'en mêler. Tu as pu empoisonner don Antonio à tout moment et avec n'importe quelle substance, mais tu as su attendre le meilleur moment possible. Toi et le valet de ton père…

Elle eut une moue faussement innocente.

— Nicanor, c'est bien ça ?

Toñito retrouva l'usage de la parole, incapable de dissimuler sa surprise.

— Comment… comment connaissez-vous Nicanor ?

Au tour de sœur Juana de sourire.

— *La carte, sournoise, se prétend roi d'épée. Mais retourne-la et c'est un trois de coupe qui apparaît…*

Toñito se leva d'un coup, manquant renverser sa chaise. Il fit mine d'avancer vers la grille, puis s'arrêta à mi-chemin et recula. Comme s'il voulait éviter que la religieuse l'étudie de près.

— Inepties ! s'écria-t-il. Vous sortez des inepties de votre manche !

Sœur Juana répondit avec le plus grand calme.

— Selon moi ce sont des inférences plutôt raisonnables. Et deux ou trois personnes m'ont dit que j'avais un jugement plus ou moins acceptable.

Le jeune homme, les deux poings sur la taille, se redressa de façon théâtrale.

— Vous essayez de m'accuser ? Eh bien, réunissez vos preuves comme j'ai réuni les miennes. Je sais aussi que ce Góngora a inspecté le cadavre de mon père sans notre permission. L'alguazil lui-même me l'a confirmé, et l'on m'a dit aussi que, d'après ce qu'a vu l'aumônier, seul le poison des Chinois a pu tuer mon père. Si le Saint-Office interroge Góngora sous serment, il ne pourra mentir, quand bien même c'est votre ami.

Sœur Juana s'approcha de la grille.

— Fais ce que te dicte ta conscience. Rappelle-toi seulement que, ici aussi, nous savons jouer aux cartes.

Toñito battit en retraite comme si le regard de la religieuse était une main invisible qui le maintenait à distance. Mais, comme tout vantard, il ne changea pas son discours.

— Vous avez jusqu'à demain, martela-t-il en se dirigeant vers la porte. Si je n'ai pas de nouvelles de vous à la mi-journée, j'irai personnellement trouver l'archevêque et je lui remettrai tout.

— Demain, c'est l'Assomption, rappela sœur Juana. L'archevêque ne pourra pas te recevoir.

Toñito ne répondit pas. Il pointa un doigt sur Alina.

— 10 000 pesos. Si tu estimes que ta vie vaut autant.

Et il sortit à grandes enjambées sans un regard en arrière.

Les religieuses passèrent du parloir à la très austère cellule de la mère Encarnación. Demetria leur rapporta des coupes de xérès contre la bile. Tandis que l'abbesse chassait ses domestiques, la pugnace responsable des cuisines susurra à l'oreille d'Alina et de sœur Juana :

— Si vous voulez, je règle son compte à ce misérable.

Sœur Juana fit non de la tête, la pipe déjà à la bouche.

— Merci, Demetria, mais ce que nous voulons, c'est qu'on cesse de penser que nous sommes des sorcières.

Demetria acquiesça, tout en adressant ensuite un clin d'œil discret à Alina.

L'abbesse ferma la porte à clef et arracha le dernier verre à Demetria. Au lieu de s'asseoir, elle posa une main sur son prie-Dieu délabré et but une longue gorgée.

— Vois dans quoi tu nous as encore mises, lança-t-elle à Alina. Mais nous allons arranger ça. Dès que tu auras fini ceci, je ferai appeler le comptable de ta grand-mère.

— Quoi ? cria Alina. Parce que vous pensez le payer ?

L'abbesse souffla avec impatience.

— Sœur Elena, je ne sais quel démon a pris possession de toi, mais quand tu me parles sur ce ton tu me donnes l'impression de croire que nous sommes égales.

Elle leva son verre et, avant de prendre une autre gorgée, l'utilisa pour désigner sœur Juana.

— Ramenez-la à la raison, s'il vous plaît.

Sœur Juana ne répondit pas. Elle continua de fumer sa pipe en même temps qu'elle berçait son verre de xérès. Cette confrontation l'avait laissée songeuse et de mauvaise humeur.

— Malgré tout ce que j'ai pu dire, Horcasitas fils a un très bon argument contre toi, et il semble plus intelligent que ce que je pensais : il a su réunir des preuves et ses recherches ont porté leurs fruits avant les nôtres.

Elle rit avec amertume.

— Comment pouvait-il en être autrement ? Il a toute la liberté de sortir, marauder, poser des questions...

— Et de soudoyer, ajouta Alina. Le comptable et l'alguazil.

— Il est malin, le gamin, grommela Demetria.

Alina prit une lampée de xérès, d'abord comblée par le goût fruité, puis rebutée par l'amertume de l'alcool.

— Croyez-vous vraiment que Toñito aurait empoisonné don Antonio ? demanda-t-elle à sœur Juana. Qu'il aurait été capable de tuer son propre père ?

Sœur Juana soupira de nouveau.

— Je l'ignore. J'ai simplement cherché à l'effrayer pour gagner du temps.

On frappa à la porte, doucement mais avec empressement. Demetria alla ouvrir. Tonalta respirait avec agitation.

— *Madres* ! Matea est rentrée. Elle apporte des nouvelles terribles !

… EN PIS

Matea entra dans la cellule de la mère Encarnación, si mal en point que même la revêche abbesse eut pitié d'elle, lui proposa une chaise et envoya chercher pour elle du chocolat et du pain. Demetria revint très vite avec un plateau et força Matea à se nourrir. Entre deux bouchées et gorgées hésitantes, la jeune fille leur raconta son odyssée avec la vice-reine. Sans omettre sa rencontre avec la cuisinière Mariquita et le domestique Nicanor (personne ne lui demanda ce qu'elle faisait dans les cuisines). Elle leur relata en détail tout ce qu'avait dit l'Africaine : des dettes de don Antonio, qui avait même provoqué le suicide d'un pauvre homme, au fait que l'ancienne esclave avait fini par financer ses errances.

— Au moins, nous savons où était passé ce flacon qui manquait à l'appel, commenta sœur Juana en chargeant une nouvelle fois sa pipe de tabac.

Elle se retourna vers Alina.

— Je sais qu'il ne sert à rien de te le demander, mais… tu as seulement envoyé du saule blanc, n'est-ce pas ?

— Bien sûr, mentit Alina.

Matea n'était toujours pas remise. Elle manqua renverser le pichet de chocolat en voulant le remettre sur la table. Demetria le rattrapa au vol.

— Mais qu'est-ce que tu as, toi ? s'impatienta la mère Encarnación. Il y a autre chose ?

Matea s'agita davantage, levant des yeux suppliants vers Alina.

— Puis-je... puis-je parler à Matea seule à seule ? demanda Alina, qui avait compris ce qui se passait.

L'abbesse éclata d'un rire croassant.

— Encore une qui se croit à la taverne ! Quels secrets cachez-vous ?

Sœur Juana leva une main.

— *Madre*, je vous en prie, ne voyez-vous pas combien ces pauvres jeunes filles sont bouleversées ? Matea, Elena, nous ne pouvons pas vous aider si vous ne nous dites pas exactement ce qui se passe.

Alina hésita mais, étant donné l'état de Matea, elle céda.

— C'est bon, Matea. Dis ce que tu as à me dire.

Matea s'éventa avec l'un des chiffons de Demetria et se mit à bégayer entre ses larmes.

— En sortant du palais, j'ai... croisé...

Elle préféra ne pas dire « le *niño* Casio » devant la mère supérieure.

— ... j'ai croisé le marchand de fruits. Il m'a dit qu'il était allé chez la grand-mère d'Alina... et que les Noirs de l'alguazil sont là-bas.

Alina, qui avait cédé sa chaise à Matea, vacilla. Sœur Juana et Demetria lui portèrent secours.

— Juste ciel ! souffla-t-elle tandis qu'on l'aidait à s'asseoir sur le siège de sœur Juana. Que font-ils là-bas ? Ont-ils trouvé les jardinières ?

— Je sais pas ! sanglota Matea. Casio m'a dit qu'il a pas pu s'approcher : que deux des géants esclaves montaient la garde et qu'ils ont failli se jeter sur lui rien que quand ils l'ont vu.

— Jardinières ? tempêta l'abbesse. Qu'est-ce que des jardinières auraient de spécial dans la maison de cette pingre de…

Alors, elle écarquilla les yeux, les veines saillantes, et grinça des dents avant de continuer.

— Sœur Elena, ne me dites pas que…

— J'ai désobéi, murmura la novice en se cachant derrière sa main. Je n'ai pas jeté les plants. J'ai demandé à Matea de les apporter chez ma grand-mère pour que son père s'en occupe le temps que passe le scandale.

— Sacrebleu ! jura la mère supérieure.

Alina sentit ses joues et ses doigts geler. Une terreur effroyable se répandit dans son corps : elle comprit ce qui aurait pu arriver au père de Matea, et ce qui lui arriverait à elle s'ils avaient déjà trouvé les plantes. Si les hommes de l'alguazil étaient réellement en possession des registres de M. Fechuán, ils sauraient exactement quelle plante chercher.

Elle se tourna vers sœur Juana, mais la religieuse ne pouvait même pas la regarder dans les yeux. Elle se couvrit le front et baissa la tête, déçue.

— Sœur Elena…, gémit-elle. Je t'ai demandé de te débarrasser de ces plantes. J'ai cru que tu avais compris combien c'était crucial !

Demetria secoua la tête, avec la même moue déçue que sœur Juana.

— Aïe, *madres*, dit Matea entre ses sanglots, moi aussi, même moi, je lui ai dit, mais elle a rien voulu savoir.

La mère supérieure n'y alla pas par quatre chemins.

— Comment as-tu pu ? Sombre idiote ! Bien mal m'en a pris, le jour où je t'ai laissée planter ces mauvaises herbes du démon. Aussi têtue qu'une mu…

— Ça suffit !

Alina renversa la petite table, et plateaux et tasses s'envolèrent. Ce qui restait de chocolat se répandit sur le sol.

La mère supérieure se jeta sur elle.

— Ne me touchez pas avec vos griffes de harpie ! rugit-elle en lançant des coups de patte sauvages jusqu'à ce que l'abbesse recule. Et si vous voulez maudire, faites-le correctement : maudit soit le jour où l'on m'a enfermée ici ! Maudit soit le jour où j'ai eu l'idée de préparer des remèdes pour aider les gens ! Maudits soient les jours où j'ai ouvert un livre et me suis enthousiasmée de quoi que ce soit ! J'aurais mieux fait de rester perdue dans mes pensées dans les petits salons de l'hacienda, à philosopher sur la cuisine et sans ouvrir la bouche outre pour manger et répondre « oui ». Aujourd'hui, je serais en train de broder des choses inutiles et ma seule préoccupation serait de supporter l'haleine de mon mari et de cacher les livres pour que mes filles ne se mettent pas des idées en tête.

Elle termina cette tirade à bout de souffle, se rendant compte seulement là qu'elle n'était pas seule. Les autres n'avaient pas bronché.

Demetria et Matea la regardaient avec clémence, et la mère Encarnación, à sa grande surprise, avec une lueur d'épouvante.

Toutefois, aucune de ces réactions n'était comparable à celle de sœur Juana. Celle-ci la dévisageait, ahurie, les pupilles tremblantes comme qui contemple le plus fidèle et le plus impitoyable des miroirs. Sa pipe en onyx lui glissa des doigts et tomba dans la mare de chocolat.

— J'aurais pu en dire autant, marmotta-t-elle.

Elles se regardèrent dans les yeux pendant un moment sans ciller. Alina n'avait jamais lu de plus grande compréhension dans les yeux de quiconque.

Ses mains fourmillaient ; son visage devenait froid ; sa

vue se troubla, elle vit des étoiles et crut entendre Matea pousser un cri.

Elle reprit conscience dans les bras de Lupita, dans un cloître qu'elle ne connaissait pas.

Enfin, elle identifia le plafond de l'infirmerie, avec son plâtre blanc et ses poutres sombres.

Son corps était étrange, comme… tout mou. Elle se palpa le ventre et remarqua qu'on lui avait ôté ses habits. Pour la première fois depuis des mois, elle reposait dans un lit en chemise de nuit.

Une silhouette floue était assise à son chevet : une robe de laine grise, et des mains brunes qui pressaient la sienne.

Alina se redressa d'un coup.

— Pardonne-moi, Matea. Tout ceci est ma faute. Tout.

Le monde se remit à tourner ; elle faillit refaire un malaise.

Matea l'aida à se recoucher.

— Aïe, *niña*, non ! Vous, pardonnez-moi. Je ne voulais pas vous rendre malade. Je sais que vous avez jamais voulu que cela se produise.

Alina mit une main sur son visage ; il était froid, et la sueur collait ses cheveux courts à son front.

— Tu es passée par des choses bien pires. Aujourd'hui même. Et tu ne t'es jamais évanouie ainsi.

Sœur Juana apparut dans son champ de vision. Elle devait être là depuis le début. Alina vit qu'elle égrenait les perles de son chapelet.

— Moi, oui, il m'est arrivé de m'évanouir ainsi. Il y a des années. Et je ne courais pas le même risque que toi. J'imagine à peine à quel point tu es nerveuse depuis qu'a débuté cette affaire.

Ses joues pâles contrastaient avec ses yeux rougis. Elle empêcha Alina de se redresser de nouveau.

— Non, non. Repose-toi. Tu auras très vite besoin de toutes tes forces, j'en ai peur.

— Mais... le *señor* Aquilino..., protesta la novice. S'ils ont trouvé les plantes... !

— Ils seraient déjà venus nous menacer, dit sœur Juana en la poussant gentiment sur l'oreiller. Vu à quel point tout cela va vite...

Alina inspira profondément. Sœur Juana avait raison. L'alguazil ne garderait pas ce secret pour lui bien longtemps. La subtilité n'était pas son genre.

Matea soupira elle aussi avec un certain soulagement.

— Je vais m'assurer que le père de Matea va bien, affirma sœur Juana en les détaillant tour à tour, les sourcils froncés par l'angoisse. Oh, mes pauvres filles, murmura-t-elle. Tout ce qui vous arrive est ma faute...

Matea plissa le nez.

— Votre faute ?

— Et voilà ! dit brusquement Demetria, entrant avec un pichet fumant et une coupe d'argent. Verveine et passiflore, plus un petit verre de vin de liqueur pour bien dormir.

Elle poussa Matea et administra l'infusion à Alina sans lui laisser le choix.

— Je peux rester avec elle ? demanda Matea.

— Non, répondit sœur Juana. Toi aussi, tu dois te reposer.

Avec un dernier sourire, elle embrassa la main d'Alina et se releva en emmenant Matea.

— Buvez tout, *niña*, dit Demetria d'un ton maternel, mais cette fois-ci Alina n'eut pas besoin de se faire prier.

Délicieusement, son corps flotta vers un doux abîme de calme et d'obscurité.

Alina se laissa aller.

MARCHANDAGES

Sœur Juana ne remarqua que le soleil s'était couché que lorsque ses yeux commencèrent à la brûler. Elle alla chercher une bougie.

La mèche, humide, mit du temps à s'allumer ; quand la flamme cessa de vaciller, la poétesse entreprit de relire sa missive une dernière fois. En guise de sceau, elle se servit de sa pipe ; il ne fallait pas attirer l'attention outre mesure sur le couvent.

Elle était en train d'agiter la lettre pour faire sécher la cire quand Sabina pénétra de nouveau dans la pièce.

— *Madre*, dit l'esclave, sur ses gardes. Le prêtre demande jusqu'à quelle heure il va encore devoir patienter. Qu'est-ce que je lui dis ?

Sœur Juana soupira.

— Rien. J'arrive, dit-elle en se levant et en lui tendant la lettre. Remets cela, s'il te plaît. Tu sais où.

L'esclave la regarda avec confusion.

— À cette heure-ci, ma mère ?

— Oui, répondit la poétesse qui avait déjà pris sa bougie et se dirigeait à toute hâte vers l'escalier.

Elle traversa le rez-de-chaussée de sa cellule, projetant des ombres oblongues sur ses étagères remplies de livres, d'appareils scientifiques et d'instruments musicaux, et sortit dans la touffeur du grand cloître.

Sœur Augusta, occupée à fermer les cellules à clef, se contenta de la saluer d'un mouvement de tête.

Demetria attendait Juana à la porte du parloir, l'air contrarié.

— Il n'a fait que se plaindre, *madre*. Un peu plus et je m'occupais de son cas, à lui aussi, pour de bon, cette fois.

— Je suis religieuse, Demetria, répondit la poétesse. Ne me soumets pas à la tentation.

Elles échangèrent un sourire.

— Tu peux t'en aller. Je m'en charge.

Elle prit une dernière bouffée d'air plus ou moins frais et entra dans la pénombre du parloir. Avant même d'ouvrir les rideaux, cette odeur concentrée d'oignons, de sueur et d'humanité lui piqua les narines.

— *Padre* Nuñez ! s'exclama-t-elle. Vous ne cessez de me surprendre.

Son ancien confesseur plissa le nez comme s'il pouvait soudainement percevoir son propre parfum.

— Croyez-moi, ce n'est pas de gaieté de cœur que je vous rends visite.

— Nous voilà d'accord sur un point, répliqua sœur Juana en s'asseyant à bonne distance de la jalousie. *Je sais que la vanité est un péché, mais si morpions et haillons en sont le prix, mieux vaut sans sainteté rester.*

Le père Nuñez rit entre ses dents.

— Cela ne me surprend guère que les novices, ici, ne soient qu'un tas de libertines effrontées. Chaque fois que je leur parle, je perçois votre ombre, Juana Inés. Vous êtes un véritable danger, pour elle et pour vous-même. Si j'avais su, il y a vingt ans, combien votre présence gâterait les murs sacrés de…

Sœur Juana souffla.

— Pouvons-nous en venir au fait ?

— Ce que je suis en train de vous dire *est* le fait, Juana Inés ! Cette malheureuse affaire des Horcasitas…

— Aïe, je vous en prie ! Vous n'êtes pas vous-même assez obtus pour croire que sœur Elena a assassiné don Antonio.

— Ce que…

— C'est vous qui avez parlé de l'aconit au rejeton des Horcasitas, n'est-ce pas ? Voilà comment il a retrouvé l'apothicaire chinois.

Le prêtre soupira, au grand dam de sœur Juana qui aurait préféré qu'il n'inonde pas le parloir de son haleine.

— Oui. Je ne vois pas pourquoi je le nierais. J'ai été parmi les premiers à suspecter ce couvent. J'ai trouvé le nom du poison à la bibliothèque de la Real Universidad, où, soit dit en passant, j'ai vu Góngora faire des messes basses avec le vice-roi. C'est moi qui ai soudoyé l'alguazil au nom de Son Excellence l'archevêque, pour qu'il nous raconte ce qu'il a vu le soir où don Gaspar a montré le corps à Góngora. C'est moi qui ai fait le lien entre tous ces éléments.

Sœur Juana poussait des exclamations indignées.

— Comment avez-vous pu ?

— Juana Inés, vous me parlez comme si tout ceci était ma faute. Est-ce moi qui ai empoisonné ce vert galant ? Est-ce moi qui ai joué avec les substances les plus malsaines de la Création ?

— Vous avez donné à ce perfide de Toñito toutes les armes pour envoyer une innocente au tribunal du Saint-Office ! Vous avez…

— C'est *votre* faute, Juana Inés. Vous êtes responsable des pauvres brebis qui ont eu la malchance d'être placées sous votre protection. Vous leur avez saturé l'esprit d'idées qui n'ont pas leur place dans un ordre religieux.

Vous avez aidé sœur Elena à commercer avec des Chinois sacrilèges et à remplir le couvent d'instruments de Satan.

Sœur Juana secoua la tête. Ils auraient pu passer la nuit à se rejeter la faute, chacun étant pareillement convaincu des perversités de l'autre.

— Pourquoi ? demanda-t-elle à Nuñez, soudain exténuée. Pourquoi vous acharnez-vous ainsi ? Que voulez-vous de nous ?

Le père Nuñez leva le nez.

— Je ne suis pas seul, ma sœur. Et je ne veux rien. Tout ce que nous tentons, nous le tentons dans le but d'accomplir les préceptes du Seigneur.

— « Nous » tentons ? Alors vous venez parler au nom d'Aguiar ? Comme toujours : *pantin du boucher qui peut lui servir la meilleure part...*

— Comment osez-vous parler ainsi de Son Excellence ?

— Que voulez-vous ? réitéra sœur Juana, à bout de patience. Quel est votre prix ? Toñito de Horcasitas nous a déjà donné le sien : 10 000 pesos, ou il fournira toutes les prétendues preuves à l'archevêque.

Nuñez partit d'un éclat de rire.

— Ce garçon est très futé, je dois le reconnaître. En deux coups, il est sur le point de rembourser toutes les dettes de sa famille et d'en tirer profit en même temps.

Il baissa légèrement la voix, comme chaque fois qu'il calomniait.

— Je sais qu'il est en train de se chercher une épouse et que plusieurs familles riches lui tournent autour. L'une de ces prétendantes est précisément...

— Que voulez-vous de moi ? l'interrompit sœur Juana, bien qu'elle devinât déjà la réponse.

Le sourire du père Nuñez, jaune, tordu et édenté parla à sa place.

— Que vous cessiez d'écrire, martela-t-il. Que vous cessiez de chercher des financements et des mécènes à la cour d'Espagne. Que vous cessiez de dépraver d'autres femmes comme vous l'avez fait avec cette pauvre sœur Elena et avec votre propre nièce.

Sœur Juana se redressa sur son siège, comme prête à se battre.

— C'est donc à cela que rime toute cette persécution, dit-elle d'une voix sombre.

La lueur de sa bougie sembla subitement accentuer ses profonds cernes.

— Aguiar et vous n'avez que faire de la justice. Vous vous moquez bien qu'on ait assassiné un courtisan. Vous n'avez même pas d'intérêt à trouver le véritable coupable – qui, soit dit en passant, court toujours. Vous vous êtes acharnés sur sœur Elena rien que pour m'atteindre, moi ! La pauvre a seulement eu la malchance de se retrouver au milieu de cette tourmente.

Nuñez porta une main à sa poitrine.

— Ou bien, le Seigneur a bien voulu l'envoyer comme truchement pour vous faire revenir à la raison.

La religieuse se contenta de répondre par un grognement condescendant.

— Pour Aguiar, vous êtes dangereuse, Juana Inés, reconnut enfin Nuñez, je ne le nierai pas. Surtout en Espagne, où les femmes, dernièrement, se sont mis en tête d'apprendre à lire. Et vos écrits ne font que mettre en doute notre autorité. Ces idées se répandent aussi vite que le lierre : maintenant, même les morveuses du catéchisme se montrent impertinentes.

— Et croyez-vous que ce soit mal de regarder l'autorité pour ce qu'elle est, des mortels en chair et en os avec leurs intérêts et leur vanité, et la même propension au péché et au mal que les autres ?

— Sœur Juana, arrêtez-vous ! Vous parlerez bientôt comme une hérétique luthérienne ! L'exemple que vous avez sous les yeux ne vous suffit-il pas ? Les livres et les femmes sont comme la poudre et les flammes : rien de bon ne peut en sortir lorsqu'elles sont ensemble.

— Si sœur Elena a des ennuis, c'est seulement parce que vous, Aguiar et ce morveux d'Horcasitas l'avez assiégée comme une meute de coyotes ! *Hommes stupides qui accusez...*

— Oui, oui, épargnez-moi votre quatrain ! Pétulance et suffisance, c'est là tout ce qui vous anime. Vous sentir la rédemptrice, la plus spéciale d'entre les femmes !

— C'est votre cas également, vous qui voulez vous attirer la sympathie de l'archevêque. Comme c'est curieux : sur ce point, il semble que nous soyons égaux ! Et il est rare que je m'abaisse à ce genre de comparaisons humiliantes.

Nuñez grinça des dents. Il avait déjà affronté sœur Juana dans des joutes similaires au confessionnal ; cela pouvait durer des heures, et ne s'interrompait que lorsque le prêtre avait mal aux genoux.

— Allez-vous accepter le marché, oui ou non ? conclut-il en grognant.

Sœur Juana prit son temps. Les mains entrelacées, elle jeta à Nuñez un regard calculateur. Le curé attendit avec une patience inhabituelle.

Malgré la tension de la situation, sœur Juana se sentait presque heureuse : son ancien confesseur, qui la terrorisait tant durant ses années au palais, et l'archevêque Aguiar, chef de la sainte Église de Nouvelle-Espagne, venaient lui proposer un pacte au lieu de lui donner des ordres. En soi, c'était déjà un éloge.

— Eh bien… soit, j'accepte, dit-elle finalement, d'une voix prudente. Quels en seraient les termes ?

Le père Nuñez se détendit un tant soit peu.

— Pour commencer, vous n'aurez pas à payer un réal aux Horcasitas. Même si le gamin présente l'affaire à Aguiar et au Saint-Office, nous nous chargerons d'enterrer tout cela.

— Et quid du fait que la veuve soit apparentée au duc de Medinaceli ? Ne croyez-vous pas qu'elle réclamera justice ?

— Nous nous en chargeons, je vous dis. Il se peut que le vice-roi ait des problèmes, mais pas nous. Nous saurons bien comment les persuader de laisser les morts en paix.

Sœur Juana acquiesça. L'Église ne faisait jamais preuve de subtilité quand il s'agissait d'intimider.

— Et à quoi m'engagerais-je de mon côté ?

Nuñez prit son inspiration et parla plus haut.

— À n'écrire ni ne publier aucun inédit, et à ne pas inciter la lecture de vos anciens travaux. Vous demanderez également qu'on cesse d'imprimer vos anthologies en Espagne. Nous ne confisquerons pas les exemplaires déjà existants ; cela inviterait davantage au scandale.

— Comme c'est aimable de votre part, ironisa sœur Juana. Et qu'en est-il des pièces de théâtre et des *villancicos* chantés les jours de fête ?

— Bah ! Pour que vous y insériez vos idées entre deux refrains ? Non.

Sœur Juana sourit.

— Vous me connaissez plutôt bien.

— Je suis certain que ces revenus-là ne vous manqueront pas, poursuivit Nuñez avec amertume.

Il savait parfaitement combien se vendaient les sonnets de sœur Juana au palais.

— Vous gagnez suffisamment avec les propriétés que vous louez et avec les crédits que vous… Et, si cela ne vous satisfait pas, je vous rappelle que vous avez fait vœu de pauvreté.

La poétesse acquiesça.

— Qu'en est-il de ma correspondance personnelle, pour moi ou mes sœurs ?

— Strictement interdite. Croyez-moi, je saurai si vous rompez cette promesse : je me chargerai d'interroger régulièrement les religieuses à confesse, quand elles ne peuvent me mentir.

Sœur Juana allait réagir, mais Nuñez la devança.

— Enfin, pour nous assurer que vous ne succombez pas à la tentation, nous vous demanderons de formuler ces vœux par écrit, de façon qu'ils soient irrévocables.

Nuñez eut un rictus terrifiant.

— Le document, par conséquent, devra porter votre signature et paraphe. De votre sang.

Le mot résonna de chaque côté de la pièce, flottant parmi les fétides humeurs du père Nuñez.

Sœur Juana resta imperturbable.

— C'est tout ? Une autre clause à ajouter ?

Nuñez agita les doigts avec dédain.

— Peut-être, mais il nous faudra d'abord rédiger un document que vous puissiez consulter au calme. Enfin… pas trop ; nous voulons, vous comme nous, en finir au plus vite avec cette affaire.

La poétesse médita un instant.

— Et si nous préférons payer 10 000 pesos à ce paladin imberbe ?

— Je ne vous le recommande pas, Juana Inés. Vous n'êtes pas sans savoir à quelle espèce appartient ce Toñito : rien ne garantit qu'il ne viendra pas réclamer plus, ou qu'il n'accusera pas sœur Elena malgré tout. Et quand bien même il nous surprendrait tous en tenant parole, croyez-moi, il nous sera très facile de condamner votre protégée. Il nous suffit d'interroger Góngora sous serment et de soudoyer n'importe quel moins que rien du quartier chinois pour qu'il déclare ce qui nous convient.

— Derechef, vous n'avez que faire de trouver le véritable coupable.

Nuñez haussa les épaules.

— Le monde est meilleur sans un homme comme don Antonio. Ne me dites pas que vous n'y avez pas songé.

— Le monde serait certainement meilleur sans certaines personnes… Cependant le Seigneur nous envoie aussi bien les roses que le fumier ; la mer avec ses typhons, mais aussi ses poissons… Attendez, un vers arrive…

— C'est le bon moment pour commencer à les ravaler, lâcha le père Nuñez. Acceptez-vous, oui ou non ? Ou devrais-je dire : aiderez-vous votre chère sœur Elena, ou laisserez-vous le Saint-Office la condamner pour sorcellerie et assassinat ?

Sœur Juana inspira.

C'était donc aujourd'hui. C'était donc ainsi que les choses allaient se passer.

Depuis longtemps, pour ainsi dire depuis que le comte et la comtesse de Paredes avaient quitté la Nouvelle-Espagne, sœur Juana s'attendait que les loups de l'Église lui tombent dessus, la musèlent et la soumettent. Dans son esprit, ce jour-là était sombre, rempli d'éclairs, de cris et de menaces. Une discussion somme toute calme au parloir, à la lueur d'une bougie et sans plus d'inconfort que la touffeur de l'été, c'était si banal que c'en était décevant.

— *Dilemme particulier*, murmura-t-elle, *choisir entre les mensonges, et la justice outragée…*

Le père Nuñez savoura le silence qui suivit. Après des années à supporter les caprices et les insolences de sœur Juana, son silence était un plaisir sans pareil.

— Alors ? dit-il brusquement.

Sœur Juana, tête baissée, acquiesça légèrement.

— Je cherche…, grommela-t-elle, et elle dut s'éclaircir la voix. Je cherche les mots les plus indiqués… pour vous signifier qu'Aguiar et vous pouvez rédiger ces vœux et me les envoyer…

Elle releva la tête.

— … et me donner l'occasion de me désopiler. Ensuite, vous pourrez les archiver dans un recoin idoine de vos anatomies, là où la lumière du soleil n'arrive pas.

— Vous avez oublié de préciser que vous alliez sign…

Alors, seulement, Nuñez comprit ce que la religieuse avait voulu dire, et sa mâchoire se décrocha, révélant la dernière et la plus cariée de ses molaires.

— Comment… comment osez-vous… Comment ?

Sœur Juana se mit debout et prit sa bougie.

— Avec le diable, on ne fait pas dans la demi-mesure.

— Avec le… avec le diable ?!

Nuñez bredouilla quelque chose, et s'agita comme une porte sortie de ses gonds.

— Avez-vous cru un seul instant que j'allais accepter ? s'emporta sœur Juana. Voulez-vous que je vous cite le nombre de femmes, moi incluse, que j'ai vues persécutées, menacées et déshonorées par des gens de votre espèce ? Des gens comme Aguiar et ce maudit Horcasitas, qui, même après la mort, continue de faire le mal autour de lui ? Ma pauvre nièce, recluse au couvent car on ne lui permet même pas, au-dehors, de gagner sa vie ? Cette pauvre sœur Andrea, obligée de crever la faim parce qu'elle est amoureuse d'un métis et non d'un Européen ?

Cette pauvre sœur Elena, dont le seul crime est de s'être intéressée au travail et aux études ? Si l'une de nous doit se sacrifier pour le bien de toutes les autres...

Elle trembla d'indignation et, pour la seconde fois ce jour-là, elle fut sur le point de verser des larmes de rage. Elle s'approcha de la grille et frappa un grand coup.

— Je dois cependant vous rendre grâce d'une chose : celle de m'avoir persuadée de prendre le voile. Comme ce doit être frustrant pour vous de m'avoir vous-même enfermée ici, hors de votre portée, là où je peux protéger mes sœurs d'une vermine comme Aguiar...

Nuñez retrouva sa superbe alors que la poétesse se dirigeait déjà vers la sortie.

— Les protéger ? Les protéger, avez-vous dit ? Dès demain, j'irai trouver l'archevêque et je lui répéterai mot pour mot ce que vous venez de me dire. Vous constaterez alors à quel point vous avez protégé vos novices. Ne venez pas me supplier ensuite, quand...

— Bonne nuit, *padre*, conclut sœur Juana sur le pas de la porte. Ne venez plus me voir, je ne vous recevrai pas. Et ne secouez pas votre soutane en sortant, nous ne voulons pas de vos puces.

AUBES

Alina était absorbée dans la contemplation du plafond.

Cela faisait un moment qu'elle était réveillée, même si elle ressentait toujours la torpeur procurée par les infusions. C'était comme si toutes ses pensées traînaient un pesant fardeau, rendant impossible toute résistance à la rêvasserie.

Elle entendit du raffut et les rires de fillettes qui couraient dans le cloître des novices, se préparant à la procession. Elle regretta de ne pas pouvoir sortir pour les saluer au moment où elles partiraient pour la cathédrale tout de blanc vêtues, un bouquet de glaïeuls et de gypsophiles à la main, chantant les *villancicos* composés par sœur Juana. Magnifique tableau. Quel dommage de ne pas pouvoir être avec elles après des semaines de répétition !

Elle était en train de se repasser les mélodies des refrains quand elle entendit quelqu'un entrer. C'étaient sœur Gertrudis et Matea, qui lui apportaient du pain, du beurre, des œufs et du chocolat chaud.

— Déjà réveillée ? demanda l'infirmière d'une voix tendue. Comment te sens-tu ?

Elle n'attendit pas qu'Alina réponde : d'un geste décidé, elle l'aida à s'asseoir et cala plusieurs oreillers sous son dos. Encore nauséeuse, Alina eut l'impression qu'un ouragan l'avait frappée.

— Qu'elle mange tout ! dit sœur Gertrudis à Matea avant de s'en aller aussi vite qu'elle était venue.

— Elle est sacrément pressée, dit Matea. Elles doivent encore fleurir la petite Vierge...

Alina laissa Matea lui passer des petits morceaux de *marquesote* trempés dans le chocolat, et soudain ce fut comme si la nourriture la ramenait à la vie... charriant son lot de peines et de préoccupations.

— Dieu tout-puissant ! s'exclama-t-elle, sautant sur les coussins. Que s'est-il passé, pour ton père ? Est-ce qu'on en sait plus ?

— Oui, *niña*, souffla Matea.

Pendant un terrible instant, Alina craignit le pire.

— La mère Juana Inés a envoyé Sabina jeter un œil à la maison. Elle dit que les Noirs de l'alguazil montent toujours la garde.

— Quoi ? Ils sont restés là-bas toute la nuit ?

— Oui. Aujourd'hui, à la première heure, le *niño* Casio y est allé et me l'a confirmé. Il a apporté des fruits à des voisins, et les domestiques lui ont raconté qu'ils avaient vu l'alguazil emmener personne pour l'instant.

— Sérieusement ?

— Oui. Ils lui ont juré que ça s'était passé comme ça : hier, les géants sont venus en groupe avec Ogazón, ils sont restés un moment puis ils sont tous partis de très mauvaise humeur. Il y en a juste deux ou trois qui sont restés pour surveiller la porte. Même cette aigrie de Margarida est sortie de la maison. S'ils avaient fait quelque chose à mon *apà*, tout le monde serait déjà au courant.

Alina poussa un soupir de soulagement. Le premier depuis des jours.

— Dieu soit loué... Tu crois que ton père a eu le temps de cacher les plantes ?

— Oui, ou alors il les avait déjà jetées, confessa Matea. En vérité, il était pas vraiment convaincu quand je les ai apportées. Et encore moins quand je lui ai dit de bien se laver les mains avant de les toucher.

Alina soupira de nouveau. Matea la poussa avec délicatesse.

— Maintenant, reposez-vous. Vous avez toujours l'air drôlement mal en point.

— Mais nous devons réfléchir à ce que nous allons dire au fils Horcasitas, il nous a donné un délai...

— Chuuut, dit Matea doucement. La mère Juana Inés m'a dit qu'elle s'occupait de tout.

— Mais comment ? Même elle, elle ne doit pas posséder une telle somme dans...

— Chhhhuuuuuut ! La mère Juana Inés vous fait dire que, quoi qu'il arrive, le monde ne va pas s'arrêter aujourd'hui.

Alina se rallongea à contrecœur, grognant de frustration.

— Mais je...

— Chhhhuuuuuut...

— Oh, arrête !

— Alors reposez-vous ! Et finissez-moi vite ce chocolat et ces œufs, je dois aller aider pour les fleurs.

— Mais je n'ai pas fai...

— Finissez !

— Aïe, Matea, à quel moment es-tu devenue si...

— Je m'en charge, dit une troisième voix dans leur dos.

Sœur Isabel entra dans l'infirmerie avec un luth. Elle s'approcha et prit l'assiette.

— Il y a un problème ? demanda-t-elle à Matea, qui refusait de lâcher le déjeuner.

— Eh bien, oui. La *niña* a besoin de manger et vous vous allez me la perturber.

— Matea ! s'exclama Alina.

— D'accord, d'accord, ne t'en fais pas, je vais m'assurer qu'elle mange, dit sœur Isabel, de nouveau de son ton de religieuse consacrée. Allez, va, je ne veux pas qu'on te reproche de ne pas être allée prêter main-forte.

À contrecœur, Matea lâcha l'assiette et sortit de l'infirmerie sans cesser de jeter des regards sévères à Alina.

— Mangez tout ! lâcha-t-elle juste avant de disparaître derrière la porte.

— Tu l'as entendue, dit sœur Isabel, lui tendant l'assiette.

Elle approcha une chaise et s'assit, le luth entre les jambes.

— Est-ce que tu te sens mieux ?

Alina haussa les épaules, remuant la nourriture sans enthousiasme. À mesure qu'elle se ravivait, elle se sentait de plus en plus inquiète. Elle passa l'un des œufs durs à Isabel. Par chance, il avait encore sa coquille.

— Donne-le à Andrea quand tu pourras.

— Je crois que sœur Gertrudis lui a déjà…

— Oh, s'il te plaît, donne-le-lui, insista Alina, et sœur Isabel le glissa sous son scapulaire.

— Nous sommes beaucoup à lui faire passer de la nourriture, semble-t-il, s'amusa sœur Isabel. On dirait même qu'elle grossit !

Elle prit le luth et gratta deux cordes.

— Le bruit te dérange-t-il ? Je dois l'accorder pour la procession, mais les jeunes filles font un tel raffut dehors… Et je ne peux pas le faire dans l'église, sœur Leocadia est en train de jouer l'une de ses fugues d'outre-tombe.

— Vas-y, dit Alina, revenant à son déjeuner.

À vrai dire, la musique du luth, même si elle ne formait pas une mélodie, était plutôt relaxante. Alina admira le vieux vernis de l'instrument, dont la couleur chocolatée contrastait avec les délicates incrustations de bois de rose. Cet instrument devait avoir au moins 50 ans.

— Ce n'est pas le luth de la salle de travail, n'est-ce pas ?

— Non. Sœur Quintina est tombée dessus hier en poursuivant ses chats. Elle a cassé une corde et nous n'avons pas le temps de le réparer.

— Appartient-il à ta tante ? Je ne me rappelle pas l'avoir vu dans sa cellule.

— Non, celui qu'elle possède lui a été offert par la vice-reine Leonor del Carreto et elle ne le laissera jamais sortir du couvent. Celui-ci est à sœur Leocadia. Cela dit, j'ai aussi dû la supplier pour qu'elle nous le prête. Elle dit que c'est tout ce qu'elle a hérité de son père.

Alina acquiesça, reposa la tête sur les coussins et prit la tasse de choco…

Au plus profond de son esprit, un engrenage s'enclencha. Il était sûrement rouillé et couvert d'araignées, mais quand, enfin, il se mit en marche, on ne put plus l'arrêter.

— Son père ? répéta Alina, se redressant sur le lit. Il était… il était luthier… son père était luth… Son père était luthier au palais !

— Alina, tu es train de renverser le chocolat !

Elle ne se rendit même pas compte que sœur Isabel lui ôtait la tasse et l'assiette des mains.

— L'aconit qu'on a donné à don Antonio est forcément sorti de San Jerónimo ! cria Alina, se frottant le menton. Toñito l'a dit… et il avait raison !

Elle rejeta ses draps et se traîna vers le bord du lit.

— Alina, on t'a demandé de te reposer ! Ma tante va me tuer si elle voit que je t'ai laissée te lever.

La novice ne l'écouta pas et se mit debout d'un bond. Ses pieds sur le sol gelé, elle se sentit mal et vit des étoiles.

Sœur Isabel la rattrapa.

— Il faut que j'aille à mon laboratoire…

Sans savoir comment, elle trouva la force de se défaire d'Isabel et marcha maladroitement jusqu'à la porte.

— Alina, tu es en sous-vêtements ! Mets au moins ton scapulaire. Et tu es pieds nus !

Alina, une main sur l'encadrement de la porte pour ne pas tomber à nouveau, attendit que sœur Isabel lui apporte des sandales et vienne lui enfiler son scapulaire.

— Ah, ton capuchon ! Et ton voile ? Je te les apporte. Nous ne pouvons pas nous montrer en cheveux dans le cloître.

— Aïe, seigneur !

Profitant de ce que sœur Isabel s'éloignait, Alina fila hors de l'infirmerie.

Elle contourna le bâtiment sous l'œil déconcerté des fillettes et des autres religieuses. Ses élèves l'appelèrent par son nom, certaines se mirent en travers de son chemin pour lui montrer leurs jolies coiffures aux rubans blancs, mais Alina fut forcée de les ignorer.

Elle entra à la hâte dans son laboratoire, s'étonna qu'il soit ouvert et contempla ses tables de travail, ses tablettes, ses livres et ses bouquets d'herbes qui pendaient au plafond.

— Où rangeais-tu les racines ? se demanda-t-elle à elle-même en parcourant les étagères.

Elle trouva le tiroir où elle rangeait l'aconit, sous clef, quand elle attendait que le forgeron façonne sa marmite. Le tiroir était toujours fermé.

— On n'a pas pu me les prendre dans le jardin, se dit-elle de nouveau à voix haute.

Elle se rappelait avoir vérifié ses plantations jour après jour. Elle aurait remarqué si quelqu'un avait remué la terre.

— Elles ont dû sortir d'ici.

Sœur Isabel entra, pâle et en sueur.

— Alina, que fais-tu ?

La novice se retourna et la pointa du doigt.

— Tu n'étais jamais venue ici, n'est-ce pas ?

— Non. Non. Je...

— Seules entrent ici sœur Gertrudis, ta tante, parfois, moi...

— Matea ? hasarda sœur Isabel, sans savoir de quoi il s'agissait.

— Non. Jamais. Elle dit qu'elle n'aime pas se tenir près de ces « mixtures ».

— Sœur Quintina ?

Alina fit non de la tête.

— Pas tant que les racines étaient ici, bredouilla-t-elle en tambourinant des doigts sur une table. J'ai fait très attention, ces jours-là. Je lui donnais même de petits morceaux de poulet pour la maintenir à l'écart. Et pas seulement à cause des plantes. Avec tous ces fourneaux allumés et...

Elle claqua des doigts.

— Lupita !

Et elle repartit en courant dans le cloître des novices, suivie de près par sœur Isabel, inquiète de la voir chanceler à nouveau.

— Bien sûr, Lupita ! Elle venait tout le temps m'aider à porter les paquets ou les tonneaux d'eau-de-vie, ou à allumer les fourneaux...

— L'esclave de l'orgue ? s'enquit sœur Isabel tandis que toutes deux esquivaient la multitude de fillettes qui jouaient dans la cour.

— Oui, répondit Alina en arrivant dans l'avant-chœur.

On entendait déjà les accords tourmentés qui faisaient vibrer l'église.

Sœur Andrea, qui ne s'en sortait pas avec les pétales que les fillettes jetaient, s'approcha.

— Alina ! Que se passe-t-il ? On dirait un cadavre ! On m'a raconté qu'hier…

— Pas maintenant ! bredouilla Alina.

Andrea fit mine de les suivre, mais elle se prit les pieds dans ses chaînes et ne put aller plus loin.

Alina et sœur Isabel entrèrent dans l'église à toute vitesse et montèrent dans le chœur.

Là-haut, dans l'ombre, l'esclave africaine trimait, suant à grosses gouttes, pompant les soufflets qui alimentaient les tubes de l'orgue. Sœur Leocadia jouait une mélodie frénétique et perturbante.

— Lupita ! aboya Alina par-dessus ces sombres accords. Lupita, arrête-toi !

L'esclave la regarda avec confusion.

— Mais cette cinglée de sœur Leocadia va me…

— Arrête-toi, je t'en conjure !

Lupita obéit, s'essuyant avec le chiffon qu'elle portait à la ceinture.

— Qu'est-ce qui vous arrive, ma petite mère ?

Elle se tourna vers sœur Isabel.

— Elle est toujours malade ? Vous voulez que je la ramène à…

— Écoute-moi, la supplia Alina, la prenant par le poignet. Combien de fois m'as-tu aidée au laboratoire ?

— Aïe, *madre*… plus de fois que je me souvienne.

— Et il est arrivé que tu te retrouves seule, n'est-ce pas ?

Les yeux noirs de Lupita passèrent nerveusement d'Alina à sœur Isabel.

— Eh bien... oui... Mais pas plus de deux ou trois fois...

L'orgue, privé d'air, commença à produire un son désaccordé.

— Qu'est-ce que tu fabriques ? cria Leocadia, cachée derrière les tubes et les claviers. Révcille-toi !

Alina s'approcha davantage de Lupita. La musique résonnait encore, mais beaucoup plus faiblement. Elle baissa la voix.

— L'as-tu laissée seule ? Sœur Leocadia ? T'est-il arrivé de la laisser seule ?

Les lèvres entrouvertes, les pupilles tremblantes et le front perlé de sueur, Lupita acquiesça.

— Oui, *madre*. Une fois, quand elle était venue me disputer et me dire que je vienne ici l'aider. Mais ça a duré à peine un clin d'œil...

— Encore en train de la déranger ? cria sœur Leocadia.

Quand elle vit la tenue d'Alina – ou son absence de tenue ! –, elle recula et se signa.

— Mais que fais-tu ainsi à moitié dévêtue ?

— C'était vous ! cria Alina. Vous êtes entrée dans mon laboratoire et vous avez volé mes racines d'aconit !

La grimace de sœur Leocadia faisait froid dans le dos : elle montra les dents, plissa le front et ses yeux s'injectèrent de sang.

— Quoi ?

— Votre père était luthier à la cour, répliqua Alina. C'est lui qui vous a appris la musique. Vous me l'avez raconté vous-même il y a quelques mois.

Sœur Leocadia lâcha un rire acerbe.

— Oui. Avant que tu me plantes un couteau dans le dos et m'enlèves mes élèves. Et ?

— Dites-moi comment il est mort.

Sœur Leocadia recommença à rire, aussi claquante qu'un fouet.

— Tu es folle, sœur Elena ? Je n'ai pas à te dire quoi que ce soit !

Alina avança d'un pas.

— Il s'est donné la mort, n'est-ce pas ? Il s'est suicidé car il devait beaucoup d'argent.

Sœur Leocadia resta coite. Elle recula de quelques pas. À l'évidence, elle n'avait raconté cette histoire à personne.

— Comment… comment le sais-tu ?

— Votre père a prêté de l'argent à don Antonio de Horcasitas, dit Alina en s'avançant. Ce devait être un homme très généreux et fidèle, pour prêter de l'argent à ses amis avant même de régler ses propres dettes. Mais Horcasitas ne l'a pas remboursé, et ses créanciers ont commencé à le menacer, alors le pauvre a…

— Tais-toi, tais-toi !

Leocadia se mit à la gifler. Lupita s'élança sur la religieuse enragée.

Isabel, la peau aussi pâle que les cierges de l'église, s'était couvert la bouche.

— C'est… c'est vrai, murmura-t-elle. Ma tante me l'a raconté. Vous avez pris le voile juste après la mort de votre père. Vous n'aviez pas non plus de dot. Le père Nuñez a dû vous trouver un bienfaiteur, comme pour elle !

Sœur Leocadia se tortillait encore entre les bras de Lupita comme un ver sur un hameçon.

— Calmez-vous, *madre*, dit Lupita avec une douceur inhabituelle. Vous allez vous faire mal. Et ensuite, qui jouera pendant les offices ? Sœur Elena ?

La femme s'immobilisa aussitôt, comme un escargot rentre dans sa coquille.

Lupita en profita pour l'éloigner d'Alina. Elle la poussa vers le clavier et l'obligea à s'asseoir sur la banquette de l'orgue. Elle garda une main sur son épaule, au cas où elle s'énerverait à nouveau.

Alina sut garder ses distances, cette fois.

— Comment saviez-vous que mes plantes étaient toxiques ? interrogea-t-elle. Comment avez-vous su laquelle utiliser ? Moi-même, je confonds les racines si je ne les étiquette pas correctement.

Sœur Leocadia la regarda avec rancœur, les poings serrés.

— Comment oses-tu ? Comment oses-tu venir ici me rappeler la mort de mon père ? Toi aussi ! cria-t-elle à sœur Isabel. Croyez-vous que je ne me souviens pas des conditions dans lesquelles le pauvre est décédé ? Je l'ai trouvé moi-même ! Il avait bu un pot de lait de chaux et avait la gorge détruite. Et ses mains, et…

Sœur Leocadia se couvrit la bouche, agitée de spasmes de la tête aux pieds.

— Depuis lors je n'ai jamais retrouvé le sommeil… Depuis… depuis ce jour…

Il n'y avait pas de mots pour décrire son expression. Sa musique était plus parlante : une oppression physique, un écho qui provoquait un malaise glacé dans la poitrine.

— Mon pauvre père était encore chaud dans sa tombe quand les créanciers du palais me sont tombés dessus, balbutia sœur Leocadia. Et voyant ma tête de métisse, ils ne m'ont même pas laissée travailler comme domestique.

Elle jeta un regard vénéneux à sœur Isabel.

— Tu as raison : le père Nuñez a dû supplier aux quatre coins de la Nouvelle-Espagne pour que quelqu'un paie ma dot. Et la seule chose qui m'a sauvée fut de connaître la musique et de savoir jouer du clavecin et du luth. Sans cela, je serais aujourd'hui une indigente ou j'aurais fini comme…

Sa gorge se noua. Elle les dévisagea toutes, y compris Lupita, les yeux plissés.

— Nous sommes très peu à arriver ici par appel divin.

Alina se mordit la lèvre. Là-dessus, sœur Leocadia avait raison. Pendant un très court instant, elle ressentit une pointe de compassion pour cette femme, seulement…

— Et toi tu viens avec tout ton mépris m'accuser de tes maléfices, gronda-t-elle en essayant de se remettre debout, empêchée par Lupita. Je sais mieux que personne ce que tu fais ! Sorcière !

— Et qu'est-ce que, selon vous, je suis en train de faire ? répliqua Alina sans comprendre.

Sœur Leocadia afficha de nouveau son rictus grimaçant, zébré jusqu'à sa cicatrice qui formait soudain comme une seconde bouche.

— Veux-tu vraiment qu'on en parle ? Sérieusement ? Tu veux que ces femmes découvrent ton secret ?

— Parlez. Je n'ai aucun secret.

Sœur Leocadia continua à sourire de son expression de hyène.

— Je vais vous montrer, très chère. Si cette grande gaillarde veut bien me lâcher.

Alina fit un signe de tête à Lupita. L'esclave, méfiante, se contenta de desserrer légèrement sa prise.

La religieuse alla à l'orgue et inséra une main dans la forêt de tubes de laiton. Le son de ses ongles griffant le métal résonna dans la pièce.

Alina frissonna en voyant sœur Leocadia sortir un paquet sombre. Il était de la taille d'un poing, enveloppé dans des chiffons sales.

— Je l'ai trouvé un jour qu'une partition était tombée entre les tubes, dit la religieuse avec satisfaction.

Elle s'approcha d'Alina et de sœur Isabel et l'ouvrit tandis que Lupita revenait lui presser l'épaule.

— Qu'est-ce que c'est ? demanda sœur Isabel, serrant avec force le crucifix de son chapelet.

Alina, le ventre retourné, distingua une petite bouteille de verre ambré à la lueur des cierges.

— Qu'est-ce que c'est ? interrogea-t-elle à son tour.

Les mots de sœur Leocadia muèrent son malaise en profonde nausée.

— Du sang. Je ne sais pas quelle magie noire tu y as injectée, mais cela fait des semaines qu'il reste liquide.

EAUX

Matea transpirait alors que cela ne faisait que quelques minutes qu'elle était sous le soleil brûlant.

Elle arrangeait les fleurs autour de la Vierge, au centre du cloître processionnel. Les fillettes étaient censées s'en occuper, mais entre leurs bêtises et leurs doigts malhabiles il était plus rapide que le personnel et les religieuses s'y attellent.

Sœur Gertrudis la vit se sécher le front avec son tablier.

— Veux-tu un peu d'eau, lui demanda-t-elle, elle-même très rouge et le capuchon trempé.

— Aïe, oui, *madre* !

Ces doigts collaient aux tiges des glaïeuls.

— Viens, allons à la cuisine, tu m'aideras à apporter de l'eau pour toutes.

Elles se lavèrent les mains et traversèrent le couvent sans hâte. Sœur Gertrudis marchait le plus possible à l'ombre, sans cesser de s'éventer et de souffler.

— Vous vous sentez bien ? questionna Matea.

Alina lui avait expliqué ce qui était en train d'arriver à la religieuse.

Celle-ci se contenta d'acquiescer avant de se coller contre le mur, évitant à tout prix le soleil.

Dans les cuisines, c'était pire : ce lieu était une fournaise, alors même que la plupart des fourneaux étaient éteints.

Demetria faisait passer des tasses et des cruches d'eau fraîche aux domestiques qui travaillaient, toutes rouges, au milieu de petits emballages multicolores. Avec une grande dextérité, elles enveloppaient des biscuits sablés, des meringues, des roulés au citron, des *palanquetas* et des massepains qu'elles offriraient aux fillettes quand elles reviendraient de la cathédrale.

Il faisait tellement chaud que, pour la première fois, ces confiseries ne donnèrent pas envie à Matea.

Sans qu'il soit nécessaire de le lui demander, Demetria leur tendit deux pichets d'une délicieuse eau de chia. À peine eurent-elles le temps de boire deux gorgées que sœur Augusta, pas beaucoup plus en forme, les interrompit.

— Gertrudis ! Allez mettre de l'ordre dans votre infirmerie. Il paraît que sœur Elena court dans les patios en petite tenue.

Matea fit mine de partir au pas de course, mais Demetria la retint. Sœur Gertrudis avait si chaud qu'elle ne discuta pas.

— D'accord, ma sœur... D'accord.

La gardienne des clefs s'en alla sans mot dire. De nouveau, Matea chercha à s'échapper.

— Termine ça, lui conseilla Demetria. Je ne veux pas que tu t'évanouisses de chaleur. Je vais t'aider à la chercher.

— Merci, Demetria, dit sœur Gertrudis, qui n'avait à l'évidence pas le courage de poursuivre des novices dans les cloîtres.

Tandis que Matea buvait le plus rapidement possible, Sabina entra dans la cuisine. À en juger par ses tempes humides et ses joues poussiéreuses, l'esclave de sœur Juana arrivait de l'extérieur.

Elle s'approcha de Demetria sans quitter Matea des yeux. Ce petit sourire naissant était-il moqueur ?

— J'ai quelque chose sur la figure ou quoi ? lança Matea.

Sabina but en cadence dans une tasse.

— Tu sais que tu vas perdre ton travail ?

Elle le dit haut et fort pour que tout le monde, dans la cuisine, puisse l'entendre. Toutes les têtes se retournèrent.

Demetria la montra de l'index.

— Ne nous joue pas de ton pipeau. Tu sais ce qui arrive aux menteuses.

— Je ne joue rien du tout, *señora*, répondit Sabina d'une voix mielleuse. Je dis juste ce que j'ai vu. Je viens de…

À cet instant, on entendit un fracas contre la porte. Matea, qui s'attendait à voir Alina débarquer en chemise de nuit, étouffa un cri. Par miracle ce n'était que Tonalta qui arrivait aussi de l'extérieur, un gros panier de gypsophiles dans les bras, pour la plupart déjà fanées.

— Les hommes de l'alguazil ! Ils arrivent !

— Comment ? s'écria Matea en même temps que Demetria et Gertrudis.

Tonalta, une main sur le torse, peinait à retrouver son souffle. Demetria lui tendit aussi une tasse.

— Mais regarde-toi. Tu es venue en courant de la Plaza Mayor ?

Tonalta acquiesça, autant avec la tête qu'avec le doigt, s'abreuvant avec désespoir.

— Oui, *señora*. Je venais… d'acheter… les fleurs qui manquaient… Je suis passée par la maison de l'alguazil…

Elle avala une autre gorgée et prit une grande bouffée d'air.

— Je les ai vus préparer leurs chevaux. Et l'un des Noirs criait…

Elle marqua une pause pour regarder Matea.

— … que la meurtrière vivait à San Jerónimo.

SANG SACRÉ

Par malheur, Alina entra dans la cuisine à cet instant, sans voile ni capuchon, ses cheveux courts en pagaille.

— C'est elle ! lâcha Sabina sans lui laisser le temps de parler. C'est elle qu'ils viennent chercher !

Toutes les domestiques se retournèrent. À présent, plus personne ne travaillait sur les emballages des sucreries, et les plus jeunes profitaient de la confusion pour chiper des massepains.

Demetria attrapa une cuillère en bois, menaçant Sabina.

— Cesse de dire des idioties ou je te casse la figure.

— Ma maîtresse le sait, rétorqua Sabina sans se démonter.

— La sœur Juana Inés ? s'enquit Gertrudis.

— Oui. Elle le sait depuis des jours. Elle m'a envoyée porter des lettres à des trafiquants *gachupines*, et j'ai à moitié vu qu'elle leur réservait deux voyages à Manille.

Il y eut des « oh ! » et des « ah ! » dans l'assistance. Matea et sœur Isabel s'approchèrent d'Alina, craignant qu'elle ne défaille à nouveau.

Cette fois, il n'en fut pas ainsi. La novice était tellement choquée qu'elle n'émit pas le moindre mouvement.

— Mais... elle sait pourtant que je n'ai rien fait ! répliqua-t-elle au bout d'un moment. La sœur Juana Inés ne peut pas croire que j'ai...

Tout à coup, les mots de la poétesse résonnèrent dans son esprit. Elle les avait prononcés la nuit où le vice-roi leur avait annoncé la mort de don Antonio : « Je te ferai embarquer pour les Philippines avant qu'on touche un seul de tes cheveux. »

Avait-elle compris depuis le début qu'elle ne pourrait pas la sauver ? Allait-elle l'envoyer sur un vaisseau à l'autre bout du monde, là où on ne pourrait pas la retrouver ?

— Si ce n'était pas elle, qu'elle le prouve ! cria une servante, que Demetria alla gifler aussitôt.

Alina ne répondit pas. Rouge de colère, elle se redressa avec une assurance que personne ne lui avait jamais vue et sortit de son scapulaire le flacon que sœur Leocadia venait de lui donner.

Seule l'une des femmes parut comprendre ce que c'était.

Sœur Gertrudis.

Pour la première fois de la journée, elle cessa de s'éventer, pâle comme une statue de marbre. L'infirmière principale s'approcha d'Alina d'un pas hésitant.

— Sœur Elena… Cal… calmez-vous. Mieux vaut…

— Aller à l'infirmerie ? l'interrompit Alina. Pour que vous me donniez un remède contre la bile ?

Gertrudis regarda le flacon ambré, frappée de stupeur. Demetria s'avança pour lui donner un coup de coude.

— Ou… oui…, réagit sœur Gertrudis. Tu as raison. Viens, suis-moi.

Matea se dépêcha de les suivre, mais l'infirmière protesta.

— Seulement nous deux.

Alina réfléchit et murmura à son oreille.

— Vous n'êtes pas en position de me dire comment doivent se passer les choses, ma sœur.

Gertrudis, de plus en plus incommodée par ses bouffées de chaleur, se contenta de faire signe que oui.

— *Señora* Demetria, ajouta Alina, voulez-vous nous accompagner ?

Demetria distribua quelques ordres et les domestiques se remirent au travail.

Sabina fit mine de les suivre. Demetria lui tendit son tablier en la poussant.

— Toi, tu restes ici. Et tu peux commencer à faire tes valises : ça m'étonnerait que la mère Juana Inés te garde après ça.

La petite troupe traversa le cloître en diagonale sans se préoccuper du soleil. Sœur Isabel et Matea escortaient Alina, toujours fébrile.

La mère Encarnación croisa leur chemin mais, par miracle, ne se retourna pas : elle était en train de tirer une élève plutôt âgée par l'oreille.

Elles n'entrèrent pas dans l'infirmerie sinon dans le laboratoire, qu'Alina n'eut pas l'occasion de fermer à clef car sœur Gertrudis la prit par le bras.

— Sœur Elena, nous n'avons pas le temps ! Les inquisiteurs arrivent !

Alina manqua tomber à la renverse.

— Quoi ? s'exclama-t-elle. Pour moi ?

— Sans doute. C'est pourquoi tout le monde te regardait dans la cuisine.

— Vous savez que je n'ai pas empoisonné don Antonio ! s'époumona Alina. En voici la preuve !

Elle montra le petit flacon.

— Qu'est-ce que c'est ? s'enquit Matea.

Alina soupira.

— Du sang, dit-elle en ôtant le bouchon. Demetria, me feriez-vous la faveur de le sentir ?

L'Indienne s'exécuta. Elle haussa les sourcils.

— Oui, du sang. Avec une bonne quantité d'alcool de canne à sucre.

— Hein ? s'étonna Matea.

Alina fit oui de la tête.

— Exactement, Matea. Sœur Gertrudis, peu de femmes à San Jerónimo ont accès à l'alcool du cellier. Parmi celles-ci, seules vous, Demetria et moi savons que l'alcool de canne empêche le sang de coaguler.

Matea se signa.

— Aïe, *niña* ! Où avez-vous trouvé ceci ?

— Peu importe, dit Alina, approchant le flacon de l'infirmière. C'est à vous, n'est-ce pas ?

Gertrudis chercha à tâtons une des chaises et s'assit, les jambes écartées.

— Pour... pourquoi n'interrogez-vous pas Demetria ? bredouilla-t-elle. Ce ne serait pas la première fois qu'elle cache des offrandes pour...

— Vous l'avez dit vous-même, s'imposa Alina. Nous n'avons pas le temps d'y aller par quatre chemins. Je *sais* que c'est à vous.

Elles se regardèrent dans les yeux, duel silencieux qui dura quelques instants. On n'entendait que le son de l'éventail qu'agitait sœur Gertrudis. La sueur perlait au bout de son nez.

Après un moment, elle baissa les épaules. Un geste infime, mais le soupir qu'elle poussa ensuite fut une confirmation suffisante.

— Aïe, *madre*, dit Matea en se signant à nouveau. Pourquoi ? Quel sortilège étiez-vous en train de préparer ?

Demetria secoua la tête, s'autorisant un bref sourire.

— Innocente petite Matea...

Sœur Gertrudis posa le coude sur la table de travail,

et son front sur sa main tremblante. Sœur Isabel fut la seule à s'approcher pour lui éponger le front à l'aide d'une peau de chamois.

— Tu le sais, toi, murmura Gertrudis en se laissant faire.

Quand sœur Isabel leva la tête, Alina vit qu'elle pleurait à chaudes larmes.

— Et tu dois aussi déjà savoir que je n'ai pas fait cela pour moi...

Là-dessus, la porte s'ouvrit.

— C'était pour moi... Elle a fait tout cela pour moi.

Et cette voix, dans son dos, était accompagnée d'un bruit de chaînes qu'on traînait.

CONFESSIONS (III)

Sœur Andrea se tenait dans l'embrasure de la porte, entourée d'un halo de lumière que lui faisait le soleil dans son dos, les bras alourdis par le poids des fers. Ses yeux bleus débordaient de larmes.

— Ils ne viennent pas pour toi, Alina, murmura-t-elle. Ils viennent pour moi. J'ai envoyé une lettre d'aveux à l'alguazil quand je t'ai vue courir à l'église.

Sœur Gertrudis se leva d'un bond, renversant la chaise. Elle saisit sœur Andrea de ses deux mains.

— Non ! Pourquoi as-tu fait cela, mon enfant ? Pourquoi ?

Sœur Andrea répondit d'une voix brisée.

— Croyez-vous que je n'aie pas conscience de tous les malheurs que j'ai causés ?

Elle regarda Alina.

— Je t'ai vue souffrir à ma place. Je sais que tu as passé la nuit à l'infirmerie parce que tes nerfs ont lâché. Je sais que ta domestique est allée au palais et qu'on a failli la rouer de coups. Je sais que Toñito de Horcasitas est venu te faire du chantage, et que le père Nuñez a fait la même chose avec la sœur Juana Inés. Tout cela à cause de moi…

La gorge nouée, elle regarda sœur Gertrudis dans les yeux.

— Et vous, ma sœur… tous les mensonges que vous avez dû raconter !

Elle éclata en sanglots, comme une petite fille. Avec ses poignets bandés, songea Alina, même les peintures à l'huile des anciennes martyres n'étaient pas si bouleversantes.

— Et aujourd'hui, j'ai vu Alina courir dans le cloître en chemise de nuit, poursuivit sœur Andrea. Je ne t'ai jamais vue si désespérée, et j'ai su que mes mensonges ne pouvaient pas continuer. Ce n'est pas juste que vous payiez toutes pour mes erreurs.

— Mais, ton enfant ! protesta Gertrudis, posant une main sur le ventre de sœur Andrea. Ton bébé !

Alina l'avait vue faire le même geste face à la Vierge et l'Enfant Jésus. La religieuse qui ne serait jamais mère, qui désormais ne pouvait plus l'être… Voilà pourquoi elle s'occupait aujourd'hui de la jeune novice avec tant d'attention. Tout ce temps, elle lui avait fait passer de la nourriture pour deux ! Les joues rebondies de sœur Andrea prenaient désormais tout leur sens.

— Un bébé ? s'enquit sœur Isabel. Et qu'est-ce que cela a à voir avec le flacon de… ?

Demetria lui susurra quelque chose à l'oreille. Sœur Isabel lâcha alors un « ahhhh… » entendu.

Andrea inspira à fond, et sœur Gertrudis sécha ses larmes.

— Que va-t-il advenir de ton enfant ? demanda cette dernière entre deux sanglots.

— Mon bébé a un père, murmura sœur Andrea, la main sur le ventre. Cela fait des siècles qu'on n'exécute plus les femmes enceintes. Même l'Inquisition a la bienséance d'attendre qu'on donne naissance à…

Elle ne put terminer, secouée par un chagrin infini.

Toutes, alentour, demeurèrent silencieuses, comme si elles veillaient une religieuse déjà décédée.

— Mais comment avez-vous fait ? demanda Alina. Et pourquoi ? Que gagniez-vous à ce qu'Horcasitas dispar...

Cependant elle n'alla pas au bout de sa phrase ; dans son esprit, tout commençait à prendre forme.

— J'ai volé une des racines sur ta table de travail, confessa sœur Gertrudis. Je savais bien à quoi elles servaient : je t'avais entendue plusieurs fois en parler ici avec Juana Inès et Demetria, et j'ai vérifié l'information dans les livres que tu laissais parfois ouverts.

— J'ai pourtant fait très attention, l'interrompit Alina.

— Oui, oui. Tu n'as laissé les racines sans surveillance que durant un battement de cils, pendant que tu préparais ta marmite pour les faire bouillir le lendemain. Et ce battement de cils m'a suffi.

— Bien sûr..., murmura Alina.

Sœur Gertrudis allait et venait dans l'officine tout le temps, il était alors facile de se faire oublier. Et Alina elle-même lui avait passé les clefs quelques fois.

— Et moi, j'ai remis la racine à Germán, ajouta sœur Andrea, par un trou dans les confessionnaux. C'est lui qui a introduit la racine dans le repas de don Antonio.

Matea décrivit un « o » parfait avec les lèvres.

— Mais bien sûr ! s'exclama-t-elle. Germán vend de la farine... Il dépose ses sacs dans les cuisines du palais ! Je me suis assise à côté de ces sacs... Deux fois !

Sœur Andrea se moucha et se redressa.

— Une petite racine a suffi, dit-elle avec une pointe de satisfaction plutôt effrayante. La dernière fois qu'il est venu me voir, Germán m'a dit qu'il avait bien haché la racine. Qu'il avait attendu le dernier moment pour livrer ses sacs, de façon à arriver au palais lors de la préparation des repas. Il a demandé de l'eau, et dès que la cuisinière lui a tourné le dos, il a mis le poison dans les pigeonneaux farcis qu'on allait servir à don Antonio…

Demetria lâcha un rire caustique.

— Ce benêt a dû penser que c'étaient des pignons…

Alina était sans voix. Elle n'avait jamais vu autant de froideur chez sœur Andrea. À ses côtés, sœur Isabel serrait son chapelet, articulant des prières.

— Moi, je ne comprends toujours pas pourquoi, dit Matea, curieuse malgré tout.

Alina alla déposer le flacon sur une tablette, hochant la tête d'un air entendu.

— Toñito et toi avez été fiancés, n'est-ce pas ?

Sœur Andrea lui sourit un instant.

— Toujours si intelligente, Alina. Oui. Avant qu'on m'envoie au couvent. Et c'est son père, don Antonio, qui a découvert… eh bien… que Germán et moi…

Elle s'éclaircit la voix.

— Le vieux m'a fait espionner et a tout raconté à mes parents. Il les a obligés à rompre le contrat et a refusé de leur rendre leur dot. Des milliers de pesos…

Elle serra les poings, mue par la colère.

— Quand mon père est allé trouver don Antonio, celui-ci l'a menacé de raconter à tout le monde que j'étais une… une…

Elle ferma fort les yeux, et quand elle les rouvrit, elle se tourna vers Alina.

— C'est le même tour qu'il a joué à ta grand-mère, n'est-ce pas ?

Alina acquiesça, se rappelant l'affreuse visite du jeune Toñito.

— Les dettes des Horcasitas sont connues depuis longtemps, continua sœur Andrea, toujours avec cette froide satisfaction. Voilà pourquoi je l'ai tué. Sans lui, les créanciers allaient tomber sur sa famille comme des vautours. Je savais déjà que la mère Encarnación était sur le point de m'expulser, et c'est le premier prétexte que j'ai donné à mon père : je lui ai écrit dès que j'ai su que notre plan avait fonctionné et que don Antonio était mort. Je lui ai demandé de contacter la veuve, doña Catarina, et de lui proposer le mariage à nouveau. En échange, bien sûr, d'une nouvelle dot. Je suis une marchandise déshonorée, mais les Horcasitas sont forcés d'accepter. Aussi mes parents sont-ils venus hier pour négocier mon mariage et ma sortie du couvent.

Alina ressentit une vague d'indignation.

— Tu étais prête à te marier avec ce gamin hargneux ? Il aurait fait de ta vie un enfer !

Andrea acquiesça.

— Certainement. Mais j'aurais été en vie. Et mon enfant aurait grandi sans souffrir de la faim, car mes parents se seraient chargés de lui. Peut-être même n'aurais-je pas vécu avec mon mari. Je n'aurais pas été la première.

Alina acquiesça. Dans ses souvenirs, il en avait été ainsi du mariage de sa grand-mère. Pas étonnant, dès lors, que doña Marina n'ait eu qu'un enfant.

— Combien de venin a répandu ce chacal, murmura sœur Gertrudis entre ses dents. Combien il continuerait d'en répandre si l'on ne...

Elle secoua la tête et changea de sujet avant de proférer davantage de sacrilèges.

— Nous n'avons jamais cru qu'on suspecterait le poison. Si don Antonio s'était assis pour dîner seul, comme on nous avait dit qu'il avait l'habitude de le faire, il se serait réveillé mort le lendemain sans aucun signe évident.

— Seulement les lèvres et la gorge irritées, dit Alina, regardant ses livres d'herboristerie du coin de l'œil. Et il se peut que, dès le lendemain, ces signes aient même disparu.

— Nous n'avions pas prévu que, cette nuit-là, il serait accompagné d'une de ses nombreuses maîtresses, ajouta sœur Andrea. Ou que la vice-reine profiterait de ce scandale pour ternir la réputation d'une favorite de son mari.

— Cela nous a toutes condamnées, conclut sœur Gertrudis, le souffle court.

Alina baissa les yeux, passant des visages larmoyants d'Andrea et de Gertrudis au petit flacon de sang conservé dans l'alcool, et du flacon au sol de tezontle.

Tout – l'injustice, la frustration, le fait de savoir que son amie avait été capable de préméditer un assassinat, l'arrivée imminente de l'alguazil –, tout se bouscula dans son esprit, écheveau inextricable qui l'empêchait de réfléchir.

Alors elle aperçut une ombre sur la pierre volcanique : un voile et une silhouette qu'elle reconnut immédiatement. Sœur Juana contemplait la scène, un sourcil légèrement haussé, les lèvres serrées, ses yeux clairs plus pénétrants que jamais. Elle parla cependant avec un calme étonnant.

— Je vois que sœur Andrea vous a tout avoué.

Là-dessus, on entendit sonner des cloches à main. La mère supérieure conviait les fillettes à la procession. Alina haleta. C'était comme si ces cris lui avaient remis les idées en place.

— Vous le saviez ! s'exclama-t-elle.

— Bien sûr ! répondit sœur Juana. Presque depuis le moment où don Gaspar est venu nous annoncer la mort de don Antonio.

A PRIORI

Alina se mit à bégayer.

— Mais... mais... comment ?

Gertrudis et Andrea rougirent comme des fillettes surprises en train de faire une bêtise.

— Mon intelligence ne m'a servi à rien, sœur Elena, admit la poétesse, regardant les coupables avec réprobation. Moi-même, avec sœur Gertrudis et la défunte sœur Felipa, alors abbesse, j'ai reçu le père d'Andrea quand il est venu nous exposer son cas et nous prier de l'accepter au couvent. J'ai su, dès lors, quel lien elle entretenait avec les Horcasitas : son engagement annulé, et le fait que don Antonio lui-même l'avait dénoncé.

Elle s'approcha d'Andrea.

— Au début, j'ai refusé d'y croire, même si chaque fibre de mon esprit pointait vers toi. J'ai refusé d'y croire même quand sœur Elena et don Carlos ont affirmé que seul l'aconit pouvait avoir causé la mort. La coïncidence était trop forte.

Alina acquiesça lentement.

— C'est pour cela que vous vouliez absolument démontrer que M. Fechuán avait peut-être vendu le poison à quelqu'un d'autre ?

— Oui, mais je savais pratiquement depuis le début que j'étais en train de me leurrer moi-même. Voilà pourquoi je ne voulais pas non plus qu'on questionne cette cuisinière : je ne voulais pas que les gens du palais suspectent une femme que je savais innocente. Car c'est justement quand Matea nous a raconté des choses à son propos que j'ai été convaincue que vous deux…

Elle secoua la tête.

— Matea nous a dit qu'elle avait vu des sacs de farine dans les cuisines du palais. Ces mêmes sacs provenant de San Hipólito qu'on nous livre au couvent. J'ai fait les comptes et les inventaires : je sais que nous avons le même fournisseur. Germán, n'est-ce pas ?

Sœur Andrea acquiesça entre deux sanglots. L'infirmière lui donna de petites tapes sur le dos et se prit le visage entre les mains quand sœur Juana s'approcha davantage.

— Ensuite, il ne m'a pas été très difficile de faire le rapprochement. La grossesse se remarque bien avant que le ventre s'arrondisse. On apprend à la repérer : sur les hanches, sur le visage… dans l'éclat brillant du regard.

Elle étudia sœur Andrea de la tête aux pieds, puis ferma les yeux.

— Je comprends vos motivations. Je les comprends vraiment, mais… Aïe, mes sœurs… vous avez tué un homme ! Vous avez commis un crime ! C'est comme si vous aviez brandi un poignard. Êtes-vous conscientes de ce que vous avez fait ?

Elle parlait avec sévérité, mais d'une voix brisée. Quand la poétesse rouvrit les yeux, Alina vit qu'ils étaient baignés de larmes.

— Pourquoi n'êtes-vous pas venues me trouver ? J'aurais compris. De toutes les femmes présentes à San Jerónimo, je suis celle qui vous aurait compris. Sœur Gertrudis, comment se fait-il que vous – *vous !* – n'ayez pu me faire confiance, après tant d'années passées ensemble ?

Sœur Gertrudis ne répondit pas, le regard perdu dans le vague.

Andrea sécha ses larmes, faisant tinter ses chaînes, et leva la tête avec courage.

— Je ne vais plus courir ni me cacher. Ni laisser les autres souffrir à ma place.

Elle regarda sœur Juana droit dans les yeux.

— J'ai tout avoué, ma sœur. J'affronterai la loi et je recevrai mon châtiment.

La poétesse mit une main sur son épaule, l'air terrorisé.

— Hélas, ma petite Andrea... Je crains que tes aveux ne servent à rien. Cela ne va faire qu'empirer les choses.

Cela les prit toutes par surprise. La seule qui eut la présence d'esprit de réagir fut sœur Isabel.

— Pardonnez-moi, ma tante... Qu'avez-vous dit ?

Sœur Juana regarda Andrea.

— Ogazón et ses esclaves viendront sûrement te chercher, mais seulement pour t'écarter de leur chemin et mieux pouvoir continuer à accuser sœur Elena.

Alina se couvrit la bouche des deux mains, frappée de stupeur.

— Cela ne convient à personne que ce soit toi la coupable, Andrea, poursuivit sœur Juana. Toñito demeurerait sans ta dot et ne pourrait plus faire pression sur la comtesse de Gijón. Et le père Nuñez et l'archevêque ne pourraient plus faire pression sur moi.

Elle regarda Alina.

— Cela convient à tout le monde que la sentence tombe sur toi.

Sœur Andrea balbutia.

— Mais... mais j'ai signé des aveux !

Sœur Juana secoua la tête.

— La flamme d'une petite bougie suffit à les faire disparaître.

— Sainte mère ! s'écria Matea, s'approchant d'Alina pour lui prendre la main.

Sœur Juana elle-même respirait avec difficulté.

— Nous sommes au bord de l'abîme, je ne vous le cache pas. Sur le point de basculer. Néanmoins...

La cloche de l'abbesse résonna plus fort encore. Sœur Juana se tourna vers la porte pour contempler le cloître des novices.

— Il reste une chose que nous pouvons faire. Le seul à pouvoir nous aider est désormais don Gaspar.

— Le vice-roi ? demanda Alina, stupéfaite.

— Oui. Il se peut que je parvienne encore à nous sauver toutes les trois. Seulement, nous avons très peu de temps pour agir. Quelques instants, tout au plus.

PERLES

Au même instant, l'alguazil et ses hommes arrêtaient leurs chevaux devant les portes de San Jerónimo. Les sabots s'entendaient dans toute la rue, tout comme leurs bottes, marchant avec une synchronisation digne d'une rangée de soldats. On percevait au loin l'écho de cloches à main, mais il s'effaça dès qu'Ogazón frappa à la porte de son poing ganté.

Pas de réponse.

L'homme recommença à tambouriner sur la grande porte, en vain.

— Ouvrez ! C'est l'alguazil !

Le tour, à côté de la porte, s'ouvrit subrepticement. Ogazón s'approcha ; la petite caisse pivotante que les religieuses utilisaient pour faire passer des choses à l'extérieur sans être vues était vide. D'entre les ombres surgit une voix timide.

— Je vous salue Mar…

— Ouvrez-moi, nom de Dieu !

— Qui… qui est-ce ?

Ogazón donna un coup de poing sur le cadre du tour.

— L'alguazil ! Vous êtes sourde ?

La religieuse mit un certain temps à répondre.

— Est-ce que… est-ce que l'on vous attend ?

Ogazón souffla et se frotta le visage avec frustration.

— Je n'ai pas besoin qu'on m'attende, foutredieu ! Quelle satanée partie de « c'est l'alguazil » n'avez-vous pas comprise ?

De l'autre côté du mur, la religieuse responsable du tour était sur le point de s'évanouir de peur, mordant son chapelet et répétant des prières dans sa tête.

— A… attendez-moi, s'il vous plaît. Je vais vous annoncer auprès de la…

Ogazón cracha toutes les injures de son répertoire. La pauvre religieuse dut fermer le tour et se signer. Elle allait se lever et courir prévenir la mère Encarnación, mais sœur Isabel, qui attendait derrière, les mains tremblantes, fit non de la tête. Elle porta un doigt à ses lèvres pour que la femme garde le silence. Celle-ci retourna s'installer sur sa chaise face au tour et entreprit de réciter un rosaire en prenant garde de ne faire aucun bruit, même pas avec les perles.

Dans le grand cloître, c'était la panique. Les employées apportaient les dernières fleurs pour la Vierge tandis que certaines fillettes à la traîne rajustaient leur voile et leurs jupes.

Au milieu des cloches frénétiques de la mère Encarnación convoquant les religieuses à l'église et des cris qu'Ogazón proférait dans la rue, personne, dans la cour, n'entendit le fracas de chaînes qui tombaient sur le sol.

Dans la cellule de sœur Juana, loin du balcon, sœur Gertrudis retirait ses fers à Andrea en même temps qu'Alina – désormais vêtue convenablement – l'aidait à ôter ses habits de religieuse. Cela aurait dû être le travail de Sabina, mais puisqu'elle avait démontré avoir la langue un peu trop pendue, on l'avait envoyée aux cuisines.

Sœur Juana, derrière son secrétaire, mordait sa pipe avec angoisse. Elle n'oublierait jamais le soupir de soulagement qu'avait poussé la jeune fille en voyant ses fers tomber. Ni ses yeux larmoyants quand elle s'était frotté les poignets tuméfiés.

Elle sourit un instant avant de revenir à son secrétaire. Sa calligraphie, d'ordinaire fine et régulière, était tremblotante et pleine de taches. Encore mieux...

Alina aida Andrea à ôter son capuchon trempé de sueur, libérant ses cheveux blonds.

— Tu ne sais pas à quel point je suis désolée, Alina, lui murmura-t-elle à l'oreille. Cela me fendait le cœur de te voir souffrir de cette façon, et...

Alina l'arrêta.

— Ne t'inquiète pas. Tu as déjà bien assez à porter.

Elles se regardèrent dans les yeux, et il ne fut pas nécessaire d'en dire plus ; le repentir de l'une, le pardon de l'autre, les choses étaient claires.

— Et ne t'avise pas de pleurer, sinon, je pleurerai aussi, et... et nous n'avons pas le temps de...

En réalité, elle parlait déjà d'une voix entrecoupée. Matea entra à cet instant avec du linge blanc entre ses mains.

— C'est bon, *madre* ! J'ai trouvé ça. C'était à une fillette que la mère Encarnación a enfermée parce qu'elle faisait l'idiote dans le jardin. Par contre, c'est sale.

Elle étendit ce qui se trouva être une robe aux manches amples et aux jupons suffisamment longs pour Andrea. En effet, le tissu immaculé avait deux taches au niveau des genoux. Matea avait également déniché un voile de tulle bordé de dentelle, sale et un peu décousu.

— Cela fera l'affaire, dit sœur Gertrudis en prenant les vêtements.

Et tandis qu'elle aidait Andrea à s'habiller, Matea passa à Alina un mouchoir roulé en boule.

— Ce que vous m'avez demandé, *niña*.

— Qu'est-ce que c'est ? s'enquit Andrea tandis que sœur Gertrudis ceinturait la robe.

Alina ouvrit légèrement le mouchoir, dévoilant des perles blanches et noires et des broches en or.

— Ces bijoux appartenaient à ma mère. Je les ai apportés en cachette, je ne sais pas pourquoi.

La novice mit le paquet dans les mains de son amie avant que celle-ci proteste.

— Accepte. Tu vas avoir besoin d'argent.

Andrea commença à grommeler, interrompue par sœur Juana.

— Sœur Elena a raison.

Elle alla chercher une caisse en bois humide sur les étagères les plus hautes et l'ouvrit avec une petite clef qu'elle portait au cou, cachée sous son capuchon blanc.

Elle en sortit des pièces d'or, quelques superbes broches de saphir et des boucles d'oreilles en filigrane.

Porte-t-elle cela sous ses habits de religieuse ? s'interrogea Alina. Elle repéra alors un anneau au couvercle doré, comme un médaillon, et se demanda si c'était cet anneau qui contenait le portrait de la comtesse de Paredes.

Sœur Juana ajouta les bijoux à ceux d'Alina et y joignit la bague en or qu'elle portait à l'annulaire.

Andrea n'en revenait pas.

— Enfin, ma sœur… ceci est votre bague de consécration !

Pour une religieuse, elle était aussi précieuse qu'une alliance, et celle de sœur Juana allait avoir 25 ans. Pourtant, elle sourit.

— Elle servira mieux dans ta poche qu'à mon doigt.

La surprise d'Andrea augmenta lorsque Gertrudis ajouta son propre anneau avant de l'embrasser sur le front. Alina, en tant que novice, n'en avait pas encore, sans quoi elle le lui aurait donné volontiers.

L'infirmière termina de positionner délicatement le voile sur les cheveux d'Andrea, en silence.

On entendit alors des pas pressés dans l'escalier. Demetria fit irruption dans la pièce avec deux énormes paniers de glaïeuls blancs.

— *Madre* ! dit-elle, essoufflée. L'alguazil est ici !

Même si elles s'y attendaient, toutes poussèrent de sourdes exclamations. Sœur Juana attrapa son médaillon.

— En es-tu sûre ?

— Oui. La *niña* Isabel m'a fait des signes. Et on entend les grossièretés de ce misérable jusque dans la cour !

Sœur Juana réagit au quart de tour. Elle cacheta ses deux documents à la cire, l'un avec le sceau de San Jerónimo, l'autre avec le dos de sa pipe.

Elle tendit le premier à Matea.

— À remettre en main propre à don Gaspar. Et à personne d'autre.

— Oui, *madre*, répondit Matea avec une révérence.

Ce n'est que là que sœur Juana constata que Matea avait remis son élégante robe de laine.

— Ce sont tes aveux, dit-elle à Andrea. Je dis au vice-roi que tu reconnais ta culpabilité et que tu disculpes l'ensemble des sœurs du couvent. Pardonne-moi, mais c'est la seule façon de sauver sœur Elena et sœur Gertrudis. Entre les mains de don Gaspar, ce document sera en sécurité.

Andrea hocha la tête.

— C'est ce qu'il fallait faire. C'est moi qui suis à l'origine de tout le problème.

— Cache la lettre ici, dit Demetria à Matea, soupesant les paniers et lui tendant le plus léger.

Elle confia l'autre à Andrea à l'instant où sœur Gertrudis terminait d'ajuster le voile.

— Une ruse parfaite, dit sœur Juana avec satisfaction.

Une fois à la cathédrale, les plus âgées des jeunes filles du catéchisme devaient distribuer des fleurs aux plus petites pour qu'elles les portent à la Vierge. Personne ne se douterait de rien face à cette jeune fille un peu plus grande que les autres qui tenait un panier.

— Demetria, avez-vous mis tout ce que je vous ai demandé ?

— Oui.

Elle souleva un peu les fleurs pour montrer les paquets.

— De la génoise, qui se conserve bien, de la viande séchée, de l'eau et de petits fromages enrobés de cire. Plus quelques douceurs aux amandes que j'ai subtilisées avant que les gamines les emportent.

— Bien, dit sœur Juana, ajoutant au panier d'Andrea le mouchoir avec les bijoux et, avec un empressement particulier, le second document.

Elle baissa un peu la voix, parlant plus vite.

— Quand tu seras dehors, va retrouver Germán. Matea te conduira à son échoppe sur la place. C'est lui qui devra vous mener au port d'Acapulco. J'aurais bien aimé vous aider là aussi, mais nous n'avons plus le temps. Une fois là-bas, rendez-vous à cette adresse et remettez ce message. Un passeur vous conduira à Manille gratis.

— Comment ? s'étonna Andrea, stupéfaite.

— Dans cette lettre, je garantis que le paiement sera effectué par mes soins. Ce passeur me connaît bien. Il sera discret.

Andrea ne parvint pas à détacher son regard de la lettre, même après que Demetria la couvrit de fleurs.

Sa voix se brisa.

— Co… comment pourrons-nous vous payer, ma sœur ? Si…

— Tu seras à l'autre bout du monde en train de prendre soin de ton enfant, l'interrompit sœur Juana. Je n'attends pas et je ne souhaite pas que tu me paies. Je ferai un emprunt au couvent et je rembourserai peu à peu. J'en ai déjà parlé à la mère Encarnación.

Alina se rappela la querelle entre les deux femmes. Tout prenait sens : ce voyage aux Philippines avait été réservé pour Andrea ! L'ex-novice les regardait toutes avec des yeux larmoyants. Elle examina le panier rempli de nourriture, de secrets et de liberté et parla la gorge serrée.

— Moi qui pensais que la charité n'était plus de ce monde…

Sœur Juana battit des paupières pour chasser ses larmes. Elle sécha celles d'Andrea puis la couvrit avec le voile.

— Penche-toi un peu pour paraître moins grande. Et cache bien ton visage ; ce sera la dernière fois que tu devras le faire.

Elle sourit un instant, le temps que résonnent de nouveau les cloches désespérées de la mère Encarnación.

— En avant ! dit sœur Juana. Vous savez ce que vous avez à faire. Et rappelez-vous : un seul faux pas nous fera toutes tomber.

Une fois hors de la cellule, elles se dispersèrent. Sœur Gertrudis, Andrea et Matea se dirigèrent vers le cloître processionnel. Alina leur jeta un dernier regard ; si tout se passait bien, cela serait la dernière fois qu'elle voyait Andrea.

Demetria courut au parloir donner la consigne de faire entrer l'alguazil et de l'occuper avec la meilleure des liqueurs du couvent. Sœur Juana arrêta Alina avant qu'elle s'en aille à son tour. Le cloître était désert, à présent, puisque toutes les religieuses et les domestiques étaient à l'église ou dans l'autre cloître, avec les fillettes.

— Je te dois des excuses, sœur Elena. De réelles excuses. Tu t'es évanouie, hier... Si tu savais comme je me suis sentie coupable, ces derniers jours, de ne pas te dire la vérité ! Je ne le pouvais pas. Si les inquisiteurs étaient venus t'interroger... Le mieux était que tu ne saches rien.

Alina aurait souhaité lui dire que tout cela n'était pas grave, que c'était oublié. Mais les mots ne sortirent pas.

Elle entendait le silence d'Andrea et de sœur Gertrudis, qui éprouveraient à jamais le remords d'avoir empoisonné un homme. Elle comprenait aussi pourquoi sœur Juana avait voulu la protéger. Pourtant, elle ne pouvait éviter ce sentiment d'avoir été trahie avec condescendance. Comme si l'on doutait de son discernement.

— J'aurais peut-être dû te faire confiance, murmura la poétesse comme si elle lisait dans ses pensées.

Elle esquissa un sourire amer.

— *Parfois, j'omets que je ne suis dans ce monde pas la seule éclairée...*

Elle avait d'autres rimes en tête, mais la mère Encarnación passa près d'elles avec sa cloche pour appeler les retardataires.

— *Madre*, commença sœur Juana, nous avons envoyé les...

— Non, non, non ! grogna l'abbesse avant de s'éloigner prestement comme qui fuit un incendie. Je ne sais rien ! Je vous ai déjà dit que je ne savais rien !

Sœur Isabel arriva alors, sonnée par toutes les vulgarités qu'elle avait entendues. On percevait une voix fracassante venue du parloir.

— Demetria et Tonalta l'ont fait entrer, annonça-t-elle. Il avait la bouche sèche.

— Bien, commenta sœur Juana. Je m'en charge. Vous deux, allez à l'église.

— Quoi ? protesta Alina. Moi aussi ? Vous ne voulez pas que je vous assiste auprès d'Ogazón ?

Sœur Juana la poussait déjà.

— Non – et ce n'est pas que je n'ai pas confiance en toi. Il faut agir normalement. Un jour ordinaire, tu serais à l'église avec les autres hiéronymites, et l'abbesse bénirait la procession.

Alina pesta, contrariée. L'alguazil s'égosillait toujours.

— Allons ! pressa sœur Juana.

Bien obligée, Alina suivit sœur Isabel à l'église. Son cœur battait au même rythme que les fracas qui retentissaient au parloir.

REFRAINS

Matea et sœur Gertrudis entrèrent les dernières dans le cloître processionnel. Toutes les élèves du catéchisme avaient pris place autour de l'image de la Vierge. Andrea fermait la marche, tâchant de cacher son visage autant que possible. Sœur Leocadia, au luth, avait entamé les *villancicos* de sœur Juana.

Les veuves et certaines domestiques qui n'avaient pas fait vœu de clôture encadraient les fillettes, tout de blanc vêtues. Dans un coin de la cour, de façon qu'on ne les voie pas même lorsque les portes s'ouvriraient, attendaient les religieuses de haut rang, parmi lesquelles devait se placer sœur Gertrudis.

Avant, avec un regard nostalgique, elle embrassa la jeune Andrea à travers son voile puis s'écarta d'un pas chancelant. Elle se détourna vers le mur pour qu'on ne la voie pas pleurer. Seule Matea entendit cet unique et bref sanglot.

Mais elles n'avaient plus le temps de tergiverser : la jeune Indienne prit Andrea par le bras et la fit se mêler aux fillettes, agglutinées autour du piédestal de la Vierge Marie.

Andrea se plaça dos à toutes, tête basse, murmurant des prières sans s'arrêter.

Matea fut frappée par sa beauté ; avec son voile sur le

visage, et les petites fleurs brodées par-dessus, Andrea ressemblait à une mariée ou… à une religieuse sur le point d'être inhumée.

Les vers chantés par les douces voix des fillettes lui donnèrent la chair de poule.

Qui est cette Beauté
que sa sortie précipite,
telle l'Aurore hâtive
et comme la Lune sublime
et comme le Soleil choisie,
comme l'escadron garnie
de toute puissante armure ?
Qui est cette Beauté[1] *?*

Alina et sœur Isabel se précipitèrent dans l'église. Hors d'haleine, elles débarquèrent courant à toutes jambes au milieu des 70 religieuses qui chantaient sur les prie-Dieu.

Toutes se retournèrent pour les regarder. Certaines avec discrétion, d'autres de façon ostentatoire, mais personne ne fut autant irritée que sœur Augusta, chargée de maintenir l'ordre dans le *sotocoro*.

D'un signe furibond, elle leur indiqua de s'agenouiller sur les prie-Dieu les plus proches.

Alina voulut regarder au-delà de la grille qui les séparait du reste de l'église mais ne vit que les rayons du soleil s'infiltrant par les interstices. En revanche, on percevait clairement les centaines de voix qui, dans la

1. *Villancico II* de sœur Juana Inés de la Cruz, écrit en 1690 pour une messe de l'Assomption à Mexico.

nef, entonnaient psaumes et *villancicos*. Comme en n'importe quel jour de fête, l'église et les rues devaient être bondées.

— Vous avez raté le sermon du père Nuñez, dit sœur Quintina, qui se promenait entre les agenouilloirs comme une petite fille. Il a déjà béni la procession.

Le cœur d'Alina se grippa. Elle dut trembler de tout son corps, car sœur Isabel lui prit la main.

— Que se passe-t-il ? murmura-t-elle.

Alina attendit que sœur Quintina s'éloigne.

— Le père Nuñez ! dit-elle aussi bas qu'elle put. Il connaît Andrea. C'est son confesseur. S'il la voit et qu'il la reconnaît… Seigneur !

Dehors, sous les nuages gris, quatre enfants de chœur habillés en rouge et blanc escortaient le nauséabond père Nuñez jusqu'au cloître processionnel. Par chance, les petits portaient des encensoirs qu'ils tenaient à bout de bras comme des pendules pour parfumer l'air ambiant ; avec cette humidité et cette chaleur, l'odeur du prêtre était insoutenable.

Ils passèrent sous le clocher et tournèrent au coin du couvent.

Les familles des jeunes filles se pressaient devant le portail, attendant avec impatience de voir sortir leur progéniture.

Nuñez les regarda avec réprobation. Il n'avait jamais vu d'un très bon œil cet enthousiasme laïc, et encore moins la fausse fierté des mères qui n'allaient à la messe que pour afficher leurs plus beaux bijoux et effets. Or, elles étaient nombreuses ce jour-là.

Le prêtre, serrant contre lui son bénitier portatif, s'installa face à la vétuste porte et fixa son regard sur les heurtoirs rouillés. À moins de cinq pas de distance, il pouvait voir chaque éclat, chaque rivet, chaque fissure dans le bois.

Sœur Juana s'assit face à la grille, sans toutefois ouvrir les rideaux, pour que l'alguazil, quelques instants encore, ne s'aperçoive pas de sa présence.

Paupières closes, elle écouta les injures que cet homme méprisable criait à Demetria et Tonalta. Elle entendit des verres et des assiettes se fracasser au sol.

Elle attendit.

Elle essaya de se repasser en mémoire les *villancicos* qu'elle avait composés pour ces célébrations, évaluant le temps qu'il faudrait à Andrea pour sortir.

Les battements frénétiques de son cœur se mêlaient au rythme de la mélodie : ils l'accéléraient et en faisaient une symphonie effrénée.

Elle attendit.

Les mains serrées, en sueur, elle entendit des cris désespérés de l'autre côté de la cloison. C'était Tonalta, priant qu'on la relâche.

Il était temps d'y aller. Elle se leva, inspira profondément et ouvrit elle-même les rideaux.

— *Señor* Ogazón ! Que nous vaut cet honneur ?

Matea remarqua qu'Andrea chancelait. Elle la soutint par le bras aussi discrètement que possible, mais deux fillettes toutes proches s'en aperçurent. Elles les regardèrent avec curiosité : malgré le voile, elles avaient compris qu'Andrea n'était pas une de leurs camarades.

Matea leur sourit, un doigt sur les lèvres. Puis elle sortit deux confiseries à l'amande du panier d'Andrea et les leur passa en douce.

Les fillettes les prirent et détournèrent le regard. Andrea poussa un soupir.

— On y est presque, *niña*, on y est presque ! dit Matea. Écoutez la musique. Comme c'est beau...

À cet instant, les fillettes chantaient :

Viens, car de tes lassitudes
le rigoureux hiver se moque,
et de récolter les fruits,
est venu l'heureux temps[1]...

— Des... aveux ? demanda sœur Juana en prenant le temps d'espacer chaque mot. À propos de... ?

— D'une de vos saletés de novices ! cria Ogazón, qui buvait à présent le vin de messe directement à la carafe. Le Nègre ! Montre-lui.

L'imposant esclave sortit un papier enroulé de sa poche et le plaqua contre la jalousie.

Aussi lentement qu'elle put, sœur Juana se leva. Elle s'approcha de la grille et fit semblant de parcourir le document. Elle reconnut immédiatement le nom de sœur Andrea et sa signature, qu'elle avait vue sur le registre des vœux. Cependant...

1. *Villancico VI* de Sœur Juana Inés de la Cruz, écrit en 1690 pour une messe de l'Assomption à Mexico.

— Aïe, mon fils, je ne peux pas lire, avec cette si faible lumière... Voulez-vous bien me passer ce papier par le tour ? Je...

— Je vous en foutrais, des tours ! vociféra Ogazón. Me prenez-vous pour un imbécile, ma sœur ?

— *Quelle cruelle interrogation... qui me déchire entre franchise et éducation.*

— Ce document est une confess... une confession ! rugit l'agent de police, se détestant de s'entendre compléter sa rime. Croyez-vous que je vais vous le donner, pour que vous le brûliez avec vos fameux cierges ?

Sœur Juana secoua la tête.

— Ce serait si peu chrétien...

— Si vous ne parvenez pas à le voir, je vais vous le lire, maugréa Ogazón, et il se leva pour arracher le papier à son esclave.

— Juste ciel ! s'exclama sœur Juana. J'ignorais que vous saviez lire.

— Bien sûr que...

Ogazón plissa ses yeux de bœuf, examinant le papier. Puis il souffla et le rendit à son esclave.

— Voilà ce que ça dit : une certaine sœur Andrea, novice à San Jerónimo, déclare que c'est elle qui a tué don Antonio. Et elle signe en bonne et due forme.

Sœur Juana poussa une exclamation, feignant la surprise. De retour à sa chaise, elle se mit à jouer avec son chapelet jusqu'à ce que l'alguazil grogne.

— Ceci est une allégation très grave, répondit enfin la poétesse. Je... je ne crois pas avoir l'autorité suffisante pour...

Ogazón frappa du poing sur la petite table où l'on déposait les boissons. Ses pieds fins ne le supportèrent pas et tout le meuble s'effondra.

— Sacrebleu ! Alors, appelez celle qui l'a !

Sœur Juana essuya le souffle de l'alguazil telle une bourrasque.

— Je crains de devoir faire appel à la mère Encarnación, notre abbesse. Vous en rappelez-vous ? Je crois que vous vous êtes déjà…

— Appelez-la immédiatement, diantre !

Sœur Juana sursauta, son sang-froid légèrement entaillé.

— *Señora* Demetria, lança-t-elle, faites comme demande l'alguazil. Dépêchez-vous d'aller dire à la mère Encarnación que cette affaire est très importante.

Demetria exécuta une révérence accompagnée d'un discret clin d'œil qui laissait entendre qu'elle ferait tout le contraire.

Alina, cramponnée sur l'agenouilloir, priait avec une ferveur authentique.

Elle avait toujours détesté l'attente ; la lente et terrible attente ; ces moments qui s'allongent comme la corde à laquelle pend un condamné, qui s'étire encore et encore, tandis que sa victime prie pour en finir au plus vite.

C'était dans ce genre de moment que la novice prenait conscience de sa véritable petitesse. À quoi bon se concentrer sur les prières, les chants ou les battements de son cœur ?

Elle se représenta toute sa vie, ses études et son travail, minuscule goutte de pluie tentant vainement de créer des vagues dans un océan déchaîné.

— Le petit *padre* pue !

Le cri de ce garçonnet, venu du fond du cœur, déclencha une vague de rires dans la rue.

Nuñez lui jeta un regard assassin. Le gamin n'avait pas plus de 10 ans et faisait le tour du couvent en courant depuis le début des *villancicos*.

Le prêtre eut un geste de menace envers la mère, une *criolla* couverte de perles. La femme attrapa le garçon par le bras. Nuñez ferma les yeux avec impatience et se retourna vers le portail.

De l'autre côté, on entendait les *villancicos*. Le volume et la tonalité montaient. On reconnaissait le style de sœur Juana, qui appréciait les finals emphatiques. Cependant, Nuñez ne pouvait se concentrer. Dans son dos, le garçon gémissait qu'il s'ennuyait.

— J'ai vu l'alguazil ! cria-t-il encore, et sa mère lui administra une grande claque.

Nuñez essaya de se focaliser de nouveau sur la musique, préparant son goupillon en vue de bénir ses fidèles. Brusquement, il se retourna d'un coup vers le petit garçon, si vite qu'il s'en fit mal au cou.

— Pardonnez-lui, mon père, supplia la mère, mais Nuñez l'ignora et saisit l'enfant par le bras.

— Qu'as-tu dit ?

Le petit essaya de se cacher dans les larges jupons de sa mère. Nuñez le tira vers lui.

— Qui as-tu vu ?

Le gamin se mit à pleurer.

— Le… l'alguazil.

— Avec ses Noirs ?

— Ou… oui, *padre*.

— Où cela ?

L'enfant déglutit. La mère le prit par les épaules, craignant que le prêtre le lui arrache.

— Réponds, moucheron !

Le petit sursauta. Sa mère, effrayée, lui chuchota à l'oreille qu'il devait obéir.

— De… de l'autre côté du couvent, murmura l'enfant après avoir reniflé. Les religieuses le faisaient entrer. Elles disaient qu'il venait chercher l'une d'entre elles.

Nuñez le lâcha et haussa un sourcil suspicieux. Autour, les gens commençaient déjà à faire des messes basses.

De nouveau, il contempla le portail de bois érodé et ses gros rivets en fer rouillé.

Alors, devant une centaine de regards stupéfaits, il se mit à courir.

Matea entendait des chuchotis et des exclamations étouffées de l'autre côté du portail. Une clameur qui lui hérissa les poils.

Elle ne fut pas la seule.

Sœur Gertrudis et la mère Encarnación se regardèrent, inquiètes, à travers leurs voiles. Aux côtés de Matea, Andrea tremblait.

Par chance, le volume des chants augmentait encore. La pauvre ne contrôlait presque plus sa respiration. Elle ne cessait de rajuster le panier sous son bras.

— *Et ainsi, dans son Assomption triomphante, le Ciel chante*, chantaient les fillettes à droite, et celles de gauche répondaient : *Ainsi, le sol n'ignore pas sa douleur, et pleure.*

— *Chante, chante !*

— *Pleure, pleure*[1] *!*

Il manquait encore plusieurs couplets avant qu'elles puissent sortir.

Les sandales du père Nuñez soulevèrent la poussière tandis qu'il tournait à l'angle, haletant, crachant. Enfin, il distingua la porte du tour, restée entrouverte. Là se tenaient les incontournables chevaux de l'alguazil, avec leurs selles et leurs rênes décorées de liserés rouges, ainsi que ses hommes.

Voyant trente-six chandelles à cause de l'effort, le père pénétra dans le couvent.

Sans plus prêter attention aux psaumes, Alina embrassa la croix de son chapelet.

Elle s'imagina le père Nuñez, son odeur, ses yeux jaunes et ses dents couleur café, reconnaissant Andrea, plus grande que les autres jeunes filles, et dans son esprit elle le vit courir vers elle, arracher son voile et la traîner au parloir pour la jeter aux pieds de l'alguazil…

Son chapelet se brisa ; les perles roulèrent. Sœur Quintina, comme une enfant, courut les récupérer.

---

1. *Villancico VII* de Sœur Juana Inés de la Cruz, écrit en 1690 pour une messe de l'Assomption à Mexico.

— Mais pourquoi met-elle autant de temps ? vociféra l'alguazil, ignorant la coupe de liqueur que lui proposait Tonalta.

— C'est l'Assomption, aujourd'hui, dit sœur Juana. Notre révérende mère est très occupée avec... les liturgies.

Il fallait éviter coûte que coûte de mentionner que la procession était sur le point de sortir de l'église par le cloître arrière. Ogazón était stupide, mais pas à ce point.

L'alguazil renversa le verre que tenait la sœur portière. Son contenu se répandit sur le sol. L'homme pointa son gros doigt sur sœur Juana.

— Si la vieille n'est pas là à trois...

Là-dessus, on entendit un fracas puis des claquements de pieds frénétiques. La porte s'ouvrit et un tas de guenilles fit son apparition – le père Nuñez.

— La procession ! souffla-t-il. La pro...

— Que se passe-t-il ? questionna Ogazón, fronçant le nez.

Nuñez courba le dos, les mains sur les genoux, luttant pour retrouver son souffle.

— Elle va... Elle... Elle va vous échapper !

— Hein ?

Sœur Juana se leva d'un bond.

— Père Nuñez, vous avez l'air bien mal en point ! Voulez-vous de l'eau ? Une infusion de...

— Au diable ! cria-t-il, et il s'appuya sur l'immense esclave d'Ogazón pour se redresser.

À la façon dont il oscillait, sœur Juana supposa que l'homme avait la vue trouble.

— Venez-vous pour sœur Elena ? réussit-il à demander.

— Non, dit l'alguazil. Nous venons chercher une certaine sœur Andrea. Elle a tout avoué, précisa-t-il en montrant le papier que tenait Le Nègre.

Le prêtre ouvrit la bouche en grand, prenant de l'air avec un son sifflant.

— Une vulgaire mascarade ! s'époumona-t-il, dardant sur sœur Juana un doigt accusateur. Ceci est une vulgaire mascarade ! La procession de la cathédrale va sortir par le portail arrière : la religieuse va vous échapper !

Tandis que le parloir s'emplissait d'un silence pesant, presque palpable, on put lire dans les yeux de chacun l'intensité du drame qui se jouait. Le regard sanguinaire de l'alguazil passa frénétiquement du prêtre à sœur Juana ; les yeux du Nègre, menaçants et injectés de sang, les jaugèrent tous ; sœur Juana elle-même jeta un coup d'œil funeste à son ancien confesseur.

Nuñez continuait de haleter, avec un air d'infinie satisfaction.

Sœur Juana se mit à courir la première.

STABAT MATER

Seuls les oiseaux assistèrent à cette course effrénée : sœur Juana, relevant ses habits encombrants, s'élança et courut comme jamais depuis des années, et de l'autre côté des murs, Le Nègre et ses camarades, de leurs longues jambes, progressaient à une vitesse inouïe.

Sœur Juana traversa le grand cloître, son chapelet se prenant dans ses jambes et son médaillon frappant sa poitrine.

— Sortez, vite ! Sortez !

Alina, installée sur les prie-Dieu les plus proches de la porte, perçut clairement la voix de sœur Juana.

Elle hésita quelques instants puis se leva, oubliant la messe et les prières.

— Sœur Elena, veuillez vous rasseoir, lança sœur Augusta. Sœur Elena !

Alina l'ignora.

Elle sortit, apercevant sœur Juana durant un battement de paupières, avant que celle-ci disparaisse dans la travée.

Dans son dos, un mur très fin séparait le couvent de l'extérieur ; elle entendit parfaitement les cris tonitruants des esclaves de l'alguazil.

Alina se représenta le plan de San Jerónimo : ces hommes avaient plus de distance à parcourir pour parvenir à la porte arrière, cependant sœur Juana n'arriverait jamais à les devancer.

Les esclaves allaient arriver avant, et ils bloqueraient la porte. Ils emmèneraient Andrea, et peut-être elle et sœur Juana avec, on les accuserait de sorcellerie puis on les jetterait dans les flammes de la…

— Les flammes, murmura-t-elle.

Elle n'avait pas fini de prononcer ce mot qu'elle filait déjà, en désespoir de cause, dans la direction opposée : celle du cellier.

— … *par l'Orient l'Aurore*, chantaient les choristes ; *et on la devine à peine, quand Dieu cesse la lutte, et la victoire indécise*[1]…

— Sortez, vite !

C'était comme un écho, au loin.

Matea et Andrea levèrent les yeux. Sœur Gertrudis, à distance, fit de même.

— Sortez !

Cette fois, l'ordre était plus clair.

Andrea, cramponnée à son panier, chercha instinctivement la main de Matea.

Sœur Gertrudis alla directement vers la mère Encarnación, lui arracha la cloche des mains et la fit sonner par-dessus les dernières mesures des *villancicos*.

— *Comprenne qui pourra ; et celle-ci fait ses adieux !*

---

1. Extrait du *Jácara entre dos*, de Sœur Juana Inés de la Cruz, écrit en 1690 pour une messe de l'Assomption à Mexico.

Et tandis qu'elle chantait d'une voix stridente, elle alla vers le portail à grandes enjambées.

— Êtes-vous devenue folle ? cria sœur Leocadia, mais sœur Gertrudis la fit taire d'une claque.

La mère Encarnación, à la surprise de toutes, prit aussi le chemin du portail avec son pesant jeu de clefs, chantant ces mêmes vers d'adieux.

Andrea haletait de terreur.

— Que se passe-t-il ? murmura-t-elle.

— Approchez-vous de la Vierge, lui dit Matea, tout aussi confuse.

Elle poussa les fillettes qui se tenaient devant et tira Andrea par le bras.

— Il faut qu'on se cache au milieu des autres !

La grande Lupita souleva la statue de la Vierge sans effort et la hissa au-dessus de leur tête. Les fillettes et les veuves se mirent à bouger chaotiquement.

Là-dessus arriva sœur Juana, le voile de travers, hors d'haleine. Elle s'empara du luth de Leocadia, qui continuait obstinément, malgré la correction qu'elle venait de recevoir, à jouer les passages qui manquaient. Juana unit sa voix à celles de Gertrudis et de l'abbesse, et le groupe de choristes, en même temps que la statue de la Vierge, avança vers le portail ouvert.

Dehors, on entendait des exclamations affolées.

Le Nègre fut le premier à arriver, face à une foule compacte agglutinée devant le portail.

En grognant, il se fraya un passage parmi l'assistance, sans se préoccuper de savoir s'il bousculait des Indiens ou des *gachupines*.

La domestique somnolente sursauta et constata que le portail côté cloître s'était ouvert et laissait passer la lumière du jour dans le passage. Derrière elle, à travers la porte qui donnait sur la rue, on entendait les cris d'un homme.

— Ouvre ! lui cria la mère Juana Inès tandis que les fillettes et la statue de la Vierge s'engouffraient dans le passage.

— Mais le portail du couvent n'est pas refer…

— Ouvre, par les cornes du Diable ! vociféra sœur Gertrudis, plus fort qu'on ne l'avait jamais entendue.

La domestique, d'une main tremblante, fit tourner la vieille clef. Le craquement de la serrure s'ajouta aux chants désaccordés et angoissés des fillettes.

Enfin, une ligne verticale presque aveuglante se forma entre les deux pans de la porte. Matea allait pousser un soupir de soulagement, quand une énorme main la referma de l'extérieur.

Alina retourna tout le cellier, jetant les sacs de farine et de sucre, renversant les carafes de vin et les caisses d'amandes.

— Je les ai vus ! répétait-elle avec espoir. Ils étaient là !

La porte s'ouvrit d'un coup. La fine silhouette de Sabina apparut.

— Vous cherchiez quelque chose ? demanda l'esclave, et son expression n'était pas des plus aimables.

— Que se passe-t-il ? pesta sœur Juana. Sortez !

— Quelqu'un pousse la porte ! répliqua la domestique, appuyée de tout son poids contre les battants de chêne.

— Laissez passer ! s'égosilla la mère Encarnacion, surprenant de nouveau tout le monde. Laissez passer la Très Sainte Mère !

La domestique continuait de pousser, en vain.

— Que se passe-t-il ? criaient les gens dans la rue.

Et :

— Laissez-les sortir !

— Ce sont nos filles !

Matea était coincée entre les fillettes qui se massaient dans le petit couloir.

— Sur le côté ! s'exclama-t-elle, se frayant un passage comme elle put. Laissez passer la statue !

Elle et Andrea écartèrent les choristes, et Lupita, la Vierge toujours sur son dos, se mit à enfoncer la porte.

— Les pétards, bafouilla Alina. Je les ai vus ici. Ils étaient là, hier, sur le bois.

— Vous feriez mieux de rester ici, dit Sabina, se plantant fermement face à la porte. Vous nous avez déjà causé assez d'ennuis.

Alina sentit son pouls accélérer. Les pupilles de Sabina, qui resplendissaient dans la pénombre du cellier, lui glacèrent le sang.

À la troisième secousse, les pétales blancs des fleurs commencèrent à voleter autour de Lupita. De l'autre côté, le tumulte grandissait.

Matea, le cœur battant, se tenait collée dos au mur froid, soutenant la main tout aussi gelée d'Andrea. Instinctivement, la jeune femme protégea son ventre avec son panier.

Au milieu de ce chaos, une voix de miel se fit entendre.

— *Qui est cette Beauté… que sa sortie précipite…*

C'était sœur Juana, qui entonnait le plus doux refrain de ses *villancicos.*

— *… telle l'Aurore hâtive…*

Les autres religieuses s'unirent à elles, et l'une après l'autre, les fillettes du catéchisme.

— *et comme le Soleil choisie, comme l'escadron garnie…*

Encouragée par les chants, Lupita enfonça de nouveau la porte.

— Pousse-toi ! hurla Alina. Ta maîtresse a besoin de mon aide !

Sabina se contenta de lui sourire avec ironie.

Alina voulut la contourner, cependant la femme lui barra la route. Elle essaya de l'autre côté ; Sabina recommença à la bloquer avec l'agilité d'un félin.

— Pousse-toi ! cria Alina d'une voix venue du fond des tripes.

— Ou bien quoi ? la défia Sabina. Vous allez me jeter un de vos maléfices ? Vous allez me faire fouetter par le Saint-Office ?

Alina souffla de frustration.

Chaque instant comptait, et cette femme ne voulait

rien comprendre ! Elle entendit les religieuses sortir en groupe de l'église. Le pire était en train de se produire. On allait toutes les conduire à l'Inquisition, tout cela pour une imbécile qui croyait à la sorcellerie !

Sabina afficha un sourire satisfait. Alina sentit sa poitrine s'enflammer.

— Je vais te fouetter moi-même !

Et elle se jeta sur l'esclave comme une bête sauvage.

— *Monte, monte... monte avec ton vol léger*[1]...

Un autre coup contre la porte.

— *Car jusqu'à ce que tu montes, Dieu manque d'une Église !*

Sœur Juana, sans cesser de chanter, pressa les fillettes retardataires pour qu'elles se joignent à la procession. Certaines, effrayées, serraient leurs glaïeuls en regardant la gigantesque esclave africaine emboutir le portail.

Soudain, on entendit d'autres voix dans leurs dos. C'étaient la soixantaine d'autres hiéronymites qui venaient de l'église et, croyant que la procession avait commencé, entonnaient elles aussi les *villancicos*.

Leurs voix portaient jusqu'à la rue, plus puissantes que les coups contre le portail, et la grâce de ces chants renforça l'indignation de l'assistance. Un chœur céleste qui tentait de libérer la mère de Dieu.

1. *Villancico V* de Sœur Juana Inés de la Cruz, écrit en 1690 pour une messe de l'Assomption à Mexico.

— Diablesse ! criait Sabina, tandis qu'elle et Alina roulaient sur le sol en désordre du cellier, se battant à coups de poing et de griffes. Vous avez entraîné ma maîtresse dans vos sorcelleries !

Alina lui décocha un coup de pied, la projetant en arrière. Elle en profita pour ramper vers la porte. À peine réussit-elle à la toucher que Sabina l'attrapa par la cheville et, d'un coup, l'en éloigna.

Alina secoua les jambes, grognant, mais la femme avait trop de force.

Sabina la gifla, lui arrachant son voile. Alina, étourdie, ne put empêcher Sabina de lui monter dessus. L'esclave lui tint les deux poignets contre le sol pour l'immobiliser. Alina eut beau se débattre et pester sauvagement, rien n'y fit.

Sabina se pencha à quelques millimètres de son visage.

— Tu restes ici ! Jusqu'à ce que l'alguazil te mette au cachot et que l'Inquisition te brûle, sale sor...

Soudain, on entendit un coup sourd, un hurlement de douleur, et Sabina s'effondra sur le côté.

Alina avait fermé les yeux. À travers ses paupières, elle vit une silhouette cacher le soleil. Demetria.

La femme maya, forte et déterminée, se tenait dans l'encadrement de la porte, brandissant une louche de bois éclaboussée de sang.

Sabina avait roulé au sol, le dos contre un tas de sacs. Elle lança un cri terrifiant et prit son élan pour revenir à la charge, mais Demetria bondit et lui bloqua le passage.

— Ne bouge plus, ma petite, ou je te frappe jusqu'à plus soif.

Elle regarda Alina du coin de l'œil, sans cesser de surveiller l'autre femme.

— De quoi as-tu besoin, ma belle ?

Alina se redressa maladroitement.

— Des… des pétards chinois.

Demetria acquiesça.

— Dans la cuisine, près des confiseries. Et il y a des branches de pin allumées dans le premier fourneau. Dépêche-toi.

Andrea serra la main de Matea, terrifiée.

Elles étaient en plein milieu du tumulte : coincées entre les chants célestes et les cris indignés, sans pouvoir ni bouger vers l'arrière ni vers l'avant, sous une pluie de pétales blancs.

Soudain, un homme rugit, si près de Matea – et si furieux – qu'elle sentit ses oreilles bourdonner.

— Laisse sortir la petite Vierge, misérable !

On entendit un coup de poing. La seconde d'après, Lupita donna un autre assaut et le portail s'ouvrit.

Matea aperçut Le Nègre, du sang sur les lèvres, à quelques pas de distance. Elle profita de cet instant pour prêter main-forte et pousser la porte. Côté rue, de nombreuses mains l'imitèrent, tirant sur les battants de chêne. Lupita eut enfin la place d'avancer.

Le manteau bleu et les perles furent enfin libérés, et les visages de la Vierge et de l'Enfant resplendirent sous le soleil, acclamés par la foule.

Matea prit la main d'Andrea et s'approcha de Lupita.

— Ne me lâchez pas, *niña*. Nous y sommes presque…

Pour la première fois en presque trois ans, Andrea entrevit l'extérieur, aveuglée par le soleil brûlant et incommodée par la foule.

C'est alors qu'on entendit d'autres cris masculins : l'alguazil et ses hommes encerclaient le public. On aurait dit une meute de loups.

— Ces pétards sont réservés pour après la…

— Oh, tais-toi !

Alina prit dans ses bras une demi-douzaine de fusées et fonça vers les fourneaux. Parmi les braises et les cendres, elle trouva plusieurs branches de pin aux pointes rouge vif.

Elle prit la plus grande, se brûlant les mains, et sortit de la cuisine en vitesse.

Elle allait poser la branche sur les fusées quand elle se ravisa.

Tout son chargement pouvait lui exploser entre les mains.

La rue entière devint procession.

Les parents défendaient bec et ongles leurs fillettes et la Vierge, frappant à coups de pied et de claques l'alguazil et ses hommes.

Ogazón, hors de lui, tentait par tous les moyens de se frayer un passage dans la foule.

— Baissez-vous, dit Matea, se tapissant près d'Andrea derrière les larges épaules de Lupita. Ne les laissez pas vous voir !

Alina dut laisser tomber la branche de pin ; sa chaleur, dans sa main, était insupportable.

La branche roula sur le sol du cloître des novices, terminant sa course près du puits. Sœur Quintina, un chat sur les genoux, se pencha pour…

— N'y pensez même pas ! lui cria la novice.

Elle enroula la branche de pin dans la jupe de son scapulaire et se remit à courir. Un des pétards tomba, mais elle ne s'arrêta pas pour le récupérer.

— Laissez passer la Vierge ! s'écria Matea, désespérée.

Elle le regretta vite.

Deux des hommes de l'alguazil qui encerclaient la foule tournèrent vers elle des yeux enragés.

Ils la reconnurent aussitôt.

Dans le cloître processionnel, Alina constata que les religieuses se massaient autour de la porte, certaines sur la pointe des pieds, d'autres bondissant pour voir ce qui se passait.

Elle chercha sœur Juana du regard, sans succès. Elle se mordit la lèvre en entendant la voix caractéristique de Matea ; elle n'avait plus le temps, désormais, de demander de l'aide et de fournir des explications. Elle fit demi-tour et se précipita vers l'une des cellules en construction, celle-là même qu'elle espérait pouvoir acquérir un jour. Elle n'avait encore ni portes ni fenêtres, et l'escalier de l'étage n'était pas terminé, montant à peine plus haut que la moitié. Alina y courut tout de même, grimpa autant de marches qu'elle put, et lança les fusées et la branche de pin par le trou du plafond.

Seulement trois tombèrent à l'étage.

— Aïe, Seigneur ! gémit Matea, incapable de quitter des yeux le regard libidineux de l'esclave.

Il fendait la foule en se pourléchant les lèvres.

Matea voulut courir, s'éloigner, mais autour d'elle tout était sens dessus dessous : des hommes se livrant à des violences, des fillettes pleurnichant parce qu'on avait écrasé leurs fleurs... Tous la poussaient contre Lupita et la statue vacillante de la Vierge.

Il n'y avait pas d'échappatoire.

Alina bondit, s'accrochant au bord du plafond. Ses mains, en sueur, glissaient sur les planches poussiéreuses. Elle rugit de colère, se hissa à l'aide de ses pieds et s'agrippa de toutes ses forces.

Elle avança un bras, puis l'autre, s'aidant avec les ongles. Des échardes s'enfoncèrent dans son ventre. Alina grogna à nouveau.

Elle agita les pieds jusqu'à ce que ses muscles lui fassent mal, à s'en déchirer la peau. Et alors, à force de se balancer, elle parvint à monter un pied et à le poser sur le sol de l'étage.

À bout de souffle, elle réussit pour finir à se hisser jusqu'en haut et roula maladroitement entre les planches et les poutres éparpillées.

Sans prendre le temps de respirer, elle rassembla les fusées tout en cherchant comment monter sur le toit-terrasse.

Elle repéra avec soulagement une échelle en bois de fortune qui grimpait jusqu'à une trappe sur le toit.

Elle faillit oublier sa branche de pin encore fumante. Cette fois, l'échelle ne lui laissait pas le choix : elle prit en même temps la branche et les feux d'artifice.

Elle se signa et commença à grimper, le mélange explosif serré contre sa poitrine.

— Il frappe les petites ! hurla Matea, désignant l'esclave.

Aussitôt, les spectateurs se jetèrent sur lui, le frappant de leurs poings gantés et de leurs éventails de plumes.

Matea, serrant toujours la main d'Andrea, observa les alentours. Elle eut un coup au cœur en constatant qu'elle était acculée : les autres esclaves l'avaient repérée aussi et s'approchaient. Ils étaient si proches et si souriants qu'elles pouvaient même voir leur dentition dans les moindres détails.

Ce n'était qu'une question de temps avant qu'ils l'atteignent, et la foule qui les protégeait les empêcherait tout autant de s'échapper.

— Laissez passer ! cria une femme au loin. Laissez passer le prêtre !

Le cœur de Matea cogna contre sa poitrine. Elle regarda dans toutes les directions mais ne parvint pas à voir de quel prêtre il s'agissait. Face à elle, cependant, la foule commença à se diviser.

C'était certainement ainsi que s'étaient ouvertes les eaux de la mer Rouge, se dit-elle.

— Laissez passer le prêtre ! entendit sœur Juana, qui n'avait pas cessé de chanter.

Elle fit un pas en avant, oubliant momentanément son vœu de clôture.

La mère Encarnación, à ses côtés, lui barra la route de son bras. Elle aussi chantait et, entre deux vers, lui fit non de la tête.

Sœur Juana contempla la porte entrouverte avec terreur.

Alina sortit sur la terrasse sans son voile, en boitant, le scapulaire brûlé et déchiré.

Elle reconnut les murs dont lui avait parlé sœur Juana, surélevés pour éviter que les religieuses qui emménageraient dans ces cellules puissent rompre le vœu de clôture. La rue était à plus de 20 mètres et, effectivement, elle ne pouvait pas la voir ; en revanche, elle en percevait la clameur.

— Laissez passer le prêtre ! entendit-elle.

Ses mains se mirent à trembler ; elle fit tomber les pétards sur le toit brûlant.

Elle chercha où installer ses fusées. Elle ne les avait vues en action qu'une seule fois, durant les fêtes de San Hipólito : il fallait allumer la mèche et les faire tenir pointe vers le haut.

Or, sur ce toit, il n'y avait ni planches, ni briques, ni seaux. Et elle était si loin de la rue qu'elle n'aurait jamais la force de les lancer à la main.

Sa respiration s'agita. Pourrait-elle les tenir et les lâcher juste avant qu'elles n'explosent ? Se brûlerait-elle les mains ?

Elle imagina ses doigts en morceaux tandis qu'elle approchait la branche fumante de la première mèche.

Le père Nuñez, encore essoufflé par sa course, parvint à faire bonne contenance : mains entrelacées devant lui, il s'avança, la tête haute.

Les gens, par respect pour sa pestilentielle soutane, le laissèrent passer. Pour eux, c'était le sauveur qui venait libérer la Très Sainte Vierge.

— Derrière l'Africaine ! cria l'un des esclaves, que la foule continuait de frapper.

Nuñez aperçut Matea et la reconnut aussitôt.

Leurs regards se croisèrent et, l'espace d'un instant, elle crut contempler la mort en chair et en os, qui lui souriait de toutes ses dents sales et tordues.

La mèche commença à crépiter. Par réflexe, Alina la lâcha.

La fusée roula à ses pieds, crachant des flammes qui montèrent vite jusqu'à la poudre.

Gémissant de peur, elle ramassa le pétard, grognant alors que les étincelles lui brûlaient les mains.

— Une goutte dans l'océan, murmura-t-elle. Une étincelle dans un volcan...

Elle prit de l'élan, courut jusqu'à la barrière et lança la fusée de toutes ses forces.

Elle ressentit une vague d'euphorie en la voyant s'envoler, hélas...

De ses bras épuisés, elle n'était parvenue à la lancer qu'à une distance pathétique. La fusée alla s'écraser au bord de la terrasse, à moitié sur le toit, à moitié sur la rue.

Pendant un douloureux instant, la charge de poudre se balança comme un pendule, hésitant à se stabiliser ou à se précipiter au-dehors.

Les étincelles cessèrent, comme si la poudre s'était tarie. Il ne se passa rien.

Nuñez avait atteint la statue de la Vierge, et même les fillettes du catéchisme s'écartèrent.

Matea s'interposa entre le curé et Andrea, mais Nuñez lui administra une gifle étonnamment forte qui lui fit voir des étoiles.

Elle ferma les yeux, un instant à peine, et la seconde d'après, elle vit Nuñez se jeter sur Andrea pour lui attraper le poignet, la secouant avec tant de force qu'il lui fit lâcher son panier.

— Je te tiens, perfide criminelle !

Sœur Juana entendit le cri de cette voix traîtresse qui lui avait tant parlé des enfers, et elle faillit de nouveau partir en courant. L'abbesse la retint encore, plantant ses ongles dans ses vêtements.

Nuñez sourit.

— Même le feu du bûcher ne pourra pas te purifier de…

Alors, la fusée prit vie.

DU FEU DE DIEU

Crachant des flammes, le pétard fusa et explosa en pleine rue, au-dessus des têtes du public, en une boule multicolore assourdissante qui faillit presque les toucher.

Les gens glapirent de terreur.

Lupita, trempée de sueur, perdit l'équilibre. La Vierge, sur ses épaules, commença à chanceler dangereusement.

Il y eut un hurlement général, plus aigu et terrible que les précédents, et la foule se précipita vers la statue, de peur que l'image de Marie tombe et se brise en mille morceaux.

Le père Nuñez se recroquevilla, terrorisé, craignant que les étincelles n'embrasent sa soutane et que la Vierge ne le blesse. À sa surprise, la douleur vint d'en bas.

Andrea lui asséna un coup de genou dans l'entrejambe et s'écarta dès que le père Nuñez se tapit tel un cloporte.

Matea l'attrapa par l'autre bras et l'attira à travers l'assemblée à l'aveuglette. Matea reçut des coups de coude et des coups de pied. Les gens criaient à quelques centimètres de ses oreilles. Là-dessus on entendit une seconde explosion et la jeune Indienne faillit bien vaciller au milieu de ce vacarme.

Alina s'apprêtait à allumer la troisième fusée lorsqu'elle entendit des cris désespérés. Elle s'imagina Matea, Lupita et Andrea les cheveux en flammes et, le cœur serré, s'obligea à jeter la branche de pin ardente au milieu du cloître processionnel.

Quelque chose de froid frappa Matea au visage, comme une main gelée. La jeune femme mit un instant à comprendre que c'était simplement l'air de la rue, libérée des feux d'artifice, des cris terrifiants et de la panique.

Elle regarda autour d'elle. Elle avait toujours son panier sous son bras. La lettre pour le vice-roi était là, parmi les fleurs, ou du moins ce qui en restait. Et son autre main en sueur soutenait le bras d'Andrea. La foule lui avait arraché son voile ; les yeux bleus de l'ex-novice s'agitaient avec confusion, mais elle aussi avait encore son panier.

Elle ouvrit la bouche, sans doute pour demander ce qu'il fallait faire, seulement Matea ne lui en laissa pas le temps : elle l'entraîna dans sa course sans un regard en arrière.

La jeune Indienne zigzagua entre les rues, finissant par se perdre dans le quadrillage presque parfait de la ville. Elle pensait connaître chaque recoin de Mexico, pourtant elle se rendit compte qu'elle sortait très peu de son itinéraire habituel : de San Jerónimo à l'étal de fruits de Casio, et de l'étal à…

— Par ici ! s'exclama Andrea, obligeant Matea à tourner dans une ruelle.

Avec le soleil de la mi-journée juste au-dessus de leurs têtes, il était impossible de savoir si elle courait dans la bonne direction. Matea se laissa guider.

Andrea prit des détours avec une confiance inattendue,

car ces rues étaient celles où elle avait grandi, là où, certainement, elle s'échappait pour retrouver Germán, et où elle avait vécu une infinité d'aventures avant qu'on l'enferme dans ce couvent.

Soudain Matea sentit un mélange de pourriture et d'eau croupie. Le temps d'un affreux clignement de paupières, elle crut que le père Nuñez les avait suivies.

Andrea vira à nouveau, et Matea comprit : cette puanteur venait de l'Acequia Real. La Plaza Mayor s'ouvrait devant elles, vaste et majestueuse.

Elles franchirent le pont à toute vitesse, passant entre les processions d'autres paroisses et couvents qui portaient leur propre Vierge à la cathédrale, couvertes de fleurs blanches.

Andrea arracha les quelques fils qui restaient de son voile et cria, excitée comme une fillette courant à l'air libre, sous un ciel infini et sur une esplanade qu'elle trouvait immense. Chaque enjambée, chaque souffle était un plaisir : chaque pas qu'elle faisait était comme conquérir un continent nouveau.

La liberté, enfin.

Elles cheminèrent entre les échoppes de la place, Andrea toujours en tête. Bientôt, elles parvinrent au carré des vendeurs de céréales.

Le jeune Germán, à sa boutique, s'apprêtait à lancer un énorme sac de farine sur la charrette d'un marchand. Andrea se planta devant lui sans prévenir.

Le sac de farine tomba au sol et un nuage blanchâtre masqua momentanément les deux amoureux à la vue des regards curieux.

Matea toussota et s'éventa pour retirer la farine. Quand elle vit clair de nouveau, Andrea et Germán étaient plongés dans le plus spectaculaire et ardent des baisers.

Le panier, au sol, était aussi tout enfariné. Matea l'utilisa comme prétexte pour ne pas avoir à contempler cette scène.

Elle se pencha sur le panier, secoua un peu la farine et s'assura que la lettre pour le passeur était toujours là, ainsi que les bijoux et les provisions. Elle leva alors le paquet, mais, comme il fallait s'y attendre, Andrea et Germán n'avaient pas encore mis un terme à leurs retrouvailles fougueuses. Un petit attroupement commençait à se former autour d'eux.

Matea soupira, contrariée. Elle allait devoir les interrompre.

Elle s'éclaircit la voix.

Rien.

Elle chatouilla Andrea aux côtes.

Rien.

— Oh, ça suffit ! cria-t-elle, la séparant de son robuste et beau métis.

Elle colla le panier dans les mains de Germán.

— Vous devez partir. Maintenant !

Germán regarda Andrea, confus, et la jeune fille se contenta d'acquiescer.

Elle se retourna un instant vers Matea, les yeux mouillés d'une gratitude infinie. Elle lui serra une main, l'enlaça pendant une seconde et reprit sa course à travers les échoppes, main dans la main avec Germán.

Matea, encore haletante, le cœur galopant dans sa poitrine, les vit se perdre derrière le nuage de farine qui flottait toujours dans l'air.

Sa gorge se noua ; ses yeux s'embuèrent.

Combien de privations, combien d'aventures, combien de voyages et quel bonheur les attendaient ! Comment ne pas être ému face à ces deux vies sur le point de s'embarquer dans le plus tumultueux des…

— Ma farine ! cria le charretier. Apporte-moi un autre sac, et en v…

— Moi ?! répliqua Matea. Parce que vous croyez que… Je dois aller voir le vice-roi, moi !

Elle aurait rarement l'occasion de répondre une chose pareille.

Et, sans demander son reste, elle tourna les talons et courut aux portes du palais.

ÉPILOGUE

CHARDON-MARIE

L'orage semblait ne jamais vouloir faiblir, comme si les nuages avaient accumulé assez d'eau pour rejouer le Déluge. Seuls de fugaces éclairs illuminaient ce chaud après-midi.

Aguiar, derrière la fenêtre, écoutait le bruit sourd de la pluie sur les toits de son palais et contemplait le triste spectacle qu'offrait la ville de Mexico, alors livrée au vent et à la boue.

Il porta à sa bouche un petit pichet d'argile fumant, une infusion de chardon-Marie qui sentait fort mais était tout indiquée contre la bile. Il renifla et fronça le nez, hésitant à prendre une première gorgée.

— Et les hiéronymites prétendent que la perfide est morte ? demanda-t-il, sans quitter des yeux les vitres.

— Oui, répondit Nuñez, tapi dans l'ombre. Du typhus ou quelque chose comme ça ; la même chose qu'elles prétextent chaque fois que l'une d'elles meurt dans des circonstances gênantes.

— Et que dit la famille de la ribaude ?

— Elle ne va pas les contredire, Votre Excellence. Une fille morte au couvent leur donne même un halo de martyre : mille fois préférable au fait d'admettre que leur progéniture était une impudente qui s'est enfuie enceinte avec un vendeur de farine de la place. Et… comme les hiéronymites enterrent leurs sœurs sous les dalles du *soto-coro*, la nouvelle n'a soulevé aucune suspicion dans leur entourage.

L'archevêque souffla, contenant difficilement son péché de colère. Son médecin l'avait déjà averti : c'était justement la colère noire qui déstabilisait les quatre humeurs, débordait sur le foie et provoquait ses malaises.

Il huma de nouveau l'infusion, mais la mit de côté. Il préférait le mal au remède.

— Et l'abbesse ? En a-t-on obtenu quelque chose ?

Nuñez renâcla telle une mule assoiffée.

— Nous l'avons interrogée, Votre Excellence, mais elle se contente de répéter comme un perroquet qu'elle ne savait rien ; que, durant la procession, elle était très occupée à surveiller les gamines, et qu'elle n'avait pas le temps de prendre soin en plus de chaque novice malade.

Aguiar soupira à nouveau, se pinçant le nez.

— Et le fils des Horcasitas ? Ne cherchait-il pas désespérément à condamner les hiéronymites ?

Nuñez grinça des dents. Son ventre se retournait encore en y pensant.

— La perfide criminelle a envoyé des aveux à don Gaspar, détaillant par le menu tous ses mobiles. J'ai essayé de lui soutirer des informations, mais le vice-roi ne veut rien entendre : je sais juste qu'il est allé parler au jeune homme. Et, j'ignore comment, mais ce médiocre de Toñito a décidé de ne pas accuser les nonnes.

— De sales affaires de son père ? suggéra l'archevêque. Son silence moyennant le secret sur les détails de cette confession ?

— En effet. Pour le gamin, il vaut mieux que la

réputation de sa famille ne se ternisse pas davantage : il continue de rôder autour des dames du palais, cherchant une dot pour rembourser les dettes familiales. Les mauvaises langues racontent que les Horcasitas sont déjà en train de négocier la vente de leurs propriétés pour pouvoir se payer ne serait-ce qu'un voyage au Pérou ou aux Antilles, là où les créanciers ne pourront pas les poursuivre pour réclamer leur argent.

Aguiar poussa un soupir.

— Et maintenant que le vice roi a en sa possession ce foutu document, pas moyen de le faire disparaître... Les hiéronymites sont capables de porter l'affaire à la cour d'Espagne si elles le jugent nécessaire. Et cette maudite veuve ?

— La femme a acheté des remèdes aux hiéronymites. Elle prétend qu'ils ont sauvé la vie de l'une de ses servantes, même si personne ne l'a vue entrer au palais avec des domestiques.

— Lui avez-vous parlé ?

— J'ai essayé, mais elle ne m'a pas reçu.

— Diantre !

Nuñez sursauta sur sa chaise inconfortable. L'archevêque affirmait que les sièges rembourrés étaient une indulgence du démon et, même si Nuñez était de son avis, son fessier osseux dépréciait de plus en plus la sainteté.

— Elle m'envoie vous dire qu'elle a déjà un confesseur. Qu'elle me fera accuser directement auprès du duc de Medinaceli si je l'approche à nouveau.

— Perfide et roublarde comme toutes les femmes ! Brandissant ses influences tels des poignards !

L'archevêque entendit le pichet se fendre. Ce n'est qu'alors qu'il se rendit compte de la force avec laquelle il le serrait. Il le déposa sur le bord de la fenêtre.

— Comment ont-elles pu nous échapper ? Nous les tenions ! Toutes ! Et d'une seule estocade ! Toutes ces misé…

Il renifla de nouveau, et sa colère explosa tel un barrage qui déborde.

— Je vous ai ordonné de vous laver, par tous les diables !

Et d'un revers de main, il éclata le pichet sur le sol avant de sortir de son bureau d'un pas rapide. Le claquement de ses vieilles sandales, incomparable, s'entendit le long des couloirs et avertit tous les séminaristes : ce jour-là, mieux valait ne pas approcher l'archevêque.

À une centaine de mètres à peine, sur la Plaza Mayor, Matea vivait aussi un mauvais moment et ne pouvait s'en prendre qu'à elle-même.

Alina lui avait acheté un trousseau complet. Deux robes en lin pour l'été, une turquoise et une safran, et deux autres en laine pour les temps froids ou pluvieux ; l'une grise et l'autre, la plus belle de toutes, vert bouteille avec de la dentelle aux manches et autour du cou.

Matea avait choisi cette dernière pour aller acheter des fruits, ainsi que son châle brodé favori, qui contrastait si bien avec la robe. Elle se prépara avec enthousiasme tôt le matin, et à l'instant où elle fut prête, l'averse tomba.

Qu'à cela ne tienne ; Matea était sortie de San Jerónimo, incapable d'attendre le lendemain ni d'écouter les avertissements de la *señora* Demetria.

Deux pâtés de maisons plus loin, sa jolie robe était trempée, ses jupons tachés de boue jusqu'aux mollets. Quand elle arriva à l'échoppe de fruits, son châle lui collait au visage.

Comme il fallait s'y attendre, il y avait peu de clients : seuls les domestiques des nobles les plus capricieux s'aventuraient dans les rues. Casio était en train d'en servir un lorsqu'il aperçut Matea. Ses grands yeux verts s'écarquillèrent davantage.

— Petite comtesse ! Ne me dites pas que les sœurs vous ont envoyée chercher des fruits par ce temps ! Tenez, séchez-vous.

— Ah… Hum… Vous les connaissez…

Casio la regarda, indigné.

— Mais quelles ingrates ! Après tout ce qu'elles vous ont fait traverser avec ce Germán et sa petite bonne sœur…

Matea s'assura que personne n'était dans les parages et lui parla à l'oreille.

— Puisque vous le mentionnez… Vous avez de ses nouvelles ?

Casio secoua la tête.

— De Germán, pas du tout. Seulement ce que vous savez déjà : il a disparu le jour de l'Assomption et personne ne l'a revu. Le propriétaire de l'auberge où il vivait m'a dit qu'il est parti avec trois mois de loyer à payer.

Matea soupira de soulagement : ne pas avoir de nouvelles, en soi, était la meilleure des nouvelles.

— Et avec quoi puis-je vous charmer, aujourd'hui ? demanda Casio.

Matea rougit.

— P… pardon ?

— Les fruits… Quels fruits vous a-t-on commandés ?

— Ah ! Eh bien… deux ananas et une livre de *mamey*.

Casio choisit les plus beaux, coupa le *mamey* et lui tendit les ananas les plus grands de la pile. Il ne prêta pas attention à la robe, mais Matea ne pouvait pas lui en tenir rigueur.

— Vous êtes pressée ? demanda Casio avec un sourire alors que le tonnerre grondait dans le ciel.

— Pressée ? répéta Matea.

— Je veux dire, si vous n'êtes pas pressée, il vaut mieux que vous attendiez que l'averse passe. J'ai un petit tabouret, là derrière. Je pourrais vous raconter ce que m'a dit votre papa. À propos des plantes qu'il a dû cacher.

Matea eut d'abord l'idée de refuser, regardant sa robe tachée, mais les coups de tonnerre résonnaient et la pluie redoublait.

Du reste, dans l'éventualité où elle aurait eu besoin de davantage de persuasion, Casio lui adressa un large sourire brillant.

Les mauvaises langues racontent que, ce jour-là, Matea se laissa dérober son premier baiser.

Alina était prête à se débarrasser de tout : ses ballons de laboratoire, ses balances, ses deux alambics, ses livres d'herboristerie et sa désormais très grande collection de plantes et de substances médicinales.

L'eau-de-vie serait rendue aux cuisines, la cire à la bibliothèque, les herbes sèches jetées au feu, et les préparations liquides versées dans l'un des canaux de la ville, à distance prudente des habitations.

Alina contacta même le forgeron, disposé à lui racheter à un prix tout à fait raisonnable la cocotte en fer forgé qu'il avait lui-même façonnée. Somme toute, elle perdrait très peu d'argent.

C'était sans compter le miracle.

Une commande lui parvint, pour une teinture de saule

blanc. Alina la parcourut avec méfiance, et elle était déjà en train de rédiger des excuses sous le regard vigilant de la mère Encarnación quand deux autres demandes arrivèrent. Alina les refusa, mais les dames du palais insistèrent, proposant plus d'argent que la fois précédente. Alors, l'abbesse ne put s'y opposer.

Il se trouve que le flacon que Matea avait apporté au palais, après avoir été expérimenté sur un chien errant, s'était retrouvé sur les étagères de la fameuse Julianita de Zaragoza.

Après un brusque – et potentiellement feint – mal de tête, Julianita avait découvert que ce distillat était délicieux consommé dans de l'eau, avec du miel et du citron vert. La boisson était devenue la coqueluche de la cour.

— Bien sûr ! s'était exclamée sœur Juana en riant. Puisque ce n'est à peu de chose près que de l'alcool de canne...

La rumeur enfla, gagnant les autres remèdes d'Alina. Sa pommade de *chilamate*, en particulier, était à présent renommée.

Alina doutait que doña Catarina de Horcasitas ait réellement utilisé la préparation d'aconit ; cependant, la femme lui avait écrit une longue lettre de remerciements. Avec, elle avait envoyé un foulard élégant aux broderies de Flandre. Le cadeau, comme tous les paquets que recevaient les novices, avait été inspecté par l'abbesse et sœur Augusta, aussi tout le couvent l'apprit-il. Tout portait à croire que la veuve faisait ce qui était son pouvoir pour laver la réputation d'Alina. Peut-être, au fond, se réjouissait-elle qu'on l'ait libérée de son mari...

Juste quand Alina commençait à empaqueter le dernier flacon compte-gouttes d'aconit pour une cliente,

Demetria vint la chercher au laboratoire pour lui annoncer qu'elle avait de la visite. Elle ne voulut pas lui dire qui c'était.

Alina espéra qu'il s'agissait de Demián, son frère adoré, qui d'une façon ou d'une autre aurait échappé à leur sanguinaire grand-mère et à son horrible épouse pour revenir en Nouvelle-Espagne et lui faire une surprise.

Ce n'était pas le cas.

Elle entra dans le parloir et trouva, debout face à la grille, un vieil homme squelettique.

— Don Aquilino ! s'exclama-t-elle, reconnaissant le visage ridé du père de Matea.

L'homme avait ôté son chapeau de paille, qui gouttait encore. Il fit une aimable révérence.

— *Madre* Alina, bonjour, dit-il avec solennité.

Pour le monde extérieur, il ne fallait pas l'oublier, les religieuses étaient des figures distantes, presque éthérées.

— Bonjour. Asseyez-vous, je vous en prie. Pouvons-nous vous offrir quelque chose ? Un chocolat ?

Le *señor* Aquilino rougit. À l'évidence, personne ne lui avait jamais fait tant d'honneurs. Demetria rapprocha la chaise et lui servit un chocolat fumant, toujours prêt pour les jours d'orage.

— Que puis-je faire pour vous ? demanda Alina après lui avoir laissé le temps de boire un peu.

Aquilino se lécha les lèvres.

— C'est plutôt moi qui peux faire quelque chose pour vous. Regardez cette boîte.

Il montra le tour d'un signe de tête. Alina le fit pivoter et, au milieu du bois rongé, trouva un petit cornet de papier.

Elle le souleva, intriguée. Il était extrêmement léger. En le manipulant, elle entendit du bruit à l'intérieur.

— Des graines ? s'exclama-t-elle, courant s'asseoir pour ouvrir le paquet.

Effectivement, de minuscules boules noires roulaient entre les plis du papier. Elle les reconnut aussitôt.

— Mais... l'alguazil n'avait rien trouvé... Nous pensions toutes que vous les aviez jetées !

Le *señor* Aquilino sourit.

— Je ne les ai pas plantées dans les jardinières, là où vous l'aviez demandé. Les feuilles avaient l'air trop fragiles pour être exposées en pleine lumière et à la merci de la pluie. Je les ai mises dans une fissure entre des dalles de la cour arrière, au nord, où elles sont à l'abri.

Alina ne put réprimer un grand sourire. En effet, l'aconit (qu'elle devait s'efforcer de ne plus appeler tue-loup si elle voulait continuait à en vendre) préférait les climats tempérés. Elle-même l'avait planté dans le coin le plus sombre de son jardin. Elle se rappela alors que don Aquilino avait travaillé durant des décennies dans les plantations de sa grand-mère. Il devait maîtriser sur le bout des doigts tous les secrets du bon jardinier, comme Demetria connaissait tous les trucs et astuces en cuisine.

— Et l'alguazil ne les a pas vues ? demanda-t-elle.

— Absolument pas. Lui et ses hommes sont passés tout près et ils n'ont rien aperçu. Ils ont sûrement pensé que c'étaient des mauvaises herbes. Vous auriez vu ce grassouillet d'alguazil, quand il s'est retrouvé bredouille : il a fait une tête de mandrill en cage ! De ceux que les Gitans amènent dans leurs cirques.

Alina rit, comprenant d'où Matea tirait son sens de l'humour.

Elle remballa les graines et les serra contre sa poitrine en se demandant où les semer pour qu'elles ne causent plus de problèmes.

— Merci. Vraiment. Merci beaucoup. Y a-t-il autre chose que je puisse faire pour vous ? Pour vous remercier ?

Si elle n'écoutait que sa fierté, elle aurait espéré qu'il refuse poliment – elle et son frère avaient déjà fait bien assez pour Aquilino et pour Matea ; qu'il la remercierait de traiter si bien sa fille et de lui fournir des vêtements, une éducation et le couvert.

Cependant, dans les yeux fatigués et injectés de sang de don Aquilino passa une soudaine agitation.

— Oui, oui, il y a quelque chose, *madre*. Si vous me permettez de demander ça.

Son ton était grave.

— Di… dites-moi, murmura-t-elle.

Aquilino prit son inspiration. Bien que très nerveuse, sa voix se fit plus ferme.

— S'il vous plaît, ne mêlez plus Matea à vos histoires.

Alina ne sut que répondre. Elle pensa d'abord à le contredire ; elle n'y était pour rien, et…

— Elle m'a parlé de ces histoires de meurtres, poursuivit Aquilino, et de ce M. Góngora… Et puis maintenant, ça… Je sais que ce ne sont pas mes affaires, *madre*, mais… Eh bien… Comprenez-moi. Cette enfant est tout ce qu'il me reste dans la vie.

Il posa sa tasse de chocolat et tordit son chapeau.

— Puis-je…

Il regarda Demetria.

— Puis-je vous confier un secret à toutes les deux ?

Alina acquiesça. Demetria mit sa main sur son épaule.

— À mon âge…, dit-il après un long silence. Vous… vous vous doutez bien que je ne suis pas réellement le père de la petite Matea.

Le cœur d'Alina se serra. Elle n'y avait jamais réfléchi ;

mais maintenant que don Aquilino le mentionnait, c'était évident. L'homme était déjà très âgé. Suffisamment pour être…

— Matea est ma petite-fille. La fille de ma défunte fille. Un maudit contremaître a abusé d'elle et la pauvre est morte en couches. Matea est tout ce qu'il me reste.

Alina et Demetria, la gorge nouée, ne purent pas répondre. La première était bouleversée ; l'autre, même si elle s'y attendait un peu, ne pensait pas entendre cette confession à ce moment-là.

— En plus de l'aimer pour ce qu'elle est…, dit Aquilino après avoir sangloté en silence pendant un moment, chaque fois que je vois Matea, je vois aussi ma défunte fille. La même étincelle dans les yeux, le même petit visage. Et rien que d'imaginer qu'il puisse lui arriver quelque chose…

Il frissonna et sécha ses larmes avec le revers de ses manches.

Alina sentit une larme rouler sur sa joue. Serrant le paquet de graines, elle s'éclaircit la voix.

— Matea est comme ma sœur. Je le lui ai dit moi-même.

Aquilino acquiesça, son regard planté dans le sien, sans toutefois pouvoir parler. Matea le lui avait sûrement raconté.

— Prenez soin d'elle, balbutia-t-il pour finir. Ne laissez personne lui faire de mal.

— Bien entendu, don Aquilino, répondit Alina, bien entendu.

Et, disant cela, elle comprit combien de vies et de destins dépendaient d'elle désormais. Elle n'était plus la petite-fille oiseuse de la comtesse de Gijón, et elle ne serait jamais l'épouse soumise d'un quelconque rustre de la cour ; elle était sœur Elena de San Hipólito, une religieuse éclairée, avec des personnes à sa charge, qui créait des panacées pouvant aussi bien tuer que rendre à la vie.

Il manquait plusieurs mois avant qu'elle prononce ses vœux définitifs, mais c'est à cet instant qu'elle cessa de se sentir novice.

Alina retourna distraitement à son laboratoire. La pluie avait enfin diminué, aussi apprécia-t-elle la douce bruine qui lui rafraîchissait le visage.

En passant devant la cellule de sœur Gertrudis, dont la porte et la fenêtre étaient ouvertes, elle entendit la voix de sœur Juana. Intriguée par cette lumière ambrée qui émanait de la pièce, elle s'approcha. Pas moins de 20 bougies étaient disposées autour de la poétesse, comme un autel improvisé. Face à elle se tenait l'infirmière principale, penchée sur une large toile qu'elle retouchait de ses pinceaux les plus fins.

De là où elle se trouvait, Alina ne parvint à distinguer que le chevalet et le visage de Gertrudis. Elle semblait amaigrie, épuisée, avec des cernes aussi noirs que des hématomes, comme si elle n'avait pas dormi depuis des jours. Cela n'avait rien d'étonnant : en définitive, elle avait provoqué la mort d'un homme et, quelles que soient ses raisons, elle porterait le poids du remords jusqu'à la fin de ses jours.

Sœur Juana, à l'autre bout de la cellule, était visiblement incommodée : elle avait la mâchoire tendue et elle tenait fermement sa pipe éteinte sur ses genoux.

Ses yeux, aussi pénétrants que d'habitude, détectèrent la présence d'Alina.

— Pardonnez-moi, ma sœur, s'excusa celle-ci, je ne voulais pas…

— Entre, entre, dit sœur Juana, montrant le tableau du regard en faisant de gros efforts pour ne pas bouger. Dis-moi ce que tu en penses.

Alina s'avança. Parmi les nombreuses poudres et teintures à l'huile figuraient une infinité de friandises : des pains d'amandes, des roulés au citron, des patates douces et des abricots confits, ainsi que des biscuits aux noix. Comme beaucoup d'autres hiéronymites, sœur Gertrudis trouvait désormais du réconfort dans le sucre et dans les confiseries.

— Bonjour, ma sœur, dit Alina avec timidité.

Depuis ses scandaleux aveux, il existait une tension palpable entre les deux femmes. Elles mettraient des mois à retrouver une relative confiance.

Sœur Gertrudis se contenta d'acquiescer avec un sourire plutôt peiné et continua à travailler. Alina se concentra à son tour sur le portrait.

C'était définitivement le visage de sœur Juana, la même intensité dans le regard, les mêmes lèvres fines comme une poupée de porcelaine, les mêmes sourcils fins mais nets, tracés à l'encre sombre.

Non loin de sœur Gertrudis, punaisées au mur, se trouvaient plusieurs études du visage de la religieuse, celles qu'Alina avait vues quelques jours auparavant. Toutes étaient dessinées au fusain, sur du papier de coton. Quelques-unes se concentraient sur ses yeux, son menton ou ses mains. À partir de cela, on pouvait faire beaucoup de copies de différentes tailles, avec d'autres fonds et dans des postures diverses, respectant la ressemblance. L'infirmière semblait se conformer autant sur les croquis que sur le modèle réel, copiant les nuances de la peau, tâchant de reproduire l'expression des yeux.

Alina comprit pourquoi : la sœur Juana figurant sur les esquisses était plus jeune, ses joues plus rebondies, et elle n'avait pas de rides autour des yeux.

— À qui est destiné ce portrait ? questionna la novice, sachant combien sœur Juana haïssait ce genre de vanité.

— À la comtesse de Paredes, répondit la poétesse. Il y a longtemps qu'elle m'a demandé un portrait. Elle a toujours dit que cela l'aiderait à faire connaître mes anthologies en Espagne et, désormais, nous avons besoin de ce soutien plus que jamais.

— Tâchez de ne pas bouger, ma sœur, dit sœur Gertrudis, soudain gênée.

— Ce n'est pas parce que nous ne parlons pas de l'affaire que celle-ci cesse d'exister, répliqua sœur Juana. *Feindre l'incompréhension n'éloigne pas les charançons.* Aguiar nous avait déjà en ligne de mire. Cela n'aura fait que lui échauffer la bile.

Alina ressentit une pointe de cette même terreur qui l'avait opprimée durant les jours précédents. Elle se la représenta comme une étincelle au milieu des braises : un feu inextinguible et infernal qui refusait de s'éteindre.

— Nous incarnons tout ce qu'il déteste, murmura-t-elle. Les sciences… l'éducation… les idées… Nous ne dépendons pas de sa prétendue charité ni de ses mains bienfaitrices… et, de surcroît, nous sommes femmes…

— À ses yeux, nous sommes un exemple terrible pour les autres couvents, renchérit sœur Juana ; des voix qu'il est nécessaire de faire taire dès que possible.

Elle baissa les yeux, ne prenant plus garde à ne pas gâcher la composition du portrait.

— Et avec la mort d'Horcasitas, il nous voit maintenant comme une horde de criminelles et de complices. En cela, je le comprends : ici, dans cette même cellule, se trouvent à la fois les mains qui ont dérobé le poison et celles qui ont protégé la coupable.

Sœur Gertrudis ne put réprimer un halètement. Elle fourra un roulé dans sa bouche et le mastiqua avec véhémence pour se calmer.

— Vous, ma sœur, se dépêcha de compléter sœur Juana, vous vous repentez. Je le vois très clairement. Et cela sauvera votre âme. Mais moi…

Elle prit son inspiration, contemplant les flammes des nombreuses bougies autour d'elle. Était-elle en train de s'imaginer les enfers ?

— Ce qui m'effraie le plus, dit-elle, est que je ne ressens pas une once de remords. Au contraire : je suis fière de ce que nous avons fait. En vérité, je suis la pire de toutes…

Alina vit ses pupilles scintiller. Elle aurait voulu la consoler : lui dire qu'elle n'avait pas eu le choix, qu'avouer la vérité aurait condamné Andrea à une mort certaine, et sœur Gertrudis aussi, et elle-même si le Saint-Office avait profité de l'occasion. Mais les mots ne sortirent pas. Du reste, tout ceci devait déjà submerger l'esprit de sœur Juana.

— Il y a au moins une chose que je puisse faire pour vous, dit-elle, se redressant soudain. Plus mon œuvre sera reconnue, plus j'aurai de bienfaiteurs en Espagne et en Europe, moins l'archevêque aura de prise sur nous. Avant, je ne le nie pas, je propageais mes écrits par vanité ; pour faire voir ma sagacité et pour flatter mon orgueil, tel que le père Nuñez me le reprochait. Aujourd'hui, je me sens investie d'une mission. Et pas seulement pour moi ; pour nous toutes.

Alina songea que cette force semblait jaillir d'une source inépuisable. Un jour, elle devrait se tarir, comme cela se passait pour tous les mortels, mais ce jour-là n'était pas encore arrivé, et la novice priait pour qu'il n'arrive pas trop tôt.

Toutes trois échangèrent des regards, comme si elles faisaient un pacte silencieux.

— Ai-je l'air belle, sœur Elena ? demanda Juana après s'être éclairci la voix. Sur le portrait ?

Alina n'osa pas lui mentir.

— Vous avez l'air plus jeune, ma sœur.

— C'est ainsi que s'en souviendra la comtesse de Paredes, répliqua sœur Gertrudis. Personne ne saura jamais les faveurs que je vous ai faites dans ce tableau.

Et elle remit un peu plus de couleurs sur les joues.

Sœur Juana eut un léger sourire. Non pas par joie, ironie ou amertume. C'était sœur Juana affrontant un futur incertain et menaçant, le regardant droit dans les yeux et lui faisant comprendre que ses présages ne l'effrayaient pas.

Et tandis que sœur Gertrudis ajoutait cette expression à l'une de ses esquisses au fusain, sœur Juana récitait :

— *Tromperie colorée… tromperie de l'esprit… dans laquelle la flatterie a prétendu triompher de l'âge et de l'oubli… Une interprétation idiote et erronée… elle est poussière, elle est ombre… elle n'est rien.*

NOTE DE L'AUTEUR

« ... notre connaissance de la vie de sœur Juana est fragmentaire,
plus riche en lacunes qu'en certitudes, mais son visage,
au travers de trois siècles d'incurie et de désordres civils,
est parvenu jusqu'à nous. »

Octavio Paz

Cette phrase a une résonance particulière à notre époque. Beaucoup de documents et l'œuvre elle-même de sœur Juana, qui nous auraient tant appris sur sa vie et sur les difficultés des femmes à cette époque, furent perdus entre la Guerre de Réforme[1] et la guerre des Cristeros[2].

Pourtant, comme le dit ce cher Octavio Paz, nous sommes certains que ce visage imprimé sur les billets mexicains est très fidèle à la vraie sœur Juana.

Juan de Miranda, auteur du mystérieux portrait que je mentionne dans cet ouvrage, actuellement conservé au rectorat de l'Université nationale autonome du Mexique (UNAM), est contemporain de l'époque de sœur Juana. Octavio Paz suspecte que Juan de Miranda a pu s'introduire à San Jerónimo pour peindre le portrait de la

1. Guerre civile ayant eu lieu au Mexique entre 1857 et 1861.
2. Soulèvement d'une partie de la population mexicaine entre 1926 et 1929.

poétesse, au moment où ils étaient toujours sous la protection de la comtesse de Paredes.

Ce portrait a passé deux siècles dans la comptabilité du couvent, et personne, à l'extérieur, ne le vit jusqu'à la fin du XIXe siècle.

En 1894, muni d'une autorisation spéciale, un certain Luis González Obregón l'a décrit dans un article du journal *El Renacimiento*, citant une inscription sur le tableau : « Cette copie de la mère Juana Inés de la Cruz fut donnée pour la Comptabilité de notre couvent par la mère María Gertrudis de San Eustaquio [...] An 1713. *Miranda fecit* ».

C'est cette inscription qui, depuis le premier livre de la série, m'a inspiré le personnage de sœur Gertrudis et sa passion pour la peinture. Cependant, la citation d'Obregón intrigue parce qu'elle n'apparaît pas dans le portrait tel qu'on le connaît aujourd'hui.

On a prétendu qu'il pouvait exister deux tableaux, ou que les bords du tableau avaient pourri et qu'on avait dû le recadrer ; ou bien encore que González Obregón avait tout bonnement menti, même si son intention n'est claire pour personne (l'homme ne gagnait rien à inventer quelque chose de si spécifique, en particulier près de deux cents ans après la mort de sœur Juana).

Quoi qu'il en soit, le visage sur le portrait est en tout point identique à celui de la gravure publiée dans le second tome des œuvres de sœur Juana (1692), et très certainement reproduite à partir d'un tableau rapporté en Espagne par la comtesse de Paredes.

Dans mon imagination, ce portrait aurait été envoyé en Europe juste après la fin de cette histoire. Des années plus tard, peut-être déjà victime de la cataracte, sœur Gertrudis aurait alors commandé le portrait retrouvé dans la comptabilité à Juan de Miranda, qui se serait inspiré des études au fusain mentionnées ici pour le réaliser.

Le fait que nous connaissions le visage de sœur Juana est la preuve du génie de son œuvre, qui continue de nous inspirer de l'admiration et nous enjoint de la conserver. Ironiquement, nous n'avons pas de portraits ni de correspondance des vice-reines protectrices de sœur Juana, Leonor del Carreto (marquise de Mancera) et María Luisa (comtesse de Paredes).

Dans un autre registre, l'aconit tue-loup, ou casque de Jupiter (*aconitum napellus*, pour les intimes), est une plante à haute toxicité à ne surtout pas cultiver sur votre balcon : le poison se concentre dans les racines, mais toute la plante est toxique, autant pour les humains que pour les animaux.

Bien qu'elle soit originaire d'Europe – de la bave de Cerbère, dans la mythologie grecque –, son usage était beaucoup plus répandu dans la médecine orientale ; aussi est-il probable qu'elle soit arrivée aux Amériques grâce au commerce avec la Chine et les Philippines.

Elle ne figure dans aucun des textes coloniaux que j'ai consultés ; seuls les herboristes les plus experts (comme Alina) devaient être au fait de ses propriétés.

De nos jours, elle ne s'utilise pratiquement plus. Même avec des techniques modernes comme la chromatographie, il est difficile de déterminer la concentration de l'ingrédient actif. Pire encore, il n'existe pas d'antidote fiable.

Inclure un poison « chinois » dans la trame m'a donné également l'occasion de creuser la question de la mondialisation et du multiculturalisme qui se joue au Mexique à l'époque moderne. Les canaris de la fortune sont effectivement une tradition du lointain Orient, et la paroisse de San Juan de Letrán était déjà l'endroit où se concentraient les immigrés asiatiques, ségrégués là par les autorités espagnoles. Aujourd'hui, c'est toujours le célèbre quartier chinois de Mexico.

L'histoire de la cuisinière Mariquita a été inspirée de la vie réelle d'Isabel Ruiz, esclave africaine qui, en 1567, a acheté sa liberté à crédit. Le prix que je mentionne (500 pesos d'or) est la quantité exacte qu'elle a dû payer, même si, pour elle, les versements étaient de 30 pesos tous les quatre mois.

L'anecdote de l'esclave Juana de San José (que je surnomme ici Pepita), que sœur Juana a vendue à sa sœur dès lors que la femme est tombée enceinte, est véridique. La raison de cette vente est ma propre hypothèse. Il est aussi avéré que le neveu de sœur Juana lui a écrit pour prétendre qu'elle lui devait de l'argent, alors que c'était tout le contraire. De même, la triste histoire concernant les circonstances de l'arrivée au couvent de sœur Isabel, la nièce de sœur Juana, est authentique.

Rompant un peu avec ma tradition, le *romance* que sœur Juana envoie à la vice-reine est un vrai texte à elle (*Romance* n°44), et l'un des meilleurs indices de la relation quelque peu tendue entre les deux femmes : il commence par une strophe plutôt truculente (sœur Juana lui lançant des gants et des chaussures...) et la suffisance continue tout le long du poème, se terminant par le refus de la poétesse de dévoiler son identité. Par là, d'après l'extraordinaire livre de George Anthony Thomas, sœur Juana « insinue que la vice-reine ne mérite pas d'être entretenue » et, en lui envoyant des chaussures couplées à du chocolat, elle l'invite à les manger très loin du couvent. Tout était une question de symbolisme, à cette époque.

Dans le *romance* complet (je n'en inclus qu'un fragment ici), l'occasion à laquelle sœur Juana a envoyé ces présents n'est pas non plus très claire. Il est possible que cela ait eu lieu pendant une fête religieuse, mais avec un objectif personnel non apparent dans les vers (comme dans cette histoire !).

Le *Premier songe*, considéré par beaucoup comme l'œuvre majeure de sœur Juana, est un poème entouré d'un mystère important. On ne sait pas exactement à quel moment il fut écrit ni combien de temps elle y consacra (près de 1 000 vers et allégories religieuses très complexes – cela demande forcément du temps) ; toutefois, en mars 1691, sœur Juana le mentionne déjà dans sa *Réponse à sœur Philotée*[1] ; il n'est donc pas impossible qu'elle l'ait achevé plus ou moins au moment où se déroule cette intrigue.

Les splendides *villancicos* de sœur Juana pour l'Assomption de 1690 nous rappellent que cette fête était, alors, très importante. Pour cette histoire, j'ai pris la liberté de mêler à cette célébration la tradition qui consiste à porter des fleurs à la Vierge durant le mois de mai, fête à laquelle j'ai moi-même participé dans mon enfance.

Les distillats de végétaux, initialement utilisés comme médicaments, furent à l'origine du gin, puis du gin tonic lorsque celui-ci est consommé avec des agrumes et du sucre. J'aime à penser qu'Alina a eu quelque chose à y voir.

Et, puisque la pandémie m'a détourné de l'histoire que j'avais prévue au départ pour ce troisième tome des

1. Lettre majeure dans l'œuvre de sœur Juana, qui fit d'elle la « première féministe américaine » (*cf.* la préface d'Octavio Paz dans *Le Divin Narcisse*, Gallimard, 1987).

Mystères de sœur Juana (elle aurait inclus ma version de la bataille finale avec l'archevêque Aguiar, et les inondations suivies de famines de 1691), j'espère très bientôt revenir arpenter les couloirs de San Jerónimo.

Nous nous retrouverons alors autour d'un bon *rompope* ou d'un chocolat bien fumant.

GLOSSAIRE

Alguazil : agent de police ou de justice.
Apá : « papa ».
Atole : boisson chaude à base de farine de maïs parfumée à la vanille, à la cannelle ou au cacao.

Bienmesabe : littéralement « ça me plaît », crème épaisse aux amandes.

Chilamate : arbre tropical touffu de la famille des moracées, pouvant mesurer jusqu'à 40 mètres.
Chinampas : jardins flottants artificiels datant des Aztèques.
Chirimoya : fruit à la chair blanche crémeuse et à la peau verte.
Comal : du nahuatl, désigne un ustensile de cuisine traditionnel servant à cuire les tortillas.
Criollo, criolla : « créole », désigne ici une personne d'ascendance espagnole née en Nouvelle-Espagne.

Gachupín, gachupina : terme informel qui désigne, dans le système des castes coloniales, une personne née en Espagne mais vivant dans une vice-royauté.

Loa : courte pièce rédigée en guise de prologue, « louange » adressée au destinataire de l'œuvre.

Mamey : fruit doux à la chair orangée.

Marquesote : gâteau à base de génoise typique du sud du Mexique.

Palanquetas : biscuits sucrés mexicains, à l'origine faits avec du maïs grillé et du miel, plus tard remplacés par des cacahuètes et du caramel.

Quelites : du nahuatl *quilitl*, jeunes pousses très consommées au Mexique.

Romance : composition poétique en octosyllabes.

Rompope : lait de poule additionné de rhum.

Tertulia : réunion informelle au cours de laquelle un thème particulier est abordé.

Villancico : cantique sur le thème de Noël, très répandu dans le monde ibérique du XVIIe siècle.

Xoconostle : du nahuatl, fruit charnu à la peau grenat.

Xoloitzcuintle, xoloitzcuintla : race de chiens mexicains à peau nue.

Composition : Facompo, Rouen

Pour plus d'information :

#lisez! engagé

www.lisez.com

Imprimé sur du papier issu de forêts gérées durablement.

Achevé d'imprimer par
Normandie Roto Impression s.a.s.
61250 Lonrai (Orne)
N° d'imprimeur : 2305217

Imprimé en France